ALGUÉM
QUE
VOCÊ
CONHECE

Obras da autora publicadas pela Editora Record

Alguém que você conhece
O casal que mora ao lado
Uma estranha em casa

SHARI LAPENA

ALGUÉM QUE VOCÊ CONHECE

Tradução de
Diogo Henriques

2ª edição

EDITORA RECORD
RIO DE JANEIRO • SÃO PAULO
2024

CIP-BRASIL. CATALOGAÇÃO NA PUBLICAÇÃO
SINDICATO NACIONAL DOS EDITORES DE LIVROS, RJ

L316a   Lapena, Shari
         Alguém que você conhece / Shari Lapena ; tradução Diogo Henriques.
         – 2. ed. –Rio de Janeiro : Record, 2024.

         Tradução de: Someone we know
         ISBN 978-65-5587-571-3

         1. Romance canadense. I. Henriques, Diogo. II. Título.

22-80982   CDD: 819.13
                              CDU: 82-31(71)

Meri Gleice Rodrigues de Souza - Bibliotecária - CRB-7/6439

Título em inglês:
Someone We Know

Copyright © 2019 by 1742145 Ontario Limited

Texto revisado segundo o Acordo Ortográfico da Língua Portuguesa de 1990.

Todos os direitos reservados. Proibida a reprodução, no todo ou em parte, através de quaisquer meios. Os direitos morais da autora foram assegurados.

Direitos exclusivos de publicação em língua portuguesa somente para o Brasil
adquiridos pela
EDITORA RECORD LTDA.
Rua Argentina, 171 – Rio de Janeiro, RJ – 20921-380 – Tel.: (21) 2585-2000,
que se reserva a propriedade literária desta tradução.

Impresso no Brasil

ISBN 978-65-5587-571-3

Seja um leitor preferencial Record.
Cadastre-se no site www.record.com.br e receba informações
sobre nossos lançamentos e nossas promoções.

Atendimento e venda direta ao leitor:
sac@record.com.br

Para Manuel

PRÓLOGO

SEXTA-FEIRA, 29 DE SETEMBRO

Ela está de pé na cozinha, olhando pelas grandes janelas dos fundos. Então se vira para mim, balançando os volumosos cabelos castanhos, e vejo a confusão e o súbito medo em seus olhos castanhos arregalados. Ela compreendeu a situação, o perigo. Nossos olhares se encontram. Ela parece um animal gracioso, assustado. Mas eu não me importo. Sinto uma onda de raiva pura, descontrolada; não tenho nenhuma pena dela.

Ela e eu estamos cientes do martelo em minha mão. O tempo parece desacelerar. As coisas devem estar acontecendo depressa, mas não é essa a sensação que eu tenho. Os lábios dela se abrem, prestes a formar uma palavra. Mas não tenho nenhum interesse no que ela tem a dizer. Talvez ela fosse apenas gritar.

Avanço sobre ela. Meu braço é rápido, e o martelo atinge com força a sua testa, produzindo um som horrendo e um esguicho enorme de sangue. A única coisa que sai de sua boca é um suspiro. Ela está caindo no chão, mas consegue levantar a mão para mim, como se estivesse pedindo clemência. Ou talvez esteja apenas tentando alcançar o martelo. Ela cambaleia, como um touro prestes a desabar. Então volto a golpeá-la, desta vez no topo do crânio, e com mais força ainda, já que sua cabeça está mais baixa. Tenho mais velocidade no golpe e quero acabar de vez com ela. Ela agora está de joelhos, contorcida, e não consigo ver seu rosto. Então ela tomba para a frente, de cara no chão, e assim permanece.

Estou de pé, acima do corpo dela, ofegante, com o martelo na mão pingando sangue no piso da cozinha.

Preciso garantir que ela esteja morta, então a golpeio mais algumas vezes. Meu braço agora está cansado e minha respiração, difícil. O martelo está coberto de crostas de sangue, assim como as minhas roupas. Eu me abaixo e viro o corpo dela. Um dos olhos foi esmagado. O outro permanece aberto, sem vida.

SEGUNDA-FEIRA, 2 DE OUTUBRO

A cidade de Aylesford, na região do vale do rio Hudson, no estado de Nova York, é um lugar de muitos encantos — os principais são o centro histórico ao longo do rio e duas pontes majestosas que chamam a atenção. A região do vale do rio Hudson é conhecida por suas belezas naturais, e, do outro lado do rio, com apenas uma hora de carro em boas rodovias, no geral, pode-se chegar às Montanhas Catskill, pontilhadas de pequenas cidades. A estação ferroviária de Aylesford tem um amplo estacionamento e trens regulares para a cidade de Nova York; é possível chegar a Manhattan em menos de duas horas. Em suma, é uma cidade agradável para se viver. Existem problemas, é claro, como em todo lugar.

Robert Pierce entra na delegacia de Aylesford — um imóvel novo e moderno de tijolos e vidro — e se aproxima do balcão de atendimento. O policial fardado do outro lado do balcão está digitando alguma coisa no computador e olha de relance para ele, fazendo um gesto com a mão como quem pede que aguarde um momento.

O que um marido normal diria? Robert pigarreia.

O policial olha para ele.

— Só um minuto — diz, enquanto termina de fazer algo no computador e Robert espera. Por fim, o policial se vira para ele. — Como posso ajudar? — pergunta.

— Eu gostaria de registrar um desaparecimento.

O policial agora é todo ouvidos.

— De quem?

— Da minha esposa. Amanda Pierce.

— E como o senhor se chama?

— Robert Pierce.

— Quando foi a última vez que viu a sua esposa?

— Sexta de manhã, quando ela saiu para trabalhar. — Ele pigarreia mais uma vez. — Ela tinha uma viagem com uma amiga no fim de semana e ia direto do escritório. E saiu do trabalho normalmente, mas não voltou para casa ontem à noite. Hoje já é segunda-feira, e ela ainda não apareceu.

O policial olha para ele de forma penetrante. Robert se sente enrubescer sob o olhar do homem. Ele sabe que aquela história não passa uma boa impressão. Mas ele não pode se deixar perturbar. Precisa fazer isso. Precisa informar o desaparecimento da esposa.

— O senhor já tentou ligar para ela?

Robert olha para o policial, incrédulo. Tem vontade de dizer: *Você acha que sou idiota?* Mas se contém. Em vez disso, ele responde, parecendo frustrado:

— É claro que tentei ligar para ela. Várias vezes. Mas as chamadas caem direto na caixa postal, e ela não me ligou de volta. Deve ter desligado o celular.

— E a amiga?

— Bem, é por isso que estou preocupado — admite Robert. Em seguida, faz uma pausa, meio sem jeito. O policial espera até ele prosseguir. — Eu liguei para a amiga dela, Caroline Lu, e... ela me disse que não combinou nenhuma viagem com a Amanda nesse fim de semana, e que não sabe onde ela está.

Há um momento de silêncio, então o policial diz:

— Entendo.

Ele olha para Robert com desconfiança, ou como se sentisse pena dele. Robert não gosta nada disso.

— O que ela levou? — pergunta o policial. — Uma mala? O passaporte?

— Ela levou uma mala pequena para passar o fim de semana, sim. E a bolsa. Eu... eu não sei se levou o passaporte — diz Robert e acrescenta: — Ela me falou que ia deixar o carro na estação, pegar o trem para Manhattan e passar o fim de semana fazendo compras com Caroline. Mas eu passei no estacionamento hoje cedo e não vi o carro dela lá.

— Não quero parecer insensível — diz o policial —, mas... o senhor tem certeza de que ela não está com outra pessoa? E mentindo para o senhor? — Ele ainda acrescenta, com delicadeza: — Quero dizer, se ela mentiu falando que ia viajar com a amiga... talvez não esteja realmente desaparecida.

— Acho que ela não faria isso — diz Robert. — Ela falaria alguma coisa comigo. Não me deixaria simplesmente esperando. — Ele sabe que está parecendo teimoso. — Quero informar o desaparecimento dela — insiste.

— Vocês estavam tendo problemas em casa? Estava tudo bem com o casamento? — pergunta o policial.

— Estava tudo bem.

— Filhos?

— Não.

— Certo. Então vou anotar seus dados, uma descrição dela, e veremos o que é possível fazer — diz o policial, com relutância. — Mas, para ser sincero, parece que ela foi embora por vontade própria. Ela provavelmente vai aparecer. As pessoas vivem dando uma sumida. O senhor ficaria surpreso se soubesse.

Robert olha para o policial com frieza.

— Vocês não vão procurar por ela?

— Pode me dizer seu endereço, por favor?

UM

SÁBADO, 14 DE OUTUBRO

Olivia Sharpe está sentada na cozinha, tomando uma xícara de café, com o olhar perdido no quintal do outro lado das portas de vidro. Já é meado de outubro, e a árvore de bordo próxima à cerca dos fundos está magnífica com seus tons de vermelho, laranja e amarelo. A grama continua verde, mas o resto do jardim já se preparou para o inverno; não vai levar muito tempo até a primeira geada, ela pensa. Mas, por enquanto, ela aproveita a luz do sol que atravessa o quintal e entra inclinada em sua impecável cozinha. Pelo menos, é o que ela está tentando fazer. Mas é difícil aproveitar qualquer coisa quando, por dentro, seu sangue está fervendo.

Seu filho, Raleigh, ainda não acordou. Tudo bem, hoje é sábado, e ele foi à escola a semana toda, mas já são duas da tarde, e o fato de ele ainda estar dormindo a deixa louca.

Ela pousa a xícara na mesa e, devagar, volta a subir as escadas acarpetadas até o segundo andar. Detém-se por um momento em frente à porta do quarto do filho; lembra-se de não gritar, então bate de leve na porta e a abre. Conforme o esperado, ele dorme profundamente. O cobertor ainda está sobre sua cabeça — ele o puxou da última vez que ela entrou, meia hora atrás. Olivia sabe que ele odeia quando ela diz que é hora de se levantar, mas ele parece incapaz de fazer isso sozinho, então o que ela deveria fazer? Deixá-lo dormir o dia todo? Nos fins de semana, ela gosta de permitir que ele relaxe um pouco, mas, pelo amor de Deus, já está de tarde.

— Raleigh, levanta. Já passou das duas.

Ela detesta o tom de irritação que ouve na própria voz, mas gasta tanta energia todos os dias tentando fazer o filho sair da cama que é bem difícil não ficar irritada.

Raleigh não faz mais do que se contorcer, e Olivia fica ali olhando para ele, sentindo um misto complicado de amor e frustração. Ele é um bom rapaz. Um aluno inteligente, ainda que desmotivado. É um amorzinho. Só que é preguiçoso — além de não se levantar sozinho, também não faz os deveres de casa nem ajuda com as tarefas domésticas, a menos que ela fique em cima. Ele diz que detesta que ela fique no pé dele. Bem, ela também detesta isso. Olivia explica que se ele fizesse as coisas logo, assim que ela pede, ela não teria de ficar repetindo a mesma coisa o tempo todo, mas ele parece não entender. Olivia atribui isso à idade dele. Adolescentes de dezesseis anos são um inferno. Ela espera que lá pelos dezoito ou dezenove anos o córtex pré-frontal do filho tenha se desenvolvido melhor e ele comece a ser mais funcional e responsável.

— Raleigh! Vamos, levanta.

Ele continua imóvel, ignorando a existência da mãe, sem emitir nem um gemido. Olivia vê o celular dele na mesa de cabeceira. Se ele não se levantar, ótimo, ela vai confiscá-lo. Já o imagina tateando a mesinha à procura do aparelho, antes mesmo de tirar a coberta da cabeça. Ela pega o telefone e sai do quarto, batendo a porta. Ele vai ficar furioso, mas não será o único.

Olivia volta para a cozinha e põe o celular no balcão. Ele emite um bipe. Uma mensagem de texto aparece na tela. Ela nunca bisbilhotou o computador nem o celular do filho. Não sabe sequer as senhas dele, confia completamente em Raleigh. Mas agora há uma mensagem bem diante dela, e ela olha.

Vc arrombou ontem à noite?

Ela fica paralisada. Que diabos significa isso?

Outro bipe. **Conseguiu alguma coisa boa?**

Seu estômago se revira.

Manda msg quando acordar

Olivia pega o celular e fica olhando para a tela, à espera de outra mensagem, que não chega. Tenta desbloquear o aparelho, mas, obviamente, ele está protegido por senha.

Raleigh saiu na noite passada. Disse que foi ao cinema com um amigo. Não falou quem.

Ela se pergunta o que deveria fazer. Deveria esperar o marido voltar da loja de ferragens? Ou confrontar o filho primeiro? Sente um terrível desconforto. Seria possível que Raleigh estivesse aprontando? Ela não consegue acreditar nisso. Ele é preguiçoso, mas não é o tipo de garoto que se mete em confusão. Nunca fez isso antes. Ele tem uma boa casa, uma vida confortável, pais amorosos. Não é possível que...

Se isso for mesmo o que parece, Paul também vai ficar furioso. Talvez seja melhor falar com o filho primeiro.

Olivia sobe as escadas. O amor e a frustração de antes dão lugar agora a um misto de sentimentos ainda mais complicado de raiva e medo. Ela entra no quarto com o celular dele na mão e puxa as cobertas da cabeça do filho. Raleigh abre os olhos sonolentos; parece irritado, como um urso que foi acordado. Mas ela também está irritada. Então, coloca o celular na frente do rosto dele.

— Aonde você foi ontem à noite, Raleigh? E não venha me dizer que foi ao cinema, porque eu não acredito. É melhor você me contar tudo antes que o seu pai chegue.

O coração de Olivia palpita, angustiado. *O que foi que ele fez?*

* * *

Raleigh olha para a mãe. Ela está inclinada sobre ele, segurando seu celular. Por que diabos ela está com o celular dele? Do que ela está reclamando? Ele fica irritado, mas ainda está sonolento. Precisa de um tempo até acordar completamente; é um processo.

— O quê? — ele consegue dizer, por fim.

Raleigh está bem irritado por sua mãe ter entrado daquele jeito em seu quarto. Ela fica o tempo todo tentando acordá-lo, sempre querendo que todos sigam os horários dela. Todo mundo sabe que ela é controladora, que devia aprender a relaxar. Mas agora ela parece furiosa mesmo, e o encara de um jeito que ele nunca viu antes. De repente, ele se pergunta que horas são e se vira para olhar o rádio-relógio. São duas e quinze. Grande coisa. Não é o fim do mundo.

— O que é que você anda fazendo? — Ela exige saber, mostrando o celular num gesto acusador.

Seu coração de repente fica acelerado, e ele prende a respiração. O que será que ela sabe? Será que viu alguma coisa no celular? Mas então ele se lembra de que ela não sabe a senha, e volta a respirar.

— Eu estava olhando para o seu celular por acaso quando chegou uma mensagem — diz sua mãe.

Raleigh se senta com dificuldade, sua mente dá um branco. Merda. O que será que ela viu?

— Olhe você mesmo — diz ela, e joga o celular nele.

Raleigh pega o telefone e vê as mensagens comprometedoras de Mark. Fica ali sentado olhando para elas, pensando em como sair dessa. Tem medo de encarar a mãe.

— Raleigh, olhe para mim — diz ela.

Ela sempre diz isso quando está irritada. Lentamente, ele levanta os olhos. Agora, está bem acordado.

— O que significam essas mensagens?

— Que mensagens? — pergunta Raleigh, fazendo-se de bobo, tentando ganhar tempo.

Mas ele sabe que foi pego. As mensagens são claras pra cacete. Como Mark pôde ter sido tão estúpido? Ele volta a olhar para o celular; é mais fácil olhar para a tela do que encarar a mãe. **Vc arrombou ontem à noite? Conseguiu alguma coisa boa?**

Raleigh começa a entrar em pânico. Não consegue pensar rápido o suficiente em nada para tranquilizar a mãe. A única coisa que lhe vem à mente é a frase desesperada:

— Não é o que você está pensando!

— Ah, bom saber — diz sua mãe, cheia de sarcasmo na voz. — Porque *eu estou pensando* que você arrombou a casa de alguém!

Ele vê uma oportunidade.

— Não é nada disso. Eu não estava *roubando*.

— É melhor você ir me contando tudo, Raleigh — diz ela, com um olhar furioso. — Sem conversa fiada.

Ele sabe que não vai conseguir sair dessa dizendo que não fez nada. Foi pego como um rato numa ratoeira, e agora só o que pode fazer é minimizar os danos.

— É verdade que entrei na casa de uma pessoa, mas não foi para *roubar*. Foi só... para dar uma olhada — murmura ele.

— Então você realmente arrombou a casa de alguém ontem? — pergunta sua mãe, horrorizada. — Não acredito nisso, Raleigh! Onde você estava com a cabeça? — Ela levanta as mãos. — Por que diabos você faria uma coisa dessas?

Ele permanece sentado na cama, mudo, sem saber como explicar. Faz isso por prazer, pela adrenalina. Gosta de entrar na casa dos outros e hackear os computadores. Mas não se atreve a dizer isso à mãe. Ela devia ficar feliz por ele não estar usando drogas.

— De quem era a casa? — Ela exige saber.

Raleigh fica paralisado. Não pode responder à pergunta. Se disser à mãe de quem era a casa que ele invadiu ontem à noite, ela vai perder a cabeça, e ele não consegue sequer imaginar as consequências.

— Não sei — mente ele.

— Bem, e onde é que ela fica?

— Não lembro. Que diferença faz? Eu não peguei nada! Eles não vão nem saber que fui lá.

Olivia se inclina na direção dele e diz:

— Ah, mas eles vão saber, sim.

Raleigh a encara cheio de medo.

— Como assim?

— Você vai se vestir e depois vai me mostrar a casa, então vamos bater na porta e você vai pedir desculpas.

— Mas eu não posso — diz ele, em desespero.

— Pode, sim, e é exatamente isso o que você vai fazer — retruca ela. — Por bem ou por mal.

Ele começa a suar.

— Mãe, eu não posso. Por favor, não me obrigue a fazer isso.

Ela o encara desconfiada.

— O que mais você está me escondendo? — pergunta.

Mas, nesse exato momento, Raleigh ouve a porta da frente se abrindo e o pai assobiando enquanto larga as chaves na mesa do hall de entrada. Seu coração dispara, e ele se sente ligeiramente enjoado. Com a mãe, ele consegue lidar, mas com o pai... Raleigh fica aterrorizado ao pensar em como ele vai reagir. Não tinha previsto isso; jamais pensou que seria pego. Maldito Mark.

— Levante-se, agora — ordena sua mãe, puxando o resto da coberta de cima dele. — Vamos falar com o seu pai.

Raleigh está suando em bicas enquanto desce as escadas, de pijama. Quando eles entram na cozinha, seu pai levanta o olhar, surpreso. A julgar pela cara dos dois, percebe que há algo errado.

Na mesma hora, para de assobiar.

— O que aconteceu? — pergunta o pai.

— Talvez seja melhor nos sentarmos — diz a mãe, puxando uma cadeira da mesa da cozinha. — Raleigh tem algo para contar, e você não vai gostar de ouvir.

Eles se sentam. O som das cadeiras se arrastando nas tábuas do chão da cozinha soa para Raleigh como unhas arranhando uma lousa.

Ele tem de confessar, já sabe disso. Mas não precisa contar tudo a eles. Ele agora está mais desperto, consegue pensar melhor.

— Desculpa mesmo, pai, sei que foi errado — diz ele, com a voz trêmula, e pensa que foi um bom começo.

Mas seu pai já franziu o cenho. Raleigh fica com medo e hesita.

— O que foi que você fez, Raleigh? — pergunta o pai.

Raleigh sustenta o olhar dele, mas não consegue dizer nada. Por um momento, sente-se completamente paralisado.

— Ele arrombou uma casa — revela a mãe, por fim.

— *O quê?*

Não há como não perceber o espanto e a fúria na voz de seu pai. Raleigh rapidamente desvia o olhar para o chão.

— Eu não *arrombei*. Eu só entrei quando não tinha ninguém lá.

— E por que diabos você fez isso? — O pai exige saber.

Raleigh dá de ombros, mas não responde. Continua olhando para o chão.

— Quando foi isso?

A mãe cutuca o filho no ombro.

— Raleigh?

Ele finalmente levanta a cabeça e olha para o pai.

— Ontem à noite.

Seu pai o encara, boquiaberto.

— Quer dizer então que, enquanto estávamos aqui, jantando com os nossos amigos, achando que você estava no cinema, você na verdade estava arrombando a *casa* dos outros? — O volume de sua voz vai aumentando a cada palavra, até que, no final da frase, ele está gritando. Por um momento, faz-se silêncio. O ar repleto de tensão. — Você estava sozinho ou tinha mais alguém?

— Sozinho — murmura Raleigh.

— Então não podemos nem nos consolar com a ideia de que alguém levou você por esse caminho *criminoso, completamente inaceitável*?

Raleigh tem vontade de tapar os ouvidos para não escutar os gritos do pai, mas sabe que, se fizer isso, ele ficará ainda mais furioso. Tem plena consciência de que o fato de ter agido sozinho só piora as coisas.

— De quem era a casa?
— Não sei.
— Então o que foi que aconteceu? — pergunta o pai, olhando primeiro para a esposa e depois para Raleigh. — Você foi pego?

Raleigh balança a cabeça, e Olivia responde:
— Não. Eu vi uma mensagem no celular dele. Raleigh, mostre as mensagens ao seu pai.

Raleigh desbloqueia o telefone e o entrega ao pai, que olha para a tela, incrédulo.
— Meu Deus, Raleigh! Por quê? Você já fez isso antes?

Esse é o problema com seu pai: ele sabe que perguntas fazer. Coisas que sua mãe, abalada com a situação, nem pensou em perguntar. Raleigh *já* fez isso antes, sim, algumas vezes.

— Só uma outra vez — mente ele, evitando o olhar do pai.
— Então você arrombou duas casas.

Ele assente.
— Alguém sabe disso?

Raleigh balança a cabeça.
— Claro que não.
— *Claro que não* — repete o pai, num tom sarcástico. O sarcasmo dele é pior que o da mãe. — O seu amigo parece saber. Quem é ele?
— É o Mark, da escola.
— Mais alguém?

Raleigh faz que não com a cabeça, relutante.
— E existe algum jeito de pegarem você? Câmeras de segurança?

Raleigh faz que não com a cabeça novamente e olha para o pai.
— Não tinha câmeras de segurança. Eu chequei.
— Meu Deus. Não dá para acreditar. Era para eu me sentir melhor agora?
— Eles nem sabem que fui lá — afirma Raleigh, na defensiva. — Tomei cuidado de verdade. E, como disse pra mamãe, não peguei nada. Não fiz mal a ninguém.
— Então o que você foi fazer lá? — pergunta seu pai.

— Não sei. Acho que só dar uma olhada.

— *Acho que só dar uma olhada* — repete o pai, e isso faz Raleigh se sentir um garotinho de seis anos. — E você foi dar uma olhada em quê? Calcinhas? Sutiãs?

— Não! — grita Raleigh, ficando vermelho de vergonha. Ele não é um tarado. — Fui olhar, principalmente, os computadores — murmura.

— Meu Deus! — grita o pai. — Você mexeu no computador dos outros?

Raleigh assente, pesaroso.

Seu pai dá um soco na mesa e se levanta. Começa a andar pela cozinha de um lado para outro, olhando para Raleigh.

— As pessoas não usam senhas?

— Às vezes eu consigo entrar — diz ele, com a voz trêmula.

— E o que foi que você fez, quando *deu uma olhada* nos computadores pessoais dos outros?

— Bem... — De repente sai tudo de uma vez. Ele sente a boca se contorcer enquanto tenta conter o choro. — Eu só escrevi uns e-mails de brincadeira da... da conta de e-mail deles.

Então, de maneira totalmente inesperada, desata a chorar.

DOIS

Olivia avalia a situação. Paul está furioso de um jeito que ela nunca viu. Faz sentido: Raleigh nunca fez nada nem de longe parecido com isso antes. Ela sabe que grande parte da raiva tem a ver com o medo. Será que eles estão perdendo o controle sobre o filho de dezesseis anos? Por que ele fez isso? Não deixam faltar nada a ele. E eles ensinaram a Raleigh a diferença entre o certo e o errado. Então o que está acontecendo?

Ela observa o filho triste sentado na cadeira, fungando, enquanto o pai o encara silenciosamente, como se estivesse decidindo o que fazer, considerando qual seria o castigo apropriado.

Ela se pergunta: o que seria o certo, o mais correto, a fazer numa situação como essa? Como ensinar uma lição a Raleigh? E como apaziguar sua própria culpa de mãe? Ela pensa com cuidado.

— Acho que Raleigh deveria falar com essas pessoas e pedir desculpas.

Paul se vira para ela, furioso.

— O quê? Você quer que ele *peça desculpas*?

Por uma fração de segundo, Olivia fica aborrecida com o fato de Paul ter direcionado a raiva dele para ela, mas deixa passar.

— Não estou dizendo que é *só* isso. Obviamente, ele vai ter que enfrentar as consequências pelo comportamento dele. Consequências muito sérias. No mínimo, vai ficar de castigo em casa até podermos confiar nele de novo. E acho que temos de confiscar o celular dele por um tempo, também. E só permitir que ele use a internet para os deveres de casa.

Raleigh olha assustado para a mãe, como se o castigo fosse pesado demais. Ele não entende mesmo, pensa ela. Realmente não entende a dimensão do que fez. Olivia sente um calafrio. Como é possível ensinar qualquer coisa às crianças hoje em dia com todo o mau exemplo que elas veem o tempo todo nos noticiários de pessoas em posição de autoridade? Ninguém mais parece se comportar bem ou respeitar os limites. Não foi assim que ela foi criada. Ela foi ensinada a pedir desculpas e a se retratar com as pessoas.

— Ele não pode pedir desculpas — diz Paul, com firmeza.

— Por que não? — pergunta Olivia.

— Ele arrombou casas, invadiu o computador dos outros. *Violou a lei.* Se ele se desculpar, vai se expor a uma acusação criminal. É isso o que você quer?

O coração de Olivia congela de medo.

— Não sei — responde ela, irritada. — Talvez ele mereça.

Mas diz isso apenas da boca para fora, claro. A ideia de ver o filho sendo acusado de um crime a aterroriza, e seu marido claramente compartilha desse terror. De repente ela percebe que eles serão capazes de fazer qualquer coisa para proteger Raleigh.

— Acho melhor conversarmos com um advogado. Por via das dúvidas — diz Paul.

* * *

Na manhã seguinte, um domingo, Raleigh está dormindo profundamente quando Olivia entra em seu quarto e o sacode pelo ombro.

— Levanta *agora* — diz ela.

E ele obedece. Agora está se comportando como um anjo. Quer de volta seu celular e o acesso à internet. Além disso, está apavorado com a ideia de ir ao advogado, mas seu pai faz questão que ele vá. Na noite passada, à mesa do jantar, seu pai dissera que, a longo prazo, talvez fosse melhor que Raleigh fosse acusado e enfrentasse as consequências legais. Mas não acreditou que seu pai faria isso com ele, estava apenas tentando assustá-lo. O que funcionou. Raleigh está se cagando de medo.

Depois de se vestir e descer, sua mãe lhe diz:

— Agora nós vamos entrar no carro e você vai me mostrar as duas casas que arrombou.

Ele olha para ela, desconfiado.

— Por quê?

— Porque eu disse que vai — responde ela.

— Onde está o papai? — pergunta ele, nervoso.

— Foi jogar golfe.

Eles entram no carro. Sua mãe nem lhe deixou tomar o café da manhã. Raleigh se senta no banco do carona, com o estômago roncando e o coração batendo acelerado. Talvez seus pais tenham conversado melhor, depois que ele foi dormir, e decidido que ele precisava se desculpar, no fim das contas.

— Qual é o caminho? — pergunta ela.

A mente de Raleigh congela. Ele sente que está começando a suar. Só vai mostrar à mãe umas duas casas que arrombou para que ela largue do seu pé. E certamente não lhe dirá a verdade sobre onde esteve na noite passada.

Quando sua mãe tira o carro da garagem e entra na rua Sparrow, ele fica uma pilha de nervos. As árvores reluzem em tons dourados, alaranjados e vermelhos, e tudo parece igual a quando ele era criança e os pais juntavam folhas numa grande pilha no gramado para que ele pulasse em cima. Quando chegam à esquina, Raleigh diz à mãe que vire à esquerda e depois novamente à esquerda, na rua Finch, uma longa via residencial paralela à rua em que eles moram.

Sua mãe dirige lentamente por essa rua, até que ele aponta para uma casa. Número 32, uma bela construção de dois andares pintada de cinza-claro com persianas azuis e porta da frente vermelha. Ela encosta no meio-fio e estaciona, olhando para a casa como se a estivesse memorizando. O dia está ensolarado e faz calor no carro. O coração de Raleigh agora bate mais forte, e o suor se forma em sua testa e entre as omoplatas. Ele nem se lembra mais de que está com fome; agora, está apenas enjoado.

— Você tem certeza de que foi esta casa? — pergunta ela.

Ele assente e desvia o olhar do dela. Sua mãe continua olhando para a casa. Por um terrível momento, ele pensa que ela vai sair do carro, mas isso não acontece. Ela apenas fica ali sentada. Ele começa a se sentir exposto. E se alguém sair da casa? Será que é isso que ela está esperando?

— Quando foi que você arrombou essa casa? — pergunta a mãe.

— Não sei. Já faz um tempo — murmura ele.

Ela volta a olhar pela janela do carro e estuda a casa mais um pouco.

— O que estamos fazendo aqui, mãe? — pergunta ele enfim.

Ela não responde. Quando sua mãe liga o carro de novo, ele sente o corpo amolecer de tanto alívio.

— Onde fica a outra? — pergunta ela.

Raleigh fala para ela virar à esquerda no fim da rua e depois novamente à esquerda, voltando assim à rua em que moram.

Ela olha para ele.

— Você está falando sério? Arrombou a casa de um dos nossos vizinhos? Nem precisávamos ter pegado o carro, não é?

Ele não responde. Em silêncio, aponta para o número 79, uma casa branca de dois andares com uma janela de sacada na fachada, venezianas pretas e uma garagem para dois carros.

Mais uma vez, ela encosta o carro e olha para a casa, inquieta.

— Tem certeza de que foi *esta* casa que você arrombou ontem à noite, Raleigh?

Ele olha para a mãe de soslaio, tentando entender aonde ela quer chegar. O que há de especial nesta casa?

Como se estivesse lendo a mente dele, ela diz:

— A esposa dele o abandonou faz pouco tempo.

Isso não é culpa minha, pensa Raleigh, emburrado, desejando ter mostrado outra casa.

Sua mãe volta a ligar o carro e sai para a rua.

— Tem certeza de que você não pegou nada, Raleigh? De que foi só uma aventura? — pergunta ela, virando-se para olhá-lo. — Diga a verdade.

Ele nota o quanto ela está preocupada, e se sente péssimo por isso.

— Eu juro, mãe. Não peguei nada.

Pelo menos isso é verdade. Ele se sente mal pela situação em que colocou os pais, principalmente a mãe.

Ontem, ele prometeu aos dois que não faria isso de novo, e estava falando sério.

* * *

Olivia dirige pelo curto trajeto de volta para casa em silêncio, perdida em pensamentos. As casas dessas ruas familiares foram construídas há décadas. Ficam a uma grande distância umas das outras e bem afastadas da rua. Por isso, à noite, ficam pouco iluminadas pelos postes de luz; seria fácil arrombá-las sem ser visto. Ela nunca havia pensado nisso antes. Talvez ela e Paul devessem instalar um sistema de segurança. Ela reconhece a ironia da situação; está pensando em instalar um sistema de segurança porque o próprio filho anda arrombando a casa dos outros.

Amanhã é segunda-feira. Paul vai ligar para um escritório de advocacia e marcar um horário para que eles conversem com alguém sobre o caso. Ela passou boa parte da tarde anterior vasculhando o quarto de Raleigh, enquanto ele observava, com cara de arrasado. Não encontrou nada que não devesse estar ali. À noite, ela e Paul voltaram a discutir o assunto na cama. Depois disso, ela mal dormiu.

Ser mãe é muito estressante, Olivia pensa, olhando de soslaio para o filho mal-humorado sentado ao seu lado, largado no banco. Você faz o melhor que pode, mas, sinceramente, que controle se tem depois que eles crescem? Você não faz a menor ideia do que se passa na cabeça deles, ou do que estão fazendo. E se ela nunca tivesse visto aquela mensagem? Quanto tempo levaria até ele ser preso e a polícia aparecer à sua porta? Ele estava arrombando casas, bisbilhotando a vida dos outros, e ela e Paul não faziam ideia do que estava acontecendo. Se alguém tivesse acusado seu filho de algo assim, ela jamais teria acreditado. Isso mostra como ela não o conhece direito mais. Mas Olivia viu as mensagens com os próprios olhos. Raleigh admitiu. Ela se questiona, inquieta, se ele teria outros segredos. Estaciona o carro na entrada de casa e pergunta:

— Raleigh, tem mais alguma coisa que você queira me dizer?

Ele se vira para ela, assustado.

— O quê?

— Você me ouviu. Tem mais alguma coisa que eu deveria saber? — Ela olha para o filho, hesita e acrescenta: — Não tenho que necessariamente contar ao seu pai.

Ele fica visivelmente surpreso, mas balança a cabeça, negando. Então ela se pergunta se deveria ter dito aquilo. Ela e Paul deveriam representar uma frente unificada. Com grande esforço, enfim, ela diz, em um tom de voz neutro:

— Me diga a verdade. Você está usando drogas?

Raleigh chega a sorrir.

— Não, mãe, eu não estou usando drogas. Juro que não. E não vou fazer isso de novo, pode ficar tranquila.

Mas Olivia não pode ficar tranquila, porque é a mãe dele, e se preocupa que o fato de ele estar arrombando casas — não por cobiça, não para roubar, mas apenas para "dar uma olhada" — possa ser um indicativo de que há algo errado com ele. Isso não é normal, é? E aqueles e-mails que ele diz ter enviado do computador dos outros a preocupam. Ele não contou a ela qual era o teor das mensagens, e ela não chegou a insistir, porque não tem certeza se quer mesmo saber. Será que ele tem algum problema grave? Deveria se consultar com alguém? Ela conhece crianças e adolescentes que fazem terapia para tratar vários tipos de problema — ansiedade, depressão. Quando ela era pequena, crianças e adolescentes não faziam terapia. Mas os tempos são outros.

Depois que eles já estão em casa, Olivia se retira para o escritório no andar de cima e fecha a porta. Sabe que Paul ainda vai demorar algumas horas para voltar do jogo de golfe. Ela se senta ao computador e digita uma carta. Uma carta de desculpas, que não irá assinar. Não é nada fácil de escrever. Quando fica satisfeita com o texto, imprime duas cópias e as coloca em dois envelopes brancos comuns, que então sela e guarda no fundo da bolsa. Terá de esperar anoitecer para entregá-las. Sairá sob o pretexto de comprar alguma coisa no mercadinho e vai aproveitar a ocasião. Não contará nada sobre isso a Paul ou Raleigh; sabe muito bem que eles não aprovariam. Mas isso a faz se sentir melhor.

Depois de pensar por um momento, ela volta ao computador e exclui o arquivo de texto.

TRÊS

É segunda-feira, 16 de outubro, de manhã cedo; a claridade no céu vai ficando cada vez mais forte. O ar está frio. O detetive Webb encontra-se de pé, imóvel, observando a névoa que se levanta do lago, segurando um copo de papel com café, que já esfriou faz muito tempo. A superfície do lago, mais adiante, está perfeitamente imóvel. Ele ouve ao longe o gorjeio de um pássaro. Isso o faz lembrar de seus tempos de acampamento quando garoto. A cena seria pacífica, não fosse pela equipe de mergulhadores e os vários veículos, equipamentos e profissionais ali perto.

Os arredores de Aylesford são uma região encantadora para passar as férias. Ele já esteve aqui antes com a esposa. Mas esta é sua primeira tarefa da segunda-feira, e ele não veio para se divertir.

— Você ainda está bebendo isso? — pergunta a detetive Moen, olhando de soslaio para ele.

A detetive Moen é a sua parceira; cerca de vinte centímetros mais baixa e uma década mais jovem, tem quase trinta anos, enquanto ele se aproxima dos quarenta, e é afiada como uma navalha. Ele gosta de trabalhar com ela. Moen tem cabelos castanhos curtos e olhos azuis sagazes. Webb olha para a parceira, balança a cabeça e joga o café frio no chão.

Um morador local aposentado chamado Bryan Roth estava no lago ao amanhecer, num barco a remo, pescando robalos, quando pensou ter visto alguma coisa embaixo do barco, algo que parecia ser um carro. Não estava muito longe da margem. Chamou então a polícia, e logo apareceu a equipe regional de busca submarina do condado. Eles não precisaram de muito tempo para confirmar que havia de fato um veículo no fundo do lago; agora, precisam descobrir o que mais pode haver debaixo da água.

Os mergulhadores acabaram de descer para dar uma olhada. Webb está de pé, observando, acompanhado de Moen, esperando o momento de eles voltarem à superfície. Ele quer saber se há um corpo no carro. Ou pior, mais de um. As probabilidades indicam que sim. Enquanto isso, ele analisa o ambiente. Atrás deles há uma estrada de pouca circulação. Um lugar para suicídio, talvez? O carro não está longe da margem, mas a profundidade da água nesse ponto aumenta rapidamente. Há uma pequena faixa de areia antes da beira do lago. Webb se vira de costas e olha de novo para a estrada. Ela faz uma curva naquele ponto — se alguém estivesse dirigindo rápido demais, ou bêbado, ou drogado, seria possível que o veículo passasse direto pela curva e caísse na água pelo declive? Não há uma mureta de proteção para prevenir esse tipo de acidente.

Ele se pergunta há quanto tempo o automóvel estaria lá. É um lugar remoto. Um carro submerso ali poderia passar despercebido por muito tempo.

Sua atenção se volta para um sujeito parado na beira da estrada. O homem mais velho acena um olá nervoso.

Webb e Moen vão até ele.

— Foi o senhor que viu o carro? — pergunta Webb.

O homem assente.

— Sim. Meu nome é Bryan Roth.

— Eu sou o detetive Webb e esta é a detetive Moen, da polícia de Aylesford — diz ele, mostrando ao homem o distintivo. — O senhor costuma pescar por aqui? — pergunta Webb.

O homem balança a cabeça.

— Não, eu não costumo vir aqui. Nunca pesquei nessa região antes. Estava ali por acaso — aponta para o lago —, pescando, quando de repente senti alguma coisa. Eu me inclinei para dar uma olhada e comecei a puxar a linha de volta, e foi aí que vi o carro.

— Que bom que o senhor ligou para a polícia — diz Moen.

O homem assente e ri de nervoso.

— Levei um baita susto. A gente não espera ver um carro debaixo da água. — Ele olha para os policiais, inquieto. — Vocês acham que tem alguém dentro dele?

— É isso que estamos querendo descobrir — diz Webb.

Ele se afasta do homem e observa o lago. Nesse momento, um mergulhador brota na superfície e olha em direção à margem. Ele balança a cabeça com firmeza: não.

— Aí está a resposta — diz Webb.

Mas essa não era a resposta que ele estava esperando. Se não há um corpo no carro, como foi que ele caiu na água? Quem estava dirigindo? Talvez alguém o tenha empurrado.

Moen, ao lado de Webb, parece igualmente surpresa.

Há muitas razões possíveis para não haver ninguém no carro. Talvez o motorista tenha conseguido sair e não quis registrar ocorrência por estar embriagado. Talvez o carro tenha sido roubado. O que eles precisam fazer agora é retirar o veículo da água e examinar a placa. E poderão partir disso.

Moen continua parada ao lado de Webb, analisando em silêncio as possibilidades, exatamente como ele.

— Obrigado pela ajuda — diz Webb ao homem. Em seguida, vira-se bruscamente e vai em direção ao lago, seguido por Moen. O homem fica para trás, parecendo perdido.

O mergulhador agora está chegando à margem. Os militares da Marinha aguardam; tirar o carro da água é trabalho deles — um trabalho que já fizeram inúmeras vezes. Um segundo mergulhador ainda está lá embaixo, preparando o veículo para ser içado.

O mergulhador levanta a máscara.

— É um sedã de quatro portas. Todas as janelas estão bem abertas. — Ele faz uma pausa e acrescenta: — Pode ter sido afundado de propósito.

Webb morde o lábio inferior.

— Alguma ideia de há quanto tempo está submerso?

— Eu diria que há duas semanas, mais ou menos.

— Ok. Obrigado. Vamos tirá-lo de lá — diz ele.

Webb e Moen recuam e deixam os especialistas fazerem seu trabalho. Em silêncio, os dois apenas observam.

Por fim, ouve-se um barulhão de água escorrendo e o carro aparece. Quando o veem pela primeira vez, ele está a alguns metros acima da superfície do lago. A água jorra das janelas e das frestas das portas. O veículo fica suspenso por cabos no ar por um minuto, ressuscitado.

O carro é então lentamente movido na direção da margem. Ele aterrissa com um solavanco e depois assenta, ainda vazando fluidos. Tomando cuidado com os sapatos, Webb se aproxima do veículo. É um Toyota Camry relativamente novo, e, como disse o mergulhador, as quatro janelas estão abertas. Webb analisa o banco da frente e vê uma bolsa feminina debaixo do assento. Na parte detrás do carro, no chão, há uma pequena bolsa de viagem. O carro cheira a água parada e podridão. Webb tira a cabeça da janela e vai até a traseira do veículo. Placa de Nova York. Ele se vira para Moen:

— Verifique a placa — diz ele.

Ela assente brevemente e transmite o número da placa à central enquanto os dois dão a volta no veículo. Por fim, completam o círculo e param de novo em frente à traseira do carro. É hora de abrir o porta-malas. Webb tem um mau pressentimento. Ele se vira e olha para o homem que encontrou o carro na água. O pescador não se aproxima. Parece tão apreensivo quanto Webb, mas o detetive é experiente em não demonstrar seus sentimentos.

— Vamos abrir isso — ordena ele.

Um membro da equipe se aproxima com um pé de cabra. Ele claramente já fez isso antes. O porta-malas então se abre. Todos olham para ele.

Há uma mulher ali dentro. Está deitada de costas, com as pernas dobradas para um lado, completamente vestida, usando calça jeans e um suéter. É branca, provavelmente perto dos trinta anos, cabelos castanhos compridos. Webb repara na aliança de casamento e no anel de noivado de diamante no dedo dela. É possível notar que ela foi brutalmente agredida. Tem a pele pálida, com aspecto de cera, e o único olho que lhe resta está bem aberto. Ela o encara como se pedisse ajuda. Dá para perceber que era muito bonita.

— Meu Deus — diz Webb, baixinho.

QUATRO

Na segunda-feira de manhã, Carmine Torres acorda cedo. A luz do sol está começando a se infiltrar pela janela da frente, iluminando a entrada da casa, quando ela desce as escadas, pensando na primeira xícara de café do dia. Ela está na metade da escada quando vê um envelope branco caído no chão de madeira escura perto da porta da frente. Que estranho. Não havia nada ali ontem à noite, quando ela foi dormir. Deve ser apenas propaganda, ela pensa, apesar do aviso PROIBIDO PROPAGANDA exibido do lado de fora da casa. E, pensando bem, esse tipo de correspondência não costuma ser entregue tarde da noite.

Carmine vai até a porta e pega o envelope. Não há nada escrito nele. Ela pensa em jogá-lo na lixeira de reciclagem sem abrir, mas está curiosa, então rasga o envelope, abrindo-o casualmente, enquanto segue para a cozinha.

Assim que põe os olhos na carta, no entanto, ela se detém e fica completamente imóvel. Ela lê:

Esta é uma carta muito difícil de escrever. Espero que a senhora não nos odeie. Não há maneira fácil de contar isso, então vou apenas dizer de uma vez.

> *Meu filho arrombou a sua casa recentemente, enquanto a senhora estava fora. E me disse que não foi a única propriedade que invadiu. Sei que isso não serve de consolo. Ele jura que não pegou nada. Vasculhei minuciosamente o quarto dele e estou certa de que está dizendo a verdade quanto a isso. Ele diz que apenas deu uma olhada, que foi muito cuidadoso e não quebrou nem danificou nada. A senhora provavelmente nem percebeu que meu filho esteve aí. Mas acho que deveria saber que ele bisbilhotou seu computador — ele é muito bom em informática —, e confessou ter enviado alguns e-mails de trote da conta de alguém. Ele não me contou sobre o teor desses e-mails — imagino que esteja muito envergonhado —, mas achei que a senhora deveria saber. Eu odiaria que eles lhe causassem algum problema.*
>
> *Estou terrivelmente constrangida com o comportamento do meu filho. Lamento que ele não possa se desculpar pessoalmente. Não posso lhe dizer o meu nome, ou o nome dele, porque o pai está preocupado que isso o deixe exposto a uma acusação criminal. Mas, por favor, acredite quando digo que sentimos muito e estamos profundamente envergonhados pelo comportamento dele. Adolescentes podem ser muito difíceis.*
>
> *Aceite, por favor, este pedido de desculpas e a promessa de que isso jamais voltará a acontecer. Asseguro que meu filho está pagando caro por suas ações.*
>
> *Eu só queria que a senhora soubesse que isso aconteceu e que sentimos muito.*

Carmine levanta o olhar da página, horrorizada. Alguém arrombou a casa dela? Que bela maneira de ser recebida no bairro. Ela mora ali faz apenas alguns meses; ainda está se acostumando com o lugar, tentando fazer amigos.

A carta não a deixa nada feliz. Ela fica inquieta. É horrível pensar que alguém esteve em sua casa, mexendo nas suas coisas, bisbilhotando seu computador, sem ela ter a mínima ideia de que isso aconteceu. Carmine pretende olhar tudo para se certificar de que nada sumiu — não pode simplesmente acreditar nessa desconhecida. E é melhor verificar no computador se há e-mails enviados que ela não escreveu. Quanto mais ela pensa sobre o assunto, mais chateada fica. Ela se sente *invadida*.

Carmine entra na cozinha e começa a preparar o café. Por mais aborrecida que esteja, não consegue deixar de sentir pena da mulher que escreveu a carta. Que situação horrível para ela, Carmine pensa. Mas adoraria descobrir a identidade da mulher.

* * *

Robert Pierce para ao pé da escada, encarando o envelope branco no chão do hall de entrada. Alguém deve tê-lo introduzido pela abertura da caixa de correio na porta, na noite anterior, enquanto ele estava na cama.

Robert avança lentamente, os pés descalços sem fazer ruído sobre o piso de madeira. Ele se abaixa e pega o envelope, virando-o na mão. Não há nada escrito nele.

Então, ele abre o envelope e puxa uma única folha de papel, depois lê a carta, incrédulo. Não está assinada. Quando chega ao final, levanta o olhar do papel, sem ver nada. Alguém esteve ali na sua casa.

Sentando-se no primeiro degrau da escada, ele relê a carta. Algum adolescente procurando confusão. Não consegue acreditar.

Ele fica sentado por um bom tempo, suspeitando de que pode estar com um problema.

* * *

Raleigh vai para a escola na segunda de manhã, aliviado por sair de casa.

Sente-se também completamente desconectado — permaneceu off-line o fim de semana todo. Sem o celular, é quase como se não pudesse enxergar. Não consegue falar com ninguém, fazer nenhum plano, nem saber o que está acontecendo. Ele se sente como um morcego sem radar. Ou sonar. Ou sei lá o quê. Precisa torcer para esbarrar com Mark no corredor ou no refeitório, porque eles não têm aulas juntos hoje.

Mas então encontra o amigo esperando por ele em frente ao seu armário. É claro que Mark deve ter imaginado o que aconteceu.

— Seus pais tomaram o seu celular? — pergunta, enquanto Raleigh abre o armário.

— Pois é.

A raiva que sentiu da estupidez do amigo diminuiu quando ele se lembrou de que provavelmente lhe enviou mensagens igualmente estúpidas. Além disso, ele está precisando de um amigo nesse momento.

— Por quê? O que você fez?

Raleigh chega mais perto de Mark.

— Aquelas mensagens que você me mandou... minha mãe viu. Eles descobriram.

Mark reage assustado.

— Merda! Foi mal.

Raleigh agora lamenta que, num momento de vaidade, tenha contado a Mark o que andava fazendo. Foi só para contar vantagem. Se pudesse voltar no tempo, teria ficado de boca fechada.

Raleigh olha por cima do ombro para ver se alguém está ouvindo a conversa deles. E fala mais baixo:

— Agora eles vão me levar pra conversar com um advogado e decidir o que fazer. Meus próprios pais estão pensando em me entregar!

— Não é possível. Eles não fariam isso. São seus *pais*.

— É, mas estão putos da vida.

Raleigh sacode os ombros para se desvencilhar da mochila.

— Vejo você depois? — pergunta Mark, visivelmente preocupado.

— Claro. Me encontra aqui depois da aula. — Ele pega os livros.

— Porra, odeio ficar sem celular.

* * *

Olivia tem trabalho a fazer, mas não consegue se concentrar. Ela é copidesque de livros didáticos e trabalha de casa. Tem trabalho suficiente para manter-se razoavelmente ocupada, mas não demais, assim consegue cuidar da casa e da família. É um arranjo satisfatório, mas não muito gratificante. Às vezes ela sonha em fazer algo completamente diferente. Talvez, um dia, se torne corretora de imóveis, ou trabalhe em uma loja de jardinagem. Ela não sabe bem o quê, mas se sente atraída pela ideia de mudança.

Olivia andava distraída demais para trabalhar, esperando a ligação de Paul para saber quando seria a reunião com o advogado. E, agora que descobriu que vai ser hoje, não consegue pensar em mais nada. Ela hesita, mas pega o telefone e liga para Glenda Newell.

Glenda atende no segundo toque. Ela também trabalha de casa algumas horas por semana, montando sofisticadas cestas de presente para empresas locais. E costuma estar disponível para tomar café quando Olivia a chama.

— Você não quer ir ao Bean tomar um café? — pergunta Olivia, ouvindo a tensão na própria voz, mesmo com o esforço para manter um tom casual. — Estou precisando conversar.

— Claro, seria ótimo — responde Glenda. — Está tudo bem?

Olivia ainda não decidiu quanto da história vai contar a Glenda.

— Tá, sim. Quinze minutos, pode ser?

— Combinado.

Quando Olivia chega ao estabelecimento, Glenda já está à sua espera. O Bean é um lugar agradável, uma cafeteria à moda antiga, com uma mistura confusa de mesas e cadeiras que não combinam e paredes cobertas com quadros esquisitos de brechó. Não faz parte de uma franquia, e é bastante popular entre os moradores locais, em uma região onde muitos parecem trabalhar de casa. Glenda escolheu uma mesa aos fundos, onde elas podem ter certa privacidade. Olivia pede um americano descafeinado no balcão e se junta à amiga na mesa.

— O que aconteceu? — pergunta Glenda. — Você não parece muito bem.

— Não dormi direito nas últimas noites — admite Olivia, olhando para Glenda.

Ela precisa muito desabafar com alguém, e Glenda é sua amiga há dezesseis anos — elas se conheceram em um grupo de mães quando Raleigh e Adam, o filho de Glenda, ainda eram bebês. Os respectivos maridos também logo se tornaram amigos. Os quatro se encontram com frequência; na última sexta, enquanto Raleigh se metia em confusão, eram Glenda e o marido, Keith, que tinham ido jantar com ela e Paul.

Olivia sabe que pode confiar na amiga. Ela vai entender. As mães são terrivelmente competitivas hoje em dia, mas ela e Glenda nunca foram assim. Sempre foram honestas e solidárias uma com a outra em relação às crianças. Olivia sabe que Adam teve lá seus problemas. Em duas ocasiões já, com seus dezesseis anos, apareceu em casa tão bêbado que passou a noite com a cara na privada ou caído no chão do banheiro. Glenda teve de ficar acordada vigiando, para garantir que ele não se engasgasse com o próprio vômito. Ser mãe não é fácil; Olivia não sabe o que faria se não tivesse Glenda para ajudá-la. E sabe que Glenda também se sente grata pela sua amizade.

— Você não vai acreditar no que eu vou contar — começa Olivia, inclinando-se para a frente e falando baixinho.

— O que foi? — pergunta Glenda.

Olivia olha em volta para se certificar de que não podem ser ouvidas e prossegue, abaixando a voz ainda mais:

— Raleigh anda arrombando casas.

A surpresa no rosto de Glenda diz tudo. De repente, lágrimas começam a transbordar dos olhos de Olivia, e ela receia ter um colapso nervoso ali mesmo. Glenda se curva na direção dela e pousa uma das mãos no ombro da amiga num gesto solidário, enquanto Olivia procura um guardanapo e o leva aos olhos.

Justamente nesse momento, aparece a garçonete com seu café. Ela o coloca na mesa e se afasta depressa, fingindo não perceber que Olivia estava chorando.

— Ai, Olivia — diz Glenda, a expressão de surpresa no rosto transformando-se em compaixão. — O que aconteceu? Ele foi pego pela polícia?

Olivia balança a cabeça e tenta recobrar a compostura.

— Foi na sexta à noite, quando vocês foram lá em casa jantar.

Ela tinha pensado em pedir a Raleigh que ficasse para jantar com os convidados, mas ele já havia combinado de ir ao cinema com um amigo — pelo menos foi o que ele disse. Ela poderia ter insistido. Raleigh e Adam tinham sido amigos no passado, mas tomaram rumos diferentes naquela primavera, quando Adam começou a beber. A verdade é que uma parte dela não queria o filho perto de Adam, temendo que ele pudesse ser uma má influência; ela não queria que Raleigh começasse a beber também. Mas é claro que não podia dizer isso a Glenda. O que ela falou no dia foi que Raleigh já tinha combinado de sair e Glenda não se incomodou. Adam arrumou outra coisa para fazer. No fim das contas, seu próprio filho tinha arrumado outra coisa para fazer também.

Olivia conta à amiga toda a história humilhante; mas deixa de fora a parte das cartas de desculpas.

— Por que Raleigh faria uma coisa dessas? — pergunta Glenda, com genuína perplexidade. — Ele sempre foi tão bom garoto.

— Não sei — admite Olivia. — Parece...

Ela não consegue continuar. Não quer traduzir o pensamento em palavras, tornar reais suas preocupações.

— Parece o quê?

— *Estranho*. Por que ele iria querer bisbilhotar a casa dos outros assim? Isso não é normal! Será que ele é alguma espécie de... voyeur? Você acha que eu deveria procurar ajuda?

Glenda se recosta no assento e morde o lábio.

— Eu acho que você não deve se deixar levar pela emoção. Ele é adolescente. Adolescentes são estúpidos. Não pensam. Fazem o que lhes vem à cabeça, na hora que querem. Adolescentes fazem coisas assim o tempo todo.

— Será? — pergunta Olivia, apreensiva. — Mas eles geralmente roubam alguma coisa, não é? Raleigh não pegou nada.

— Você tem certeza? Talvez ele tenha só pegado uma garrafa de bebida, ou bebido um pouco e completado o resto com água. Adolescentes fazem essas merdas. Acredite em mim, eu sei disso.

O rosto de Glenda fica sombrio.

— Talvez — diz Olivia, pensando no assunto. Talvez fosse só isso. Ela não verificou o hálito de Raleigh enquanto ele dormia. Só soube que havia algo errado no dia seguinte. Talvez devesse ficar de olho na cristaleira em casa. — De qualquer forma, vamos consultar um advogado hoje à tarde. Vamos ver o que ele diz. Estamos fazendo isso principalmente para assustá-lo.

Glenda assente.

— Acho que não é má ideia.

Elas bebericam o café. Então Glenda muda de assunto.

— Você vai conseguir ir ao clube de leitura hoje à noite? — pergunta.

— Vou, preciso me distrair — responde Olivia, abatida. — Não conte a *ninguém* sobre isso, está bem? Fica só entre nós.

— Claro — concorda Glenda. — E, para falar a verdade, acho ótimo que tenham percebido isso logo. Assim podem cortar logo o mal pela raiz. Peça ao advogado que o faça se borrar de medo. Contanto que ele jamais volte a fazer nada parecido, vai ficar tudo bem. Ninguém foi prejudicado.

* * *

Glenda Newell volta para casa pensando no que Olivia acabou de lhe contar. Pobre Olivia... Raleigh arrombando casas! No entanto, é um consolo que outras famílias também tenham seus problemas. Isso a faz se sentir um pouco melhor com a própria situação.

Ela anda muito preocupada com Adam: com sua impulsividade, sua incapacidade de controlar o próprio comportamento. Mal consegue dormir à noite de tanta preocupação. Seu maior temor é de que o filho seja geneticamente propenso ao vício. Ele se deixa levar pela bebida com um entusiasmo estarrecedor. O que virá depois? Quando pensa em todas as drogas que existem, entra em pânico. Só Deus sabe o que os próximos anos lhe reservam; o último já foi bem angustiante. Às vezes, ela não sabe se vai sobreviver.

Keith, ultimamente, parece estar se escondendo. Parece não querer enfrentar a realidade ou então não vê mesmo nada de errado no fato de o filho de dezesseis anos beber compulsivamente. Mas Keith não é o tipo de pessoa que esquenta a cabeça. É tão bonito, com uma autoconfiança natural e um charme fácil, e acha sempre que as coisas vão dar certo e diz que ela se preocupa demais. Talvez ele esteja certo. Mas ela é mãe. Sua função é se preocupar.

CINCO

Robert Pierce está de saída para o trabalho quando, ao abrir a porta, se depara com um homem alto, de cabelo escuro, com seus trinta e muitos anos, e uma mulher mais baixa de cabelos castanhos sem brilho, cerca de dez anos mais nova. Ambos estão bem-vestidos. A primeira coisa que ele pensa é que estão ali para vender alguma coisa.

Então o homem mostra seu distintivo e diz:

— Bom dia. Robert Pierce?

— Sim.

— Sou o detetive Webb e esta é a detetive Moen, da polícia de Aylesford. Estamos aqui para falar sobre a sua esposa.

Ele nunca viu aquelas pessoas antes. Por que estão aqui agora? De repente, sente o coração batendo no ouvido.

— Vocês a encontraram? — pergunta.

As palavras saem sufocadas.

— Podemos entrar, Sr. Pierce?

Ele assente e dá um passo atrás, abrindo bem a porta para eles, depois a fecha atrás de si e os conduz até a sala de estar.

— Talvez seja melhor nos sentarmos — sugere o detetive Webb, ao ver que o dono da casa está parado no meio da sala, olhando para eles, sem saber o que fazer.

De repente, Robert percebe que precisa se sentar. Ele desaba numa poltrona; sente o sangue se esvaindo da cabeça. Ele olha para os detetives, um pouco tonto. Chegou o momento. Os detetives se sentam no sofá, com a postura ereta, a janela de sacada da fachada logo atrás deles.

— Encontramos o carro da sua esposa hoje de manhã.
— O carro dela. — Robert consegue dizer. — Onde?
— Num lago, perto de Canning.
— Como assim, num lago? Ela sofreu um acidente?

Robert olha do policial para a parceira, a boca seca.

— Estava submerso perto da margem, a uns cinco metros de profundidade. Encontramos a bolsa dela e uma pequena mala de viagem dentro do veículo — acrescenta ele calmamente. — E um corpo no porta-malas.

Robert se recosta na poltrona, ofegante. Sente que os detetives o observam com atenção. Ele olha para ambos, com medo de fazer a pergunta.

— É ela?
— Achamos que sim.

Robert se sente empalidecer. Não consegue falar nada. O detetive Webb se inclina para a frente, e Robert repara em seus olhos pela primeira vez: olhar penetrante, inteligente.

— Sabemos que isso é um choque. Mas precisamos que o senhor venha com a gente para identificar o corpo.

Robert assente. Ele se levanta, pega um casaco, segue os detetives até a rua e se senta no banco traseiro do carro.

O Instituto de Medicina Legal do condado é um prédio de tijolos baixo e de construção recente. Ao sair do carro, Robert supõe que vá ser levado até o necrotério. Ele imagina uma sala comprida, fria e esterilizada, com azulejos brilhantes e brancos, aço inoxidável, luz intensa e cheiro de morte. Sua cabeça começa a girar, e ele sabe que está sendo observado. Mas, em vez de um necrotério, Robert é conduzido a uma sala de espera ampla e moderna com um vidro em uma das laterais, dando visão para outro ambiente. Ele fica parado diante do vidro e observa enquanto um lençol é puxado para baixo, revelando o rosto do corpo na maca de aço.

— É a sua esposa? — pergunta Webb.

Ele se força a olhar.

— É — confirma Robert e em seguida fecha os olhos.

— Sinto muito — diz o detetive. — Vamos levar o senhor de volta para casa.

Silenciosamente, eles retornam ao carro. Robert olha pela janela, mas não vê as ruas passando; vê apenas o rosto da esposa, ferido, inchado e com manchas verdes. Ele sabe o que vai acontecer em seguida. Vai ser interrogado.

Eles chegam de volta à sua casa. Os dois detetives saem do carro e o acompanham até a porta.

— Sinto muito. Sei que é um momento difícil, mas nós gostaríamos de entrar e lhe fazer algumas perguntas, se não for incômodo — diz o detetive Webb.

Robert assente e os deixa entrar. Eles voltam para a sala onde haviam estado pouco tempo antes e se sentam nos mesmos lugares. Robert engole em seco e diz:

— Não sei nada além do que sabia duas semanas atrás, quando ela desapareceu. Contei tudo à polícia na época. O que vocês andaram fazendo esse tempo todo? — As palavras saem com um tom mais hostil do que deveriam. O detetive Webb olha para ele sem piscar. — Vocês nem a estavam procurando — continua Robert, com amargura na voz. — Pelo menos foi a impressão que eu tive.

— Trata-se agora de uma investigação de homicídio — explica o detetive, olhando para a parceira. — Naturalmente, haverá uma necropsia, e investigaremos tudo com muito cuidado — acrescenta.

— Precisamos voltar ao começo de tudo.

Robert assente, cansado.

— Tudo bem.

— Há quanto tempo o senhor e a sua esposa eram casados, Sr. Pierce?

— Completamos dois anos em junho.

Ele percebe que a detetive Moen está fazendo anotações.

— Havia algum problema no seu casamento?

— Não. Nada fora do comum.

— Sua esposa alguma vez foi infiel?

— Não.

— O senhor alguma vez foi infiel?

— Não.

— Alguma briga, algum... episódio de violência ou comportamento abusivo?

— É claro que não — responde ele, indignado.

— Sua esposa tinha inimigos?

— Não, não mesmo.

— O senhor reparou alguma coisa diferente nela nos dias ou nas semanas que antecederam o desaparecimento? Ela parecia preocupada? Mencionou algum aborrecimento com alguém?

Ele balança a cabeça.

— Não, nada que eu tenha notado. Estava tudo bem.

— Algum problema financeiro?

Ele volta a balançar a cabeça.

— Não. Estávamos planejando uma viagem à Europa. O meu trabalho ia bem. Ela fazia trabalhos temporários e gostava disso, de ter liberdade. Não lhe agradava a ideia de ficar presa em um mesmo emprego durante cinquenta e duas semanas por ano.

— O senhor pode nos contar sobre aquele fim de semana? — pede o detetive.

Robert olha para ambos e diz:

— Ela tinha planejado passar o fim de semana em Nova York com uma amiga, Caroline Lu. — Ele faz uma pausa. — Bem, pelo menos foi isso o que ela me disse.

— Ela costumava fazer isso com frequência? Viajar no fim de semana?

— Às vezes. Ela gostava de fazer pequenas excursões para fazer compras.

— E como organizava essas viagens?

Robert levanta a cabeça.

— Ela fazia tudo sozinha. Reservava tudo on-line, do computador dela, pagava com o próprio cartão de crédito.

— O senhor não suspeitou de nada quando ela saiu naquela sexta?

— Não, nada. Eu conhecia Caroline. Gostava dela. E elas já tinham feito esse tipo de coisa antes — explica ele e acrescenta: — Eu não gosto de fazer compras.

— Então nos diga como foi a manhã de sexta-feira — pede Webb.

— Dia vinte e nove de setembro.

— Ela preparou uma pequena bolsa de viagem na noite anterior. Lembro que estava cantarolando enquanto arrumava as coisas. Eu estava deitado na cama, olhando para ela. Ela parecia... feliz. — Ele olha sério para os dois detetives. — Fizemos amor naquela noite, estava tudo bem — garante ele.

Mas isso não era nem de longe verdade, ele pensa com seus botões.

— Na manhã seguinte — prossegue Robert —, quando ela saiu para o trabalho, eu lhe dei um beijo de despedida e disse para ela se divertir. Ela ia direto do escritório para a estação de trem, deixaria o carro lá. Era o último dia dela naquele trabalho temporário.

— E onde ela estava trabalhando? — pergunta o detetive.

— Já contei tudo isso à polícia — queixa-se Robert. — Em uma firma de contabilidade. Essa informação deve estar registrada.

Ele sente um lampejo de irritação.

— O senhor voltou a falar com ela naquele dia?

— Não. Eu até quis, mas acabei ficando enrolado no trabalho. Quando cheguei em casa, liguei para o celular dela, mas ela não atendeu. Não estranhei isso na hora. Mas, depois, durante o fim de semana inteiro, não consegui falar com ela. As chamadas iam direto para a caixa postal. Como nunca fomos um casal grudento, desses que ficam ligando um para o outro o tempo todo, imaginei que ela devia estar ocupada, se divertindo. Não dei muita importância.

— E quando o senhor percebeu que havia algo errado? — pergunta Webb.

— No domingo à noite, quando ela não voltou, como tinha combinado, comecei a ficar preocupado. Eu tinha deixado mensagens no celular dela, mas não tive retorno nenhum. E não me lembrava onde elas iam ficar hospedadas. Foi quando decidi ligar para a casa da Caroline. Pensei que o marido dela talvez soubesse de alguma coisa, se elas tinham se atrasado por algum motivo. Mas foi Caroline quem atendeu. — Ele faz uma pausa. — E Caroline me disse que não tinha planejado nenhuma viagem com Amanda naquele fim de semana, e que já fazia algum tempo que não falava com ela. — Robert esfrega o rosto. — Então, na segunda de manhã, fui à delegacia informar o desaparecimento da minha esposa.

— O senhor trabalha com o quê? — pergunta a detetive Moen.

Ele se surpreende um pouco com a pergunta e dirige sua atenção a ela.

— Sou advogado. Acho... acho melhor ligar para o escritório.

A detetive ignora o comentário.

— O senhor pode nos dizer onde estava naquele fim de semana, de sexta, vinte e nove de setembro, a segunda, dois de outubro? — pergunta ela.

— O quê?

— O senhor pode nos dizer...

— Sim, claro — responde ele. — Na sexta, passei o dia todo no trabalho, saí por volta das cinco e vim direto para casa. Já disse tudo isso à polícia, quando fui registrar o desaparecimento dela. Depois que cheguei do trabalho, à noite, não saí mais de casa. No sábado também fiquei em casa, botando o trabalho em dia; no domingo, fui jogar golfe com amigos — prossegue, e acrescenta: — Isso tudo deve estar registrado.

— Sua esposa tinha parentes? — pergunta Moen.

— Não. Ela era filha única, e os pais já morreram. — Ele faz uma pausa. — Será que posso fazer uma pergunta?

— É claro — diz o detetive Webb.

— Vocês têm alguma ideia do que aconteceu? De quem fez isso?

— Ainda não — responde o detetive —, mas não vamos sossegar enquanto não descobrirmos. Há mais alguma coisa que o senhor queira nos contar?

— Não me vem nada à mente — diz Robert, com o rosto deliberadamente inexpressivo.

— Tudo bem — diz Webb. E acrescenta, como se tivesse acabado de pensar naquilo: — Gostaríamos de enviar uma equipe para examinar a sua casa, se o senhor não se importar.

Com a voz alterada, Robert explode:

— Vocês ignoram a minha preocupação por duas semanas e agora querem revistar a minha casa? Pois que arrumem um mandado.

— Tudo bem. Vamos fazer isso — diz Webb.

Robert se levanta, seguido pelos dois detetives, que vão embora. Depois de vê-los sair de carro, Robert tranca a porta da frente e sobe depressa até o escritório. Ele se senta na cadeira da escrivaninha e abre a gaveta inferior. Há ali uma pilha de envelopes de papel pardo. Robert sabe que debaixo desses envelopes está o celular pré-pago da sua esposa, do qual a polícia não tem conhecimento. Ele fica ali parado por um instante, encarando os envelopes, receoso. Pensa na carta que recebeu pela manhã, a qual deixou no andar de baixo, em uma gaveta na cozinha. Alguém arrombou sua casa. Algum adolescente esteve ali, bisbilhotando sua escrivaninha. E deve ter visto o telefone, porque um dia, ao abrir a gaveta, Robert o encontrou em cima dos envelopes, e chegou a quicar de susto na cadeira. Ele tinha certeza de que o havia colocado debaixo dos envelopes. Mas agora sabe o que aconteceu. O garoto deve ter mexido ali e tirado o celular do lugar. E agora a polícia vai revistar a sua casa. Ele tem de se livrar do aparelho.

Robert tem pouco tempo até que eles voltem com um mandado. Mas quanto? Ele tateia por baixo dos envelopes em busca do celular, temendo de repente que não esteja ali. Mas logo sente a superfície lisa do aparelho e o retira da gaveta. Ele encara, então, esse celular que lhe causou tanta dor.

Robert fecha a gaveta e enfia o celular no bolso. Em seguida, olha pela janela; a rua lá embaixo está vazia. Quando a notícia de que o corpo de sua esposa foi encontrado se espalhar, haverá repórteres à sua porta, e ele nunca mais vai ter a chance de escapar. Precisa agir rápido. Ele troca de roupa, veste uma calça jeans e uma camiseta, desce correndo as escadas, pega um casaco e as chaves junto à porta e, então, pouco antes de abri-la, se detém. E se alguém o vir? E se depois os detetives descobrirem que ele saiu correndo de casa assim que foram embora?

Ele para por um minuto e pensa. Eles vão revistar a casa, então não pode esconder o celular ali. Que opções ele tem? Robert vai até os fundos e olha pela porta da cozinha para o quintal. É um lugar bastante reservado. Talvez ele possa enterrar o celular no canteiro de flores. Certamente não vão revirar o jardim. Os detetives já têm o corpo.

Ele olha para as ferramentas de jardinagem de Amanda no quintal, coloca as luvas dela e pega uma pequena pá. Vai até o canteiro de flores nos fundos do jardim e dá uma olhada em volta — a única casa de onde é possível ver seu quintal é a de Becky, e ele não a vê por ali, espiando pelas janelas ou pela porta dos fundos. Robert se abaixa e rapidamente cava um buraco estreito e pequeno, com cerca de trinta centímetros de profundidade, debaixo de um arbusto. Por precaução, limpa o celular com a camiseta; caso o encontrem, poderá dizer que provavelmente foi Amanda quem o colocou ali — era ela quem cuidava do jardim. Em seguida, enfia o celular no fundo do buraco e volta a fechá-lo. No fim, nem dá para dizer que a terra foi revirada. Ele guarda as ferramentas e volta para dentro.

Problema resolvido.

SEIS

Raleigh está sentado encurvado na aula de inglês. O professor segue com sua lenga-lenga, mas Raleigh só consegue pensar nos próprios problemas.

Tudo começou de maneira inocente na primavera passada, no mês de maio. Ele tinha esquecido a mochila na casa de seu amigo Zack depois da aula, e havia um trabalho dentro dela que precisava terminar até o dia seguinte. Raleigh mandou então uma mensagem ao amigo, na qual dizia que precisava passar lá para pegar a mochila. Zack respondeu dizendo que tinha saído com a família e que voltariam tarde. Frustrado, Raleigh foi de bicicleta até a casa do amigo. Nem sabia bem por que estava fazendo aquilo. Sabia que não havia ninguém lá. Ele não tinha a chave. Ao chegar, Raleigh deu a volta ao redor da casa, foi até os fundos e olhou pela janela do porão. Sua mochila estava lá no chão, ao lado do sofá, onde a tinha deixado, esquecida, enquanto jogava video game com Zack. Então, por algum motivo, ele resolveu ver se a janela estava destrancada — para sua surpresa, ela se abriu facilmente. Ele examinou a abertura. Raleigh era alto e magro — sabia que poderia passar sem problemas —, e a porra da mochila estava logo *ali*. Ele olhou em volta para ver se havia alguém observando, mas a verdade é que não estava muito preocupado; se alguém o visse, poderia explicar. Então, decidiu entrar.

Foi nesse momento que algo estranho aconteceu. Porque ele não se limitou a pegar a mochila, jogá-la pela janela e sair. Era o que deveria ter feito, ele sabia disso. E, agora, queria muito que tivesse acontecido dessa forma. Mas, em vez de ir embora, continuou no porão, ouvindo o silêncio. A casa parecia diferente sem ninguém ali — cheia de possibilidades. Um leve arrepio de animação percorreu-lhe a espinha. A casa vazia, naquele momento, pertencia a ele. Um sentimento estranho tomou conta de Raleigh, e ele soube, naquele momento, que não ia simplesmente se virar e sair pela janela.

A primeira coisa que fez foi subir as escadas para ver se havia um escritório na casa — o lugar onde teria mais chances de encontrar um computador. Passou pelo quarto de Zack e deu uma olhada. Viu a prova de química do amigo jogada em cima da escrivaninha e percebeu que a nota era um pouco mais baixa do que Zack havia lhe dito. Raleigh se perguntou sobre o que mais ele teria mentido. Em seguida, foi até o escritório e tentou invadir o computador do pai de Zack. Embora não tenha conseguido, curiosamente sentiu uma onda de energia pelo desafio.

No dia seguinte, quando Zack perguntou a ele sobre a mochila, Raleigh confessou, envergonhado, que havia entrado na casa dele pela janela do porão para pegar — e esperava que isso não fosse um problema. Zack, naturalmente, não deu importância.

Na segunda vez em que invadiu uma casa, algumas semanas depois, Raleigh estava mais nervoso. Mal podia acreditar que ia fazer aquilo de novo. Ele estava parado no escuro, no quintal dos fundos da casa de Ben, um dos seus colegas de turma. Sabia que Ben e a família estariam fora no fim de semana, e não viu nenhum sistema de segurança óbvio.

Ele encontrou uma janela lateral de porão destrancada. Aquele ainda era um bairro onde as pessoas nem sempre trancavam todas as janelas e portas, quer estivessem em casa, quer não. Raleigh não teve dificuldade para entrar. Uma vez lá dentro, no escuro, seus batimentos começaram a se acalmar. Ele não podia acender as luzes. E se os vizinhos tivessem sido avisados de que eles iam viajar? Felizmente, era noite de lua cheia, e, depois que seus olhos se adaptaram à escuridão, Raleigh conseguiu se mover sem problemas. Tomou o cuidado de não passar diante das janelas e em seguida subiu para os quartos. Encontrou um laptop sobre uma escrivaninha no quarto do casal. Dessa vez, estava preparado. Usou um pendrive para iniciar o computador e conseguiu acessá-lo com muita facilidade. Depois de bisbilhotar um pouco, saiu da casa da mesma maneira que havia entrado.

Se não tivesse ficado tão empolgado com sua ação de hacker, não teria continuado fazendo aquilo. Mas depois daquela casa houve outras. E ele foi ficando cada vez melhor na arte de invadir computadores. Gostava de ver as informações privadas das pessoas, mas nunca roubou nem alterou nada. Nunca fez mal nenhum. Nunca deixou nenhum sinal de sua presença.

Foi um erro dizer a Mark o que estava fazendo. Se pelo menos ele não tivesse enviado aquela mensagem idiota...

Raleigh leva um susto ao ouvir seu nome sendo chamado nos alto-falantes. Na mesma hora, todos os olhos se voltam automaticamente para ele, e depois se desviam de novo. Ele guarda os livros na mochila e vai sem pressa até a porta. Mas está bastante constrangido. Sente o rosto ficando levemente vermelho.

Ele desce três lances de escada até a secretaria, com suor brotando da pele. Raleigh nunca é chamado à secretaria. Está com receio de que isso tenha alguma coisa a ver com as invasões. Será que a polícia veio atrás dele? Será que havia câmeras em algum lugar e ele não percebeu? Talvez alguém o tenha visto sair de uma casa e o reconhecido. Ele luta contra a vontade de pegar suas coisas no armário e fugir de tudo aquilo, ir correndo para casa e se esconder no quarto.

Quando chega à secretaria, fica aliviado ao ver sua mãe esperando por ele. Sem polícia à vista.

— Temos um compromisso — diz ela. — Pegue suas coisas. Vou esperar no carro.

A apreensão de Raleigh volta a crescer.

Enquanto eles seguem rumo ao centro da cidade para encontrar o advogado, um silêncio terrível se instala no carro. Seu pai trabalha ali perto, no centro comercial, e o combinado é que ele os encontre lá. Raleigh passa todo o tempo preocupado com o que o advogado vai dizer.

O escritório de advocacia é intimidador. Ele nunca esteve em um lugar assim antes. Fica no último andar de um prédio comercial, e há portas de vidro e móveis elegantes por toda parte. Uma rápida olhada e dá para perceber que aquilo deve estar custando aos seus pais uma fortuna.

Paul já está na recepção quando eles chegam, e mal olha para o filho. Raleigh fica ali sentado com os pais, esperando, cabisbaixo. Eles sem dúvida estão constrangidos por estar ali, fingindo ler a *New Yorker*. Raleigh nem se dá ao trabalho de pegar uma revista; apenas olha para os pés, sentindo falta do celular.

Pouco tempo depois, eles são conduzidos por um corredor silencioso e acarpetado até um espaçoso escritório com uma vista impressionante do rio. O advogado atrás da grande mesa se levanta e aperta a mão de cada um deles. Raleigh sabe que está com as mãos suadas de nervoso; as mãos do advogado estão frias. Ele sente uma antipatia imediata por Emilio Gallo, um homem corpulento que olha fixamente para ele, como se o estivesse avaliando.

— Então, me conte o que aconteceu, Raleigh — pede Gallo.

Raleigh olha para a mãe; não ousa encarar o pai. Ele havia imaginado que os pais cuidariam de toda a conversa e ele apenas ficaria ali sentado, parecendo arrependido, concordando em fazer o que quer que o advogado mandasse. Mas sua mãe se recusa a olhar para ele. Então, ele conta a Gallo a mesma história que contou aos pais, morrendo de medo de o advogado não se deixar enganar e perceber as omissões em seu relato. Raleigh não quer que ele saiba quantas casas invadiu nem a extensão de seus conhecimentos de computação, o que ele é capaz de fazer. Ele *só* invadiu uns computadores, deu uma olhada e caiu fora. Essa é a verdade. Poderia ter feito muito mais.

— Entendo — diz o advogado quando ele termina, e alisa a gravata com os dedos. — Então você não foi pego.

— Não — responde Raleigh.

— Isso que você fez se chama invasão de propriedade privada — explica o advogado. — E, no que diz respeito aos computadores, a situação é ainda pior. O estado de Nova York leva esse tipo de crime muito a sério. Você já ouviu falar do artigo 156 do nosso Código Penal?

Raleigh balança a cabeça, aterrorizado.

— Foi o que imaginei. Então me deixe explicar. — Ele se inclina para a frente e crava os olhos no garoto. — De acordo com o artigo 156, o "uso não autorizado de um computador" é crime. Isso ocorre quando se tem acesso ou se utiliza um computador sem a permissão do proprietário legítimo. Esse é um crime de menor potencial ofensivo classe A e pode ser punido com multa ou até alguns meses de prisão. A partir daí, a coisa piora. Você tem certeza absoluta de que não pegou ou copiou os dados de ninguém, nem excluiu ou alterou nada nos computadores? Porque aí já se trata de adulteração, e pode dar até quinze anos de cadeia.

Raleigh engole em seco.

— Não, eu só olhei as coisas. Só isso.

— E mandou e-mails. Isso é falsidade ideológica.

— Falsidade ideológica? — interrompe seu pai, bruscamente.

— Ele escreveu e-mails da conta de outra pessoa, fingindo ser ela — lembra o advogado.

— Mas escrever um e-mail de trote não pode constituir crime de falsidade ideológica — retruca Paul, parecendo horrorizado.

— Bem, não vale a pena correr o risco, não é? As pessoas não gostam de ter a privacidade invadida. — O advogado crava os olhos penetrantes em Raleigh, que se sente encolher ainda mais na cadeira. — E existe sempre a possibilidade de uma ação civil. Estamos nos Estados Unidos, as pessoas aqui adoram um processo. E isso pode acabar ficando muito caro.

Segue-se então um momento de silêncio longo e assustador. Seus pais claramente não haviam pensado naquilo tudo. Raleigh, menos ainda.

— Eu achava que ele devia se desculpar com essas pessoas, talvez fazer alguma reparação, mas meu marido foi contra — diz finalmente sua mãe.

— Não, seu marido tem toda a razão — retruca Gallo, parecendo surpreso. — Ele não deve se desculpar de modo algum. Isso seria o mesmo que confessar um crime, ou alguns crimes.

— E se ele enviasse uma carta anônima pedindo desculpas? — sugere ela.

— E por que diabos ele faria isso? — contesta Paul.

O advogado balança a cabeça e responde:

— Sinto muito. Esse seria um gesto adorável, e eu sou só um advogado criminal cínico, mas seria algo muito tolo. É melhor que essas pessoas simplesmente não saibam que ele esteve lá.

Raleigh percebe que a mãe enrubesce com a repreensão.

— Me conte um pouco mais sobre esse outro garoto, o Mark — pede Gallo. — Quem é ele?

— É um amigo da escola.

— E quanto ele sabe?

— Só que invadi duas casas. E que mexi nos computadores.

— E acha que ele deduraria você?

— De jeito nenhum — responde Raleigh, com firmeza.

— E o que faz você ter tanta certeza disso? — pergunta o advogado.

Raleigh de repente já não se sente mais tão seguro. Mas afirma:

— Eu só sei.

— Alguma coisa em qualquer rede social com que devemos nos preocupar?

Raleigh fica vermelho e balança a cabeça.

— Não sou tão idiota assim.

O advogado se recosta na cadeira, parecendo discordar. Então, olha para os pais de Raleigh.

— Meu conselho é ficar quieto e não fazer nada. Se ninguém prestar queixa e a polícia não aparecer à porta de vocês, considerem-se sortudos. Mas me deixe lembrar uma coisa a você, rapaz — e nesse momento ele se inclina para a frente e volta a cravar os olhos penetrantes e perspicazes em Raleigh —, de que a sorte não dura para sempre. Portanto, recomendo fortemente que você abandone agora mesmo a sua vida de crimes, porque, se for pego, com certeza será mandado para um reformatório.

Raleigh engole em seco, nervoso, e, com isso, eles se levantam para sair.

* * *

Olivia não diz uma palavra no caminho de volta para casa. Sua mente está um turbilhão. Ela está furiosa com Raleigh, e também com a situação. Ela se arrepende de ter enviado aquelas duas cartas anônimas. Não contará a ninguém sobre elas, mas agora teme que possam voltar para assombrá-la. Ouve em sua mente a voz do advogado: *seria algo muito tolo*.

Por que não deixou as coisas como estavam? É nisso que dá ser ético, tentar fazer o mais correto num mundo louco e cínico que não dá a mínima para o que é certo. Qual o problema em pedir desculpas? Parece que o que mais importa é não ser pego e se safar. Ela não gostou muito do advogado, mas ele infelizmente parece saber o que está fazendo; perto dele, ela parece uma pessoa ingênua.

Olivia não consegue deixar de pensar no que seu filho deve estar aprendendo com tudo isso. Talvez ele esteja assustado com a ideia de ser preso, o que é bom — ainda que provavelmente não esteja tão assustado quanto ela. Mas ela gostaria, na verdade, que Raleigh entendesse por que o que ele fez foi errado, e não só que tivesse medo do que poderia acontecer com ele. Como é possível ensinar aos filhos o que é certo e o que é errado, quando tanta gente em posição de autoridade se comporta tão mal o tempo todo? *Que diabos está acontecendo com os Estados Unidos?*

* * *

Carmine desfrutou seu jantar solitário — um único pedaço de peito de frango acompanhado de salada — à mesa da cozinha, com a televisão desligada. Ela tem princípios. Está acostumada a preparar suas refeições noturnas, ainda que às vezes se pergunte por que se dá a esse trabalho. Possui livros de culinária que enaltecem o prazer de cozinhar só para si, mas isso não parece muito prazeroso para ela. Adorava cozinhar para o marido e os filhos. Mas seu marido morreu, e seus filhos agora estão ocupados com as próprias vidas.

Nos últimos tempos, ela criou outra rotina — fazer uma pequena caminhada à noitinha pelo bairro. Rotinas proporcionam estabilidade para dias vazios, e as caminhadas servem tanto como exercício quanto para satisfazer sua curiosidade natural pelos vizinhos. Carmine segue pela rua Finch, vira na Sparrow e depois volta para a própria rua. É um longo quarteirão e uma boa caminhada. Pretende manter essa rotina enquanto o clima permitir, admirando as casas bem-cuidadas, olhando pelas janelas acesas de lares aconchegantes. Esta noite, enquanto caminha, pensa no arrombamento e na carta. Até agora, só falou sobre o assunto com a vizinha que mora bem ao lado de sua casa, Zoe Putillo. Zoe é a única pessoa com quem fez amizade no bairro. Carmine ainda não decidiu se vai deixar o assunto pra lá ou se vai tentar descobrir quem invadiu sua casa. Por um lado, sente uma compaixão natural pela mãe que escreveu a carta. Por outro, está um pouco indignada e deseja fazer algo a respeito.

Ao virar a esquina em direção à própria rua, ela se aproxima de uma casa toda iluminada. Consegue ver pelas grandes janelas, depois do gramado, a sala de estar, onde se reúne um pequeno grupo de mulheres. Elas conversam e riem, animadas, com taças de vinho nas mãos. Nesse momento, Carmine nota outra mulher chegando apressada. Ela segue em direção à entrada da casa, segurando um livro, e toca a campainha. Carmine ouve brevemente o som abafado de vozes, enquanto a porta se abre e a recém-chegada entra, mas logo o som desaparece de novo.

É um clube de leitura, Carmine percebe, com uma pontada de nostalgia, detendo-se por um momento. A nostalgia é acompanhada de um toque de ressentimento. As pessoas aqui não têm sido muito amigáveis.

SETE

Na pressa de ir para o clube, Olivia quase se esquece de levar o livro, mas felizmente se lembra a tempo, quando estava saindo. Ela costuma aguardar ansiosamente esses encontros, mas hoje tem a sensação de que está chateada demais com Raleigh para aproveitar qualquer coisa. O jantar deles, depois da conversa com o advogado, foi tenso.

Ela vai andando até a casa de Suzanne Halpern, na rua Finch. O clube de leitura foi iniciado alguns anos antes por mulheres da vizinhança que se conheciam da escola, da academia e de outras atividades do bairro. Há muitas participantes frequentes. Todas se revezam como anfitriãs.

Suzanne, que é um tanto exibida, adora quando é a sua vez de receber o clube de leitura. Sempre faz um alvoroço, prepara aperitivos sofisticados que combinam pomposamente com os vinhos corretos. Quando é a vez de Olivia, ela costuma comprar um bom tinto encorpado e um branco genérico que combina com tudo, além de petiscos práticos no supermercado. Ser anfitriã não é algo de que goste muito. Para ela, o bom do clube de leitura é sair de casa.

Glenda já está lá quando Olivia chega. As mulheres estão de pé na sala conversando, com suas taças de vinho e seus pratinhos de comida, tendo deixado os livros onde vão se sentar. O livro desta noite é o último lançamento de Tana French. Naturalmente, elas nunca começam com o livro. Primeiro conversam um pouco, em geral sobre os filhos — todas têm filhos —, e é isso que estão fazendo quando o celular de Jeannette apita. Olivia a vê olhar para o telefone casualmente e, de repente, a expressão da amiga congela. Ao mesmo tempo, Olivia ouve outros dois ou três telefones recebendo mensagens e se pergunta o que está acontecendo.

— Meu Deus — deixa escapar Jeannette.

— O que foi? — pergunta Olivia.

— Vocês se lembram da Amanda Pierce, a mulher que desapareceu há algumas semanas? — pergunta Jeannette.

Claro que todas lembravam, pensa Olivia. Amanda havia abandonado o marido da noite para o dia, sem dar nenhuma satisfação. Olivia só a conhecia de vista. Na verdade, só a havia encontrado uma vez, cerca de um ano antes, em setembro, pouco depois da mudança dos Pierce para lá, em uma festa do bairro realizada no pequeno parque entre as ruas Sparrow e Finch. Amanda era estonteante, e todos os maridos ficaram olhando para ela, praticamente babando, tropeçando uns nos outros para lhe oferecer coisas — ketchup para o cachorro-quente, um guardanapo, uma bebida —, enquanto as esposas tentavam não parecer muito irritadas. Ela parecia uma modelo, ou atriz — era linda a esse ponto. Extremamente sexy. Confiante. Estava sempre com roupas elegantes e óculos escuros da moda. O marido dela — Olivia não recorda o nome dele — também era um espetáculo. Tinha o mesmo ar de estrela de cinema, mas era mais reservado. Um observador. Eles moravam na mesma rua de Olivia, um pouco antes de chegar à sua casa. Ambos tinham vinte e muitos anos, sendo portanto consideravelmente mais jovens do que ela e as amigas. E não tinham filhos, então não havia muitos motivos para que se cruzassem.

— Ela não desapareceu — corrige Suzanne. — Deixou o marido.

— Acabou de ser divulgada uma notícia — contesta Jeannette. — Encontraram o carro dela num lago perto de Canning. E o corpo dela estava no porta-malas.

Há então um silêncio atordoante em meio ao assombro.

— Não é possível — diz Becky, erguendo os olhos do celular, o rosto de repente pálido.

Olivia lembra com um sobressalto que Raleigh esteve na casa dos Pierce.

— Pobre Robert — sussurra Becky. Becky Harris é vizinha de porta dos Pierce. — Foi ele que informou o desaparecimento. Ele mesmo me contou.

Becky é amiga de Olivia e lhe contou tudo. Olivia de repente imagina Becky, que ainda é uma mulher bastante atraente, embora não tanto quanto pensa, conversando com o belo marido abandonado por cima da cerca dos fundos.

— Eu me lembro dessa história — diz Glenda, parecendo abalada. — Mas, se não me engano, a polícia não o levou a sério, porque ela havia mentido sobre ter ido viajar com uma amiga. Acho que eles pensaram que ela o havia deixado, que não se tratava exatamente de um desaparecimento.

— Bem, agora está claro que se trata de um assassinato — afirma Jeannette.

— O que mais diz a notícia? — pergunta Olivia.

— Só isso. Sem mais detalhes.

— Vocês acham que foi o marido? — pergunta Suzanne depois de um momento, olhando em volta para todas elas. — Será que ele a matou?

— Eu não ficaria surpresa — diz Jeannette, num tom baixo.

Becky se vira de repente para ela:

— Você não sabe do que está falando!

A explosão de Becky dá lugar a um breve momento de silêncio e tensão. Então Suzanne comenta, sua voz permeada de perplexidade:

— Isso é assustador.

— O marido pode muito bem ser inocente — sugere Zoe.

— Mas não costuma ser o marido? — pergunta Suzanne.

— Se ele a tivesse matado — diz Becky —, por que pediria à polícia que a procurasse?

Está claro que Becky não quer acreditar que seu belo e solitário vizinho possa ser um assassino.

— Bem — diz Olivia —, ele teria que informar o desaparecimento dela, não é? Não poderia simplesmente fingir que não havia acontecido nada. Teria que fazer o papel do marido preocupado, mesmo que fosse o assassino.

— Meu Deus, você é tão mórbida! — exclama Glenda.

— Pense bem — retruca Olivia, pensativa. — Seria o crime perfeito. Ele mata a mulher, informa seu desaparecimento e conta à polícia que ela disse que ia viajar com uma amiga no fim de semana, o que era mentira. Então, quando ela não volta, a polícia supõe que apenas abandonou o marido e não se empenha tanto na busca. É brilhante, na verdade. — Todas ficam olhando para ela. Olivia acrescenta: — E, se eles nunca encontrassem o carro no lago, ele provavelmente ia conseguir se safar.

— Não sei se gosto desse raciocínio — diz Suzanne.

Becky olha para Olivia irritada e diz:

— Quero deixar claro que não acho que tenha sido o marido.

Suzanne se levanta e volta a encher as taças de vinho de todas. Está visivelmente abalada.

— Meu Deus, vocês se lembram de como ela era linda? Lembram da festa no ano passado? Foi a primeira vez que a vimos de verdade. Ela tinha todos os homens na palma da mão.

— Lembro muito bem — afirma Becky. — Ela estava muito ocupada sendo fascinante para poder ajudar na limpeza.

— Talvez alguém a estivesse perseguindo, ou alguma coisa assim — diz Glenda. — Uma mulher como ela...

— Ela adorava flertar com os homens. Não sei como o marido aguentava — comenta Zoe.

Zoe também estava na festa, lembra Olivia, olhando ao redor. Todas estavam lá.

— Talvez o problema tenha sido esse. Talvez ele a tenha matado por ciúmes — diz Jeannette.

As mulheres olham umas para as outras, desconfortáveis.

Zoe resolve mudar de assunto.

— Alguém aqui ouviu falar das invasões e das cartas anônimas?

Olivia sente um frio na barriga e evita olhar para Glenda. *Merda*. Nunca deveria ter escrito aquelas cartas. Ela pega sua taça na mesa de centro.

— Que invasões? Que cartas anônimas? — pergunta Suzanne.

— Foi Carmine Torres que me contou — diz Zoe. — A minha nova vizinha. Ela me disse que recebeu uma carta anônima hoje de manhã, de uma mulher dizendo que o filho invadiu a casa dela e pedindo desculpas. Parece que ela colocou a carta na caixa de correio durante a noite.

— Você está falando sério? — pergunta Jeannette. — Não ouvi nada sobre isso.

Zoe assente.

— Ela bateu na minha porta para perguntar se eu também tinha recebido uma, mas não recebi — diz ela.

— E levaram alguma coisa? — pergunta Suzanne.

— Ela acha que não. Disse que olhou tudo e não deu falta de nada.

Olivia se atreve a olhar de relance para Glenda, e um lampejo de reconhecimento atravessa as duas. Ela precisa conversar com a amiga depois do clube de leitura. Não tinha contado a ela sobre as cartas.

— Alguma outra casa foi invadida? — pergunta Suzanne. — Não ouvi nada sobre isso.

— Não sei — responde Zoe. — A carta falava em outros arrombamentos. Eu mesma li, Carmine me mostrou.

Olivia se sente ligeiramente nauseada e coloca a taça de vinho na mesa. Não era isso que esperava que acontecesse, nem um pouco. Ela só queria se desculpar. E não que outras pessoas lessem a carta! Não queria que ninguém tentasse descobrir quem a havia escrito! E, certamente, não queria ver ninguém *fazendo fofoca* sobre isso. Devia ter deixado as coisas como estavam. Como pôde ter sido tão burra? O advogado tinha razão — o que ela fez foi atiçar o vespeiro.

— Vocês tinham que ver a carta! — exclama Zoe. — Coitada da mulher que a escreveu. Ao que parece, o garoto entrou no computador das pessoas e, escutem essa, até enviou e-mails de trote das contas de e-mail delas!

— Não acredito! — exclama Suzanne, horrorizada.

— E o que diziam esses e-mails? — pergunta Jeannette, ao mesmo tempo consternada e animada.

— Não sei — responde Zoe. — Carmine me disse que não encontrou nada no computador dela. Isso deve ter acontecido na casa de outra pessoa.

— Só me parece uma brincadeira de adolescente — diz Glenda, em um tom pragmático. — E a mãe está agindo de maneira decente, ao se desculpar. Esse é o tipo de coisa que poderia acontecer a qualquer uma de nós que temos filhos. Sabemos muito bem como são os adolescentes.

Olivia percebe que algumas mulheres assentem, pesarosas e solidárias. Sente-se imensamente grata a Glenda nesse momento, mas toma cuidado para não deixar transparecer.

— Acho que preciso ser mais cuidadosa com esse negócio de trancar portas e janelas — comenta Suzanne. — Nem sempre verifico se estão trancadas antes de ir dormir.

— É tão assustador imaginar alguém andando pela sua casa e mexendo no seu computador quando você não está — sussurra Jeannette. — E pensar que se essa tal de Carmine não tivesse recebido a carta, jamais teria descoberto isso.

Há então um breve silêncio enquanto todas parecem refletir sobre o assunto.

— Talvez tenham entrado na casa de uma de *nós* — especula Zoe.

— Nesse caso, teríamos recebido uma carta — replica Suzanne.

— Não necessariamente — diz Zoe. — E se o garoto não tiver falado à mãe sobre todas as casas? E se não tiver revelado a verdadeira extensão do que estava fazendo? Pode ser que ele tenha invadido várias casas, e as pessoas nem tenham percebido. É isso o que Carmine acha. Talvez nós todas devêssemos nos preocupar.

Olivia olha para as mulheres em volta. Elas parecem genuinamente preocupadas com a possibilidade de suas casas terem sido invadidas. Seria possível que Raleigh tivesse mentido para ela sobre a frequência de suas ações? Olivia sente o estômago embrulhar, tem vontade de ir embora dali.

— Acho que deveríamos conversar sobre o livro — sugere Suzanne, por fim.

OITO

Olivia sai logo depois de Glenda. Faz frio agora, e é um alívio que esteja escuro enquanto as outras mulheres vão saindo. Glenda está à sua espera no fim do acesso para veículos em frente à casa e elas conversam baixinho, enquanto fecham os casacos.

Olivia espera um pouco até que as outras estejam longe o suficiente e diz, pesarosa:

— Obrigada por não ter contado nada.

— Por que eu contaria? — rebate Glenda. — Seu segredo está seguro comigo — continua ela, bufando: — Aliás, a postura da Zoe foi muito arrogante, se quer saber. Ela tem duas meninas, nenhum menino. Não faz ideia do que é isso. — E então pergunta: — Como foi com o advogado?

Elas viram na calçada em direção à casa de Glenda. Olivia lhe conta sobre a conversa com o advogado. Então acrescenta, apreensiva:

— Eu não devia ter escrito aquelas cartas.

— Você não me falou delas.

— Eu sei. — Ela olha para Glenda. — Também não contei a Paul nem a Raleigh. Me prometa que não vai dizer nada a ninguém sobre isso. Se Paul descobrir, vai ficar furioso. Eu nunca devia ter enviado essas cartas. Agora todo mundo vai tentar descobrir quem escreveu.

— E quantas foram?

— Só duas. Raleigh me disse que só invadiu duas casas. Eu o obriguei a me mostrar quais foram.

— E de quem era a outra casa?

Olivia hesita.

— Dos Pierce.

— Está falando sério?

Olivia faz que sim com a cabeça. Ela sente o estômago embrulhado. *E se Robert Pierce for um assassino?*

— E você acreditou nele? — pergunta Glenda, pouco tempo depois.

— Acreditei. Mas, para ser franca, já não tenho mais certeza. Talvez Zoe esteja certa, ele pode não ter me contado sobre todas as casas. Eu nunca imaginei que Raleigh fosse capaz de uma coisa dessas.

Elas ficam em silêncio por um momento, seguindo pela calçada no escuro, Olivia imaginando Suzanne, Becky, Jeannette e Zoe entrando em seus computadores assim que chegam em casa, verificando a caixa de e-mails enviados à procura de coisas que não escreveram. Depois de um tempo, Glenda pergunta:

— Você acha que Robert Pierce matou a esposa?

Olivia olha para ela, inquieta.

— Não sei... O que você acha?

— Também não sei.

— Eu nem a conhecia, mas ela era nossa vizinha — diz Olivia.

— Uma de *nós*. Tão perto de nós.

* * *

Carmine Torres decidiu percorrer sua rua e bater de porta em porta, para contar aos vizinhos que sua casa tinha sido arrombada e lhes mostrar a carta. Naquela manhã, voltara a falar brevemente com Zoe, que mora na casa ao lado, e ela lhe disse que ninguém em seu clube de leitura tinha ouvido falar sobre o assunto. Então, é claro, falaram sobre a principal notícia do jornal: uma mulher que morava naquele bairro supostamente tranquilo, na rua ao lado, havia sido assassinada de maneira brutal.

Carmine também planeja percorrer a rua Sparrow, onde morava a mulher que foi assassinada e encontrada num porta-malas, e ver o que consegue descobrir sobre ela. Não resiste a uma boa fofoca.

Antes de sair, ela anda de um lado para o outro pela casa, inquieta, mexendo nas coisas, examinando-as, endireitando quadros na parede. Olha para o armário de remédios. Há alguma coisa fora de lugar? Não tem certeza. Agora ela se sente um pouco assustada, sozinha na própria casa, algo que nunca aconteceu. Ela odeia ser viúva; é muito solitário. E odeia imaginar alguém — ainda que seja apenas um adolescente — mexendo em suas coisas, em seu computador. Não que ela tenha algo a esconder. Mas que tipo de garoto faria uma coisa dessas? Ele deve ter algum problema.

* * *

Na terça de manhã, na escola, Raleigh percebe que está evitando Mark. Não quer falar com ele sobre a conversa com o advogado. Decidiu parar com aquilo — não vai mais invadir a casa de ninguém. Nunca mais.

* * *

Webb e Moen estão de volta ao Instituto de Medicina Legal para ver o resultado da necropsia de Amanda Pierce. A ampla sala fora pintada recentemente, e muita luz natural entra pelas grandes janelas da metade superior da parede. Ainda assim, o cheiro é terrível. Webb chupa uma das pastilhas de hortelã que Moen levou. Seus sapatos rangem ao tocar no piso impecável. Ao longo da parede, sob as janelas, há uma bancada comprida com pias e instrumentos esterilizados, cuidadosamente arrumados. Algumas balanças pendem acima da bancada — elas se parecem com as de um supermercado, onde se pode pesar um saco de cogumelos, pensa Webb.

— A causa da morte foi traumatismo craniano — afirma John Lafferty, um patologista forense experiente. — Ela foi golpeada várias vezes na cabeça com um objeto e, pelo que parece, foi um martelo.

Webb se concentra no corpo que jaz sobre a mesa de aço. O lençol havia sido removido. É uma visão horrível. O corpo em decomposição está inchado, e a pele apresenta um tom esverdeado medonho. Ela parece muito pior do que no dia anterior.

— Lamento pelo cheiro, mas os corpos tendem a se deteriorar rapidamente depois que saem da água — diz Lafferty.

Sem se deixar intimidar, Webb se aproxima um pouco mais para estudar o cadáver. A necropsia foi concluída, os órgãos, estudados e pesados, e o corpo costurado. A cabeça é uma massa de carne. Um dos olhos foi completamente esmagado.

— Nessas circunstâncias é quase impossível estimar a hora da morte — explica o patologista. — É muito difícil fazer esse cálculo a partir das alterações *post-mortem* mais de setenta e duas horas após o óbito, e o fato de ela ter estado na água... sinto muito.

Webb faz que sim com a cabeça.

— Compreendo.

— Não há evidências de agressão sexual nem de outras lesões — continua o patologista. — Ela sem dúvida já estava morta quando foi submersa. Não há feridas de defesa, nada embaixo das unhas. Nenhum sinal de luta, embora tudo indique que ela tenha sido atingida pela frente. Talvez conhecesse o assassino. O mais provável é que o primeiro golpe a tenha surpreendido e incapacitado. Ela foi atingida muitas vezes, com bastante força. Provavelmente morreu com os primeiros golpes. Os que vieram em seguida, repetidamente, indicam uma fúria incontrolável.

— Então foi pessoal.

— Parece que sim — afirma Lafferty. E acrescenta: — Ela era uma mulher saudável. Nenhum sinal de fraturas antigas que possam indicar violência doméstica.

— Certo — diz Webb. — Mais alguma coisa?

— Ela estava grávida. Cerca de dez semanas. E é isso.

— Obrigado — diz Webb.

Ele e Moen se dirigem à porta.

— Sabemos que ela estava viva e foi trabalhar na sexta-feira, vinte e nove de setembro — diz Webb. — Ela deve ter sido assassinada em algum momento durante o fim de semana. Provavelmente já estava morta quando o marido informou o desaparecimento na segunda.

Eles foram até o carro, enchendo os pulmões de ar fresco.

— Nem todo homem fica feliz ao descobrir que vai ser pai — comenta Moen.

— Mas um assassinato é um pouco drástico, não? — retruca Webb.

Ela dá de ombros.

— Nós só temos a palavra de Robert Pierce no que diz respeito a essa tal viagem de fim de semana com Caroline — ressalta Moen. — Ninguém corroborou essa história. Amanda não comentou sobre nenhuma viagem de fim de semana com nenhum colega de trabalho.

Webb assente.

— Talvez ela não tenha planejado nenhuma viagem. Talvez ele tenha inventado essa história depois de matá-la. Não encontramos nenhuma reserva de hotel no nome dela.

— Ele pode tê-la matado, arrumado a bolsa de viagem e afundado o carro, na esperança de que jamais fosse encontrado. Assim, poderia dar a impressão de que ela planejava abandoná-lo.

— É melhor conversarmos com Caroline Lu — diz Webb.

* * *

Olivia está tendo uma semana improdutiva. Ela culpa Raleigh — e as chocantes notícias sobre Amanda Pierce — por sua incapacidade de se concentrar. Já é início da tarde de uma terça-feira e ela ainda não fez quase nada. Olivia para de olhar o arquivo aberto na tela do computador, se levanta e desce até a cozinha para tomar uma xícara de café. A casa está silenciosa — Paul está no trabalho e Raleigh, na escola. Mas ela não consegue parar de pensar em coisas que nada têm a ver com o livro em que está trabalhando. Está preocupada com o filho.

E se ele não estiver contando a ela toda a verdade? Ela não gostou nada da maneira como ele desviou o olhar quando ela lhe fez essa pergunta. O filho pareceu sincero ao dizer que não estava usando drogas, mas Olivia ainda sente que ele está escondendo alguma coisa.

E, ainda que não saiba bem por que, Olivia não consegue deixar de sentir que Paul também está escondendo algo dela. Nas últimas semanas, ele pareceu estar com a cabeça ocupada com alguma coisa, que não compartilhou com ela. Quando ela o abordou, ele disse apenas que estava sobrecarregado de trabalho. É claro que agora ele também está chateado com Raleigh.

Inquieta, ela pega o jornal *Aylesford Record* e se senta na poltrona diante das portas de correr de vidro que dão para o quintal, nos fundos. Ela já leu a reportagem e acompanhou a história na internet, mas coloca o café na mesinha de apoio e volta a abrir o jornal. Na página 3, há uma foto e uma manchete: MULHER DESAPARECIDA É ENCONTRADA MORTA. A fotografia mostra uma Amanda Pierce linda e sorridente, alheia à tragédia que o destino lhe reservaria. Ela parece tão encantadora quanto estava na festa do bairro, quando aparentava ter todos os homens a seus pés.

Olivia analisa a foto de perto, relembrando a discussão na noite anterior, no clube de leitura. Relê o artigo. Há poucos fatos. O carro de Amanda foi retirado de um lago na manhã do dia anterior. A reportagem só diz que seu corpo foi encontrado no porta-malas. Olivia se pergunta como ela morreu. Não há praticamente nenhuma informação. A polícia não comenta o caso, diz apenas que a investigação está em andamento.

Ela põe o jornal na mesa, decide sair para uma caminhada e amarra os cadarços. Talvez uma caminhada a ajude a aclarar os pensamentos, e ela então consiga trabalhar um pouco.

Que horror, pensa Olivia, saindo de casa. Uma mulher que morava naquela mesma rua foi assassinada. Ela não consegue parar de pensar nisso.

NOVE

Robert Pierce espia a rua por trás das cortinas, em seu quarto. Há um grupo de pessoas do lado de fora olhando para a casa e para ele, agora que perceberam o movimento na janela. Ele pode imaginar o que estão dizendo.

Robert se afasta da janela e observa a equipe forense, que realiza uma busca meticulosa no quarto. Enquanto observa, ele pensa. Eles não vão encontrar nada. A única coisa que poderia ser encontrada era o celular pré-pago, agora enterrado em segurança no jardim.

Robert pensa no telefone, que havia se tornado um problema entre ele e Amanda. Não que tocassem no assunto. Isso era comum no casamento deles, muita coisa não era trazida à tona. Eles não conversavam sobre as coisas. Não brigavam. Em vez disso, faziam joguinhos.

Robert estava convencido de que a mulher tinha um celular secreto, de que o mantinha sempre com ela — provavelmente na bolsa — e o escondia em algum lugar quando estava em casa, porque ele havia vasculhado suas bolsas, seu carro, e nunca o encontrava. Então, certa noite, decidiu surpreendê-la, recebendo-a com o jantar pronto assim que ela chegou. Uma refeição simples — bife, salada e vinho tinto. E uma coisinha extra na taça de vinho de Amanda para apagá-la.

Então, enquanto ela estava esparramada na cama, inconsciente, ele vasculhou a casa de maneira metódica, exatamente como a equipe forense estava fazendo agora. E encontrou o esconderijo secreto dela. A caixa de absorventes internos no fundo do armário do banheiro. O banheiro era o único lugar da casa em que ela podia estar sempre sozinha. Na verdade, não era uma ideia muito criativa. Se eles olharem na caixa agora, é claro, não encontrarão nada além de absorventes.

Até que ponto ele precisa mesmo se preocupar?

Quando ela acordou na manhã seguinte, com uma terrível dor de cabeça, ele a repreendeu por ter bebido demais. Apontou para a garrafa de vinho vazia no balcão da cozinha — ele havia jogado metade do líquido na pia —, e ela assentiu e sorriu, hesitante. Mais tarde, já vestida para ir trabalhar, ela parecia nervosa, indisposta. Aproximou-se de Robert com uma expressão indecifrável. Ele ficou se perguntando se ela pretendia perguntar alguma coisa, se teria coragem para isso. Olhou para ela de um jeito afável.

— Está tudo bem, querida? Você parece preocupada.

Ele nunca havia sido violento antes, mas Amanda o olhava agora como se ela fosse um ratinho diante de uma cobra.

Por um momento, eles se entreolharam. Ele havia tirado seu celular secreto do esconderijo, e ela sem dúvida sabia disso. Será que diria alguma coisa? Ele achava que ela não ousaria falar nada. E esperou.

— Não, está tudo bem — disse ela por fim, e se afastou.

Robert ficou observando, para ver se ela procuraria o telefone discretamente pela casa antes de sair para o trabalho, mas isso não aconteceu. Ele havia guardado o aparelho na gaveta inferior de sua mesa de trabalho, embaixo de alguns envelopes. Bem mais fácil de encontrar do que o esconderijo dela. Mas ele sabia que Amanda não ousaria mexer ali. Não enquanto ele estivesse em casa. Assim, esperou até ela sair para o trabalho.

Foi nesse dia que ela desapareceu.

* * *

O detetive Webb está perfeitamente ciente da presença de Robert Pierce, andando de um lado para o outro pela casa durante os trabalhos de busca. Será que ele matou a esposa, enfiou o corpo no porta-malas e afundou o carro no lago? Ele não está desempenhando muito bem o papel de marido enlutado. Parece nervoso.

Se ele a matou ali, dentro de casa, eles certamente vão encontrar algo. Sabem que ela foi espancada até a morte com um martelo ou algo do tipo. Deve ter havido muito sangue. Mesmo que uma superfície pareça completamente limpa, se houver vestígios de sangue, eles vão encontrá-los. Mas Webb não acha que Robert a matou ali. Ele é inteligente demais para isso.

Os peritos se movem lentamente pela casa. Em toda parte, buscam impressões digitais e olham as gavetas e embaixo dos móveis, à procura de qualquer coisa que possa ajudar a esclarecer o assassinato de Amanda Pierce.

Eles levam o laptop dela embora. Seu celular foi encontrado na bolsa; duas semanas na água o tornaram inútil, mas os registros telefônicos serão examinados. Webb se pergunta o que Amanda Pierce poderia estar escondendo, se é que estava mesmo escondendo alguma coisa. Ela havia dito ao marido que ia viajar com uma amiga. Eles só têm a palavra dele quanto a isso. Mas, se Robert estiver dizendo a verdade, isso significa que Amanda estava mentindo sobre a viagem com Caroline Lu. Nesse caso, quem ela ia encontrar? Será que o marido havia descoberto a verdade e tirado a vida da esposa num acesso de ciúmes? Ou talvez houvesse outro motivo. Talvez ele a submetesse a violência psicológica. Será que ela estava tentando terminar o casamento e ele descobriu?

O interrogatório de Caroline Lu não resultara em nada útil. Ela e Amanda eram amigas desde a faculdade, mas não haviam se visto muito nos últimos meses; Caroline não sabia se Amanda tinha um amante, nem se estava passando por problemas conjugais. Ela ficou chocada quando Robert ligou falando sobre as duas estarem juntas no fim de semana, alegando que Amanda tinha dito isso a ele.

Agora, no quarto do casal, Robert observa em silêncio e com frieza toda a movimentação da equipe forense. Um técnico se aproxima de Webb e diz em voz baixa:

— Encontramos quatro conjuntos diferentes de impressões digitais. Lá embaixo, na sala de estar e na cozinha. Aqui em cima, no escritório, principalmente na escrivaninha e nas gavetas, e no quarto, no interruptor e na cabeceira da cama. No banheiro da suíte também.

Isso é interessante, pensa Webb, olhando para Moen, que ergue uma sobrancelha para o parceiro. Ele se vira para Robert e pergunta:

— O senhor recebeu amigos recentemente?

Robert faz que não com a cabeça.

— E a sua esposa?

— Não que eu saiba.

— Uma faxineira, talvez?

Robert volta a balançar a cabeça.

— Não.

— O senhor consegue imaginar por que haveria quatro conjuntos de impressões digitais na sua casa, em vez de dois, seu e da sua mulher?

— Não.

Um deles tinha um amante, especula Webb, ou quem sabe os dois tinham. Talvez Amanda recebesse o amante em casa quando o marido não estava. Era um risco e tanto. Talvez por isso tenha morrido. Eles vão dar uma volta pela vizinhança, bater de porta em porta, fazer perguntas. Para ver se algum vizinho reparou em alguém entrando ou saindo da casa dos Pierce.

A busca não rende nada além das digitais. Talvez não tenha sido um ato espontâneo, pensa Webb, afinal; talvez ele tenha planejado tudo, até a mentira sobre a suposta viagem de Amanda no fim de semana. O detetive olha para Robert Pierce, parado num canto, observando tudo. Eles precisam pressioná-lo. Webb sabe que, quando uma mulher é assassinada, o culpado costuma ser o marido. Mas não é de seu feitio tirar conclusões precipitadas. As coisas raramente são tão simples assim.

* * *

Enquanto anda rapidamente pela rua, Olivia vê uma movimentação estranha em frente à residência dos Pierce. Há ali uma multidão de pessoas olhando para a casa branca com janela de sacada e venezianas pretas.

A construção não tem nada de notável, assim como a maioria das outras casas na rua. Hoje, porém, não se vê a tranquilidade habitual do lugar. Há viaturas e um furgão branco da polícia estacionados ao longo da rua. Um repórter entrevista um dos vizinhos na calçada. Olivia não quer ser um desses abutres que se alimentam da dor alheia, mas não pode negar que está curiosa. Dali, porém, não consegue ver nada do que está acontecendo no interior da casa, exceto por alguns vultos passando de vez em quando em frente a uma janela.

Ela segue adiante, andando rápido. Pensa nas pessoas na rua, fazendo fofoca, especulando. Ela sabe o que estão dizendo. Estão falando que ele provavelmente a matou.

Olivia pensa em Robert Pierce dentro de casa, agora, com a polícia, com aquela gente toda do lado de fora assistindo. Ele perdeu o direito à privacidade porque a esposa foi assassinada, e é possível que não tenha nada a ver com isso.

Então, num pensamento egoísta, ela se vê desejando que o renovado interesse das pessoas por Amanda Pierce as faça esquecer completamente as invasões e as cartas anônimas.

DEZ

Becky Harris, escondida pela cortina, olha pela janela do quarto da filha para a lateral da casa. Dali, consegue ver a rua e a casa dos Pierce, logo ao lado. Ela vê Olivia caminhando, passando pela pequena multidão. Então, nervosamente, começa a arrancar a pele em volta das unhas, um velho hábito que havia abandonado anos antes, mas que há pouco tempo ressurgiu. Ela volta sua atenção para a casa dos Pierce.

Becky se pergunta o que devem ter encontrado, se é que encontraram alguma coisa.

Duas pessoas saem da casa. Um homem e uma mulher, ambos usando roupas escuras. Ela se lembra de tê-los visto no dia anterior, trazendo Robert para casa. Detetives, pensa. Deve ser isso. Eles ficam parados diante da casa por um momento, conversando. Becky observa os olhos do homem percorrendo a rua de cima a baixo. Sua parceira faz que sim com a cabeça para alguma coisa que ele diz e os dois seguem para a rua.

Está na cara que vão começar a fazer perguntas aos vizinhos.

* * *

Jeannette observa os detetives por trás da janela. Sabe que eles em breve baterão à sua porta, e tenta ignorar a ansiedade. Ela não quer falar com a polícia.

Quando finalmente ouve a batida, dá um salto na cadeira, embora já estivesse esperando por isso. Vai então até a porta e vê os dois detetives. Atrás deles, Jeannette tem uma visão perfeita da casa dos Pierce, do outro lado da rua. Seus olhos desviam nervosamente para longe dos policiais.

O homem mostra o distintivo.

— Sou o detetive Webb e esta é a detetive Moen. Estamos investigando o assassinato de Amanda Pierce, que morava aqui em frente. Gostaríamos de fazer algumas perguntas à senhora.

— Tudo bem — concorda ela, um pouco nervosa.

— Como a senhora se chama? — pergunta Webb.

— Jeannette Bauroth.

— E a senhora conhece bem os seus vizinhos de frente?

Ela balança a cabeça.

— Eu não diria isso. Só os conheço de vista. Eles se mudaram há pouco mais de um ano e são muito reservados.

— A senhora alguma vez os viu discutindo, ou entreouviu alguma discussão entre eles?

Ela balança a cabeça de novo.

— Reparou em algum machucado em Amanda? Um olho roxo, talvez?

— Não, nada — responde Jeannette.

— E por acaso viu Robert Pierce chegando ou saindo de casa no fim de semana de vinte e nove de setembro? O fim de semana em que a esposa dele desapareceu?

Ela não se lembra de ter visto Robert naquele fim de semana.

— Não.

— E alguma vez viu alguém chegando ou saindo da casa dos Pierce? — pergunta Moen.

Ela tem de responder. Mas não quer. Nervosa, morde o lábio e diz:

— Não quero causar problemas a ninguém.

— A senhora não está causando nenhum problema, Sra. Bauroth — assegura-lhe o detetive Webb, num tom de voz tranquilo, mas firme. — Está cooperando com uma investigação policial, e, se souber de alguma coisa, deve nos dizer.

Ela dá um suspiro.

— Sim, vi uma pessoa — diz. — A vizinha do lado, Becky Harris. Eu a vi saindo pela porta principal, no meio da noite. Tinha me levantado para tomar um copo de leite... às vezes tenho problemas para dormir... e por acaso olhei pela janela. E vi a Becky.

— Quando foi isso? — pergunta Webb.

Ela não quer responder, mas não tem escolha.

— Foi no sábado à noite, bem tarde, no fim de semana em que Amanda desapareceu.

Os detetives se entreolham.

— A senhora tem certeza da data? — pergunta Webb.

— Tenho — responde Jeannette, desgostosa. — Certeza absoluta. Porque na terça-feira começou a correr um boato de que Amanda não tinha voltado para casa e o marido havia informado seu desaparecimento. — Ela então acrescenta: — O marido de Becky está sempre fora, viajando a trabalho. Acho que não estava em casa naquele fim de semana. E os filhos estão na faculdade.

— Obrigado — diz Webb. — A senhora ajudou bastante.

Ela olha para o detetive, aflita.

— Eu não queria dizer nada, mas vocês são da polícia... Não vão dizer a ela que fui eu quem contou isso, né? Somos vizinhas.

O detetive se despede dela com um aceno de cabeça e se vira para ir embora, mas não responde à pergunta.

Jeannette volta para dentro de casa, fechando a porta com um ar descontente. Ela não tinha contado a ninguém o que viu. Se

Becky quer trair o marido, é problema dela. Mas se é a polícia que pergunta... aí é diferente. Ela tem a obrigação de dizer a verdade.

Ela se lembra de Amanda na festa do bairro: os olhos grandes, a pele perfeita, a maneira como jogava os cabelos para trás quando ria, hipnotizando todos os homens. Ela também se lembra de Robert, igualmente lindo, observando a esposa em silêncio. Ele poderia ter a mulher que desejasse.

Então, o que ele viu em Becky Harris?

* * *

Raleigh abre o armário com violência depois da última aula do dia. Só quer pegar suas coisas e ir embora. Teve um dia de bosta. Foi mal na prova de matemática. Sorriu para uma garota bonita e ela fingiu que não viu. Mais um dia na sua vida de bosta.

— E aí? — pergunta Mark, aparecendo de repente atrás dele.

— E aí? — diz Raleigh, sem entusiasmo.

Mark inclina o corpo e pergunta:

— Aonde você foi ontem depois da aula?

Raleigh olha por cima do ombro para se certificar de que ninguém está ouvindo.

— Minha mãe me levou para falar com o advogado.

— Mas já? — diz Mark, surpreso. — E aí, o que ele falou?

Raleigh responde em voz baixa:

— Ele disse que, se eu for pego, vou para o reformatório.

— Só isso?

— Praticamente.

Mark bufa.

— E quanto seus pais pagaram por isso?

— Não sei, e não tem graça, Mark. — Ele encara o amigo. — Acabou. Não vou mais fazer isso. Foi divertido por um tempo, mas não quero ser preso.

— Claro, eu entendo — diz Mark.
— O que você quer dizer com isso?
— Nada.
— Tenho que ir — diz Raleigh.

* * *

Quando ouve a batida na porta, Becky se assusta. Ela está na cozinha, os ombros tensos, à espera da polícia.

Abre a porta e vê os dois detetives. Da janela, pareciam pessoas comuns. De perto, são muito mais intimidantes. Becky engole em seco quando eles se apresentam.

— Como a senhora se chama? — pergunta o detetive Webb.
— Becky Harris.

O detetive tem olhos atentos e perscrutadores; isso a deixa ainda mais nervosa.

— A senhora conhecia Amanda Pierce? — pergunta ele.

Becky balança a cabeça devagar, franzindo a testa.

— Não muito. Quer dizer, meu marido e eu bebemos com ela e o marido umas duas vezes. Nós os convidamos para vir aqui assim que eles se mudaram. E eles retribuíram o convite algumas semanas depois. Mas foi só isso. Não tínhamos muita coisa em comum, além do fato de sermos vizinhos. — O detetive não diz nada, como se estivesse esperando algo mais. Ela acrescenta: — E acho que Amanda fez uns trabalhos temporários no escritório onde o meu marido trabalha. Mas a verdade é que mal os conhecemos. Foi horrível o que aconteceu com ela.

— E a senhora nunca esteve com Robert Pierce a não ser nessas duas ocasiões? — pergunta Webb, olhando atentamente para ela.

Ela hesita.

— Eu às vezes o via por cima da cerca, no verão, sentado no quintal dos fundos, lendo, tomando uma cerveja. Nós conversávamos de vez em quando. Ele parece ser um cara legal. — Ela olha para os detetives e acrescenta: — Ficou arrasado quando a esposa desapareceu.

— Então vocês conversaram depois que a esposa dele desapareceu? — pergunta o detetive Webb.

Becky parece desconfortável.

— Bem, não muito. Só... pela cerca dos fundos. Ele me disse que Amanda não tinha voltado para casa e que tinha ido à polícia informar o desaparecimento dela, mas não estava querendo conversar. Parecia muito abatido.

O detetive inclina a cabeça e olha para ela, como se estivesse pensando em alguma coisa.

— Então a senhora não esteve na casa dele no sábado à noite, até bem tarde, no fim de semana em que Amanda desapareceu? — pergunta ele.

Becky se sente enrubescer; os detetives sem dúvida saberão que está mentindo. Mas ela tem de negar.

— Eu... Não, eu não sei do que vocês estão falando. De onde tiraram essa ideia?

Será que Robert contou a eles?

— A senhora tem certeza?

— Claro que tenho — responde ela, bruscamente.

— Tudo bem — diz Webb, obviamente nada convencido. E entrega a ela seu cartão. — Mas, se a senhora quiser reconsiderar o seu depoimento, pode entrar em contato com a gente. Obrigado pelo seu tempo.

* * *

Robert Pierce observa da janela enquanto os detetives batem à porta de todos os seus vizinhos, um por um, e fazem perguntas. Ele os vê interrogando Becky, na casa ao lado. Ela nega alguma coisa com a cabeça e olha para a casa dele. Será que consegue vê-lo espiando pela janela? Afasta rapidamente a cabeça.

* * *

Olivia prepara um penne ao molho pesto e frango para o jantar. Paul come em silêncio, claramente com a cabeça em outro lugar. Eles tiveram uma breve conversa sobre Amanda Pierce na noite passada, quando Olivia voltou do clube de leitura. E hoje, ao chegar do trabalho, Paul lhe disse que, no escritório, só se falava de Amanda. Olivia se pergunta se Raleigh ouviu alguma coisa sobre o assunto, ou se está alheio a tudo. O filho devora a refeição em silêncio. Está calado e taciturno desde que chegou da escola, visivelmente emburrado. Olivia sente uma pontada de raiva. Por que eles tornam tudo tão difícil? Por que tem de ser ela a perguntar como estão todos, a puxar conversa à mesa de jantar? Seria bom se Paul fizesse um esforço. Ele não costumava ser assim, tão... distante. E os problemas de Raleigh nos últimos tempos pairam sobre eles como uma nuvem carregada, prestes a desabar.

— Como foi na escola hoje, Raleigh? — pergunta ela.

— Tranquilo — murmura ele, de boca cheia, sem querer falar muito.

— E a prova de matemática?

— Não sei. De boa, eu acho.

— A polícia esteve aqui na rua hoje à tarde, revistando a casa dos Pierce — conta ela. Ao ouvir isso, Paul fecha a cara. Raleigh ergue os olhos do prato. Olivia sabe que os adolescentes vivem num mundo paralelo: Amanda nem passa pela cabeça de Raleigh, embora ele tenha invadido a casa dela. Olivia se vira para o filho.

— A mulher que morava no fim da rua, Amanda Pierce... ela desapareceu há algumas semanas. Todo mundo achou que tinha abandonado o marido.

— Ah, e daí? — questiona Raleigh.

— Acontece que ela foi assassinada. Encontraram o corpo ontem.

Paul pousa os talheres na mesa e fica um tanto quieto.

— Temos mesmo que conversar sobre isso durante o jantar? — pergunta ele.

— Bem, está em todos os jornais — rebate ela. — Estão dizendo que ela foi espancada até a morte.

— E onde a encontraram? — pergunta Raleigh.

— Eles não deram detalhes. Na verdade, não disseram quase nada. Mas parece que foi em algum lugar perto de Canning, nas Montanhas Catskill — diz Olivia.

— Você a conhecia? — pergunta o filho.

— Não — responde Olivia, olhando de relance para o marido.

— Não, não a conhecíamos — repete Paul.

Olivia olha para o marido e tem a impressão de vislumbrar algo em seu rosto, mas passa tão rápido que não consegue ter certeza. Desvia o olhar.

— Passou tão perto de nós — diz Olivia. — Uma pessoa da nossa rua foi assassinada.

— Eles sabem quem a matou? — pergunta Raleigh, inquieto.

— Acho que desconfiam do marido — diz Olivia. — Enfim, eles vieram revistar a casa hoje.

Ela remexe a massa no prato e olha para Raleigh. Ele parece perturbado. De repente, ela se dá conta do que pode estar incomodando o filho. *E se encontrarem as digitais dele na casa?*

ONZE

Na quarta-feira, ao entrar na delegacia, Becky sente as pernas bambas. Ela recebeu o telefonema pela manhã, pouco depois das nove. Mesmo antes de atender, já tinha um mau pressentimento. Ficou olhando para o aparelho por um bom tempo enquanto ele tocava, e por fim atendeu.

Era aquele detetive, Webb. Becky reconheceu sua voz antes mesmo de ele se identificar; já estava à espera. Havia sonhado com ele na noite anterior, e não fora um sonho bom. O detetive pediu a ela que fosse à delegacia o quanto antes. O mais rápido possível.

— Por quê? Para quê? — perguntou ela, cautelosa.

— Temos mais algumas perguntas, se a senhora não se importar — explicou o detetive.

Eles sabem que ela esteve na casa dos Pierce naquela noite. Robert deve ter contado. Eles sabem que Becky mentiu. Seu coração está acelerado. Se essa informação vier a público, vai ser o fim de seu casamento, de sua família.

Que azar do caramba! Como ela poderia imaginar, ao dormir com o lindo vizinho — apenas duas vezes, por sinal —, que todo mundo acabaria descobrindo, porque a esposa dele seria assassinada e ele ficaria no centro de uma investigação policial? É claro que ele foi interrogado, investigado minuciosamente — não teve escolha senão contar.

Ela nunca havia sido infiel, em mais de vinte anos de casamento.

E agora ali está ela, subindo os degraus na entrada da delegacia, torcendo para não ser vista por nenhum conhecido. Então ela pensa: que diferença faz, se tudo isso acabar no noticiário? Becky está profundamente envergonhada; tem dois filhos, gêmeos de dezenove anos. O que eles vão pensar dela? Não vão perdoar o que ela fez.

O policial no balcão de atendimento pede a ela que aguarde e pega um telefone. Ela se senta em uma cadeira de plástico, tentando acalmar a respiração. Talvez consiga convencê-los a não mencionarem o nome dela. Becky se pergunta se tem algum direito. Não sabe se vão acusá-la de algo. Então o detetive Webb aparece à sua frente. Becky se levanta na mesma hora.

— Obrigado por ter vindo — diz ele, de maneira cortês.

Becky não consegue responder; tem a língua presa na garganta. Ele a conduz até uma sala de interrogatório, onde encontra a detetive Moen esperando por eles. Fica agradecida pela presença de outra mulher ali. Não quer ficar sozinha com Webb. Tem medo dele.

— Por favor, sente-se — diz Moen, oferecendo uma cadeira.

Becky se senta, seguida pelos detetives à sua frente.

— Não precisa ficar nervosa — fala o detetive Webb. — Esta conversa é puramente voluntária, a senhora pode sair a qualquer momento.

Mas ela tem todos os motivos para estar nervosa, e Webb sabe muito bem disso.

— A senhora aceita um copo de água? Ou café? — pergunta Moen.

— Não, obrigada — responde Becky, pigarreando.

Ela está sentada com as mãos no colo, sob a mesa, onde eles não conseguem vê-la arrancando a pele ao redor das unhas, aguardando sua vida desmoronar.

— A senhora estava tendo relações sexuais com Robert Pierce? — pergunta Webb sem rodeios.

Becky não consegue evitar; começa a chorar. Convulsivamente, aos soluços, tanto que não é capaz de responder à pergunta. Moen empurra uma caixa de lenços de papel em sua direção. Eles esperam até que ela pare de chorar. Por fim, Becky assoa o nariz, enxuga os olhos e olha para eles.

Webb repete a pergunta.

— Sim — responde ela.

— A senhora não mencionou isso ontem, quando conversamos — diz Webb. — Negou ter estado na casa dele na noite de trinta de setembro.

Becky olha de relance para Moen, que a encara com certa compaixão.

— Eu não queria que ninguém soubesse — explica ela, angustiada. — Eu tenho marido, filhos. Isso vai destruir a minha família.

Moen se inclina para ela e diz:

— Não queremos destruir a sua família, Becky. Só precisamos saber a verdade.

Ela olha para os detetives com os olhos inchados.

— Eu não disse nada porque sei que Robert não fez mal a ela. Ele jamais machucaria a esposa, muito menos a mataria. É incapaz de matar uma mosca. — Ela aperta o lenço de papel nas mãos. — Então pensei que vocês não precisavam saber disso. Não achei que o fato de termos dormido juntos fosse relevante. E foram só duas vezes. Compreendo que ele tenha achado necessário contar. Mas preferia que ele não tivesse feito isso.

— Não foi Robert quem nos contou — diz o detetive Webb.

Becky levanta a cabeça bruscamente.

— O quê?

— Ele negou ter tido relações sexuais fora do casamento.

Becky sente que vai desmaiar. Quem mais sabe disso? Percebe então que, por sua causa, Robert foi pego mentindo.

— Alguém viu a senhora saindo da casa dele no meio da noite e ligou os pontos.

— Quem? — Ela exige saber.

— Creio que isso não seja importante agora — diz Moen.

Becky leva as mãos à cabeça e sussurra:

— Meu Deus.

— Infelizmente — assinala o detetive Webb —, estamos investigando um assassinato, e a senhora é um dano colateral. O melhor que pode fazer é cooperar plenamente com a gente.

Becky assente, cansada. Não tem escolha. Mas sente que está traindo Robert, e ele obviamente tentou protegê-la. Ela tem carinho por ele, o que torna mais doloroso tudo o que vem em seguida.

— Conte para nós sobre o seu relacionamento com Robert Pierce — pede Moen.

— Não há muito o que contar, na verdade — começa a dizer Becky, pesarosa, olhando para o lenço de papel rasgado no colo. — Meu marido viaja muito a trabalho. Meus filhos foram para a faculdade em outra cidade e não passam muito tempo em casa. Eu estava me sentindo sozinha, um pouco perdida. Costumava ver Robert no quintal. A esposa dele também viajava de vez em quando. Conversamos algumas vezes, como eu já disse. Mas a coisa foi crescendo. Foi uma estupidez, eu sei. Ele é muito mais novo que eu. — Becky enrubesce. — Eu sabia que ele se sentia atraído por mim... ele deixou bem claro... e acabei não resistindo. Pensei... que não magoaria ninguém. Que ninguém jamais saberia.

Webb ouve impassível o que ela diz, mas Moen assente com a cabeça, solidária. Becky continua:

— Então, num fim de semana em agosto, ele me disse que a esposa tinha ido passar o fim de semana fora com uma amiga e me convidou para ir à casa dele. Eu estava sozinha... Larry estava viajando a trabalho e meus filhos estavam na casa de amigos. Essa foi a primeira vez. — Então, ela hesita, sem querer contar o restante. — A segunda vez foi no final de setembro, no fim de semana em que Amanda desapareceu.

— Certo — diz Webb, esperando que ela continue.

— Vocês não imaginam como foi difícil. E eu não podia falar com ninguém — revela Becky, olhando com tristeza para os detetives. — Eu *sei* que ele não fez isso. Ele me disse que Amanda tinha ido passar o fim de semana com uma amiga, Caroline, e que só ia retornar no domingo à noite. Fiquei com ele até bem tarde no sábado, voltei para casa lá pelas duas da manhã.

— E como a senhora sabe que não foi ele? — pergunta Webb.

— Vai por mim, não existe nenhuma chance de ele ter matado a esposa. — Ela se mexe na cadeira, inquieta. — Nós tínhamos uma rotina tácita: só conversávamos por cima da cerca no quintal, onde ninguém podia nos ver. Depois da noite de sábado, só voltei a vê-lo na terça. Ele me disse que Amanda não tinha voltado para casa e havia informado seu desaparecimento à polícia. — Becky olha para os detetives, angustiada. — Comecei a temer que isso fosse acontecer, que fossem descobrir que estivemos juntos naquele fim de semana.

— E a senhora falou com ele depois disso? — pergunta Webb.

Ela balança a cabeça.

— Não. Ele tem me evitado. Nunca mais apareceu no quintal. E acho que eu queria evitá-lo também, depois de tudo o que aconteceu... Virar a página. — Depois de uma pausa, Becky acrescenta: — Tenho certeza de que Robert está preocupado com a imagem que ele passaria; enquanto estava dormindo comigo, a esposa foi assassinada. Mas eu garanto a vocês: ele é do bem. Jamais faria mal a uma mulher. Não é esse tipo de homem.

— Talvez ele tratasse a esposa de forma diferente da que tratava a senhora — sugere Webb.

— Acho que não — insiste ela.

— Gostaríamos de colher as impressões digitais da senhora, se não se incomodar — pede a detetive Moen.

— Por quê? — pergunta Becky, assustada, temendo ser acusada de alguma coisa.

— Encontramos algumas digitais na suíte dos Pierce que não conseguimos identificar. Achamos que podem ser da senhora. Mas, se não forem, precisamos saber quem mais esteve naquele quarto.

Becky começa a tremer. A polícia nunca precisou coletar suas digitais antes.

— Vocês vão me acusar de alguma coisa? — ela consegue perguntar.

— Não — responde o detetive Webb. — No momento, não.

* * *

Becky sai da delegacia e vai direto para casa. Estaciona o carro na frente da garagem e entra pela porta da frente. Em seguida, sobe as escadas e se joga na cama.

Seus filhos virão para casa no feriado de Ação de Graças. O que ela vai dizer a eles? E, antes disso, o que vai dizer ao marido quando ele chegar? Será que deve lhe contar tudo ou não dizer nada e torcer para que, de alguma forma, a informação nunca venha a público?

Becky se vira de lado e pensa em Robert, angustiada. A polícia não pode estar realmente achando que ele matou a esposa. É impossível. Ela pensa nas mãos dele subindo e descendo pelo seu corpo. Robert realmente parecia gostar da... da sua companhia. Becky se lembra do peito sarado do vizinho, dos cabelos dele caindo sobre a testa, do seu sorriso de canto de boca.

Como pode convencer a polícia de que eles deveriam estar investigando outras pessoas? Seus protestos pela manhã pareceram entrar por um ouvido e sair pelo outro. Robert não matou a esposa. Se eles enxergassem isso como ela enxergava, não se dedicariam tanto a investigá-lo, nem a ele nem a ela. Becky deseja se proteger, proteger seu segredo. E gostaria de protegê-lo também.

Ela não quer admitir, mas está ligeiramente apaixonada por Robert Pierce.

E tem quase certeza de que as digitais no quarto são dela. Quando alguém mergulha de cabeça numa fantasia, quebra os votos matrimoniais e dorme com outro homem, nunca imagina que suas digitais podem acabar numa investigação de assassinato.

Ela quer proteger Robert. Por isso, não disse tudo à polícia.

Não disse o que ele contou a ela naquela noite, que suspeitava que Amanda estivesse tendo um caso. Becky receia que, se os detetives souberem disso, terão um motivo para suspeitar dele.

E também não disse a Robert, enquanto estava na cama com ele, que sabia com quem Amanda podia estar tendo um caso.

Ela não vai contar aos detetives o que viu, a menos que seja estritamente necessário. Porque ela sabe quem era o amante de Amanda. E também é impossível que ele a tenha matado.

DOZE

Quando o detetive Webb olha para Robert Pierce naquela tarde, vê um homem perfeitamente capaz de matar a esposa. Ele é muito bonito, inteligente, um tanto egoísta e facilmente irritável. Deve ter sido bem diferente com sua vizinha, Becky Harris. Todos nós usamos máscaras, pensa Webb. Em algum momento, todos temos coisas a esconder. O detetive quer saber o que aquele homem pode estar escondendo.

Robert Pierce está sentado do outro lado da mesa na sala de interrogatório, em perfeito autocontrole. Parece confortável, recostado na cadeira, mas com um olhar aguçado, observando tudo.

— Então eu sou o principal suspeito, é isso? — pergunta Pierce.

— O senhor por enquanto não é suspeito — responde Webb. — E não está sob custódia. Pode ir embora, se quiser.

Pierce não se mexe. Webb o analisa cuidadosamente e prossegue.

— Na sexta, dia vinte e nove, o senhor diz ter chegado em casa logo depois do trabalho, por volta das cinco horas da tarde. Alguém o viu?

— Não sei. Esse é o seu trabalho, não é? Não foi isso que ficou perguntando aos vizinhos?

Infelizmente, para os detetives, as conversas porta a porta foram frustrantes. Com exceção de Becky Harris, ninguém parecia conhecer os Pierce. Eles eram reservados. Ninguém se lembrava de ter visto Robert entrando ou saindo de casa naquele fim de semana. Ele costumava deixar o carro na garagem, de portas fechadas, então era difícil dizer se estava em casa ou não. Exceto por Jeannette Bauroth, ninguém tinha notado se ele recebera visitas. Não havia ninguém para confirmar, mas era perfeitamente possível que ele tivesse ficado em casa na sexta e no sábado. Ou talvez não. Os registros de localização mostram que o celular dele estava em casa; isso não quer dizer necessariamente que ele estava.

— O que o senhor fez em seguida? — pergunta Webb.

— Como já disse, fiquei vendo TV e depois fui para a cama cedo. Estou sempre exausto no fim da semana.

— E estava sozinho?

— Sim, sozinho.

— E no sábado?

— Acordei tarde. Fiquei em casa o dia todo, organizando coisas do trabalho, limpando a casa.

— Alguém poderia confirmar isso?

— Não, acho que não.

— E à noite?

Ele se mexe na cadeira, cruza os braços e olha fixamente para Webb.

— Bem, para falar a verdade, não fui totalmente honesto com vocês antes. À noite, recebi a visita de uma amiga. Ela ficou bastante tempo.

Webb faz uma longa pausa antes de perguntar:

— E quem era a sua amiga?

— Minha vizinha aqui do lado, Becky Harris. Acho que vocês falaram com ela ontem. Vi quando bateram à porta dela.

— Nós conversamos com ela.

— Eu não sei o que ela disse a vocês. Preferi não falar sobre isso antes porque estava tentando preservá-la. Obviamente, ela não gostaria que ninguém soubesse do que aconteceu entre nós. Ela é casada. E foi uma coisa inofensiva. Não me orgulho disso, não deveria ter traído minha esposa. Mas eu estava me sentindo sozinho, e Becky estava disponível, então... — Ele dá de ombros. — Depois disso, não aconteceu mais.

Webb o observa com os olhos semicerrados.

— Mas já havia acontecido antes, não é?

Pierce olha para ele, surpreso.

— Então ela contou. Vocês já sabiam de tudo. — Após uma pausa, ele acrescenta: — Sim, dormimos juntos uma outra vez, em agosto. Não foi nada de mais. Foi só para dar uma espairecida, para nós dois darmos uma espairecida.

— Então por que o senhor mentiu? — pergunta Moen. — Por que nos disse que nunca havia traído sua esposa?

— O que a senhora acha? Isso me faz parecer um péssimo marido, e é isso que vocês querem, não é? E talvez eu fosse mesmo. Mas isso não quer dizer que eu tenha matado a minha esposa. — Ele se inclina para a frente e continua: — Quero que vocês parem de brincar comigo e descubram quem matou a Amanda. Quero que encontrem o desgraçado que fez isso.

— Ah, nós vamos encontrar — afirma Webb.

— E quanto ao domingo? — pergunta Moen.

Pierce volta a se recostar na cadeira.

— No domingo, fui jogar golfe com alguns amigos e fiquei o dia todo. Nunca imaginei que Amanda não voltaria para casa naquela noite. Os nomes e telefones de todos eles devem estar registrados. Eles podem confirmar o que estou dizendo. Jantamos no clube e depois voltei para casa, para esperar Amanda chegar.

— O senhor tem ideia de quem são as digitais que encontramos na sua casa?

— Imagino que algumas sejam da Becky.

— E o outro conjunto de digitais?

Ele dá de ombros.

— Não faço ideia.

— O senhor está escondendo mais alguma coisa de nós, Sr. Pierce?

Ele olha de volta para Webb com um ar insolente.

— Como o quê, por exemplo?

— Algo sobre a sua esposa. Ela estava tendo um caso?

Pierce morde o lábio.

— Não sei.

— É mesmo? — pergunta Webb, num tom falsamente descontraído. — Talvez ela estivesse tendo um caso e o senhor tenha descoberto. Talvez soubesse que não era com Caroline que ela ia viajar naquele fim de semana. Talvez por isso a tenha matado. — Robert permanece imóvel. — Ou talvez o senhor tenha inventado toda essa história de que ela disse que viajaria com a amiga. Talvez tenha combinado de encontrar sua esposa em algum lugar, e ela não fizesse ideia dos seus planos.

— Não — diz Robert, balançando a cabeça. — O senhor está completamente enganado. Não achava que minha esposa estivesse tendo um caso na época. A ideia nunca me passou pela cabeça até eu falar com Caroline naquele domingo e perceber que Amanda havia mentido para mim

Webb não acredita nele.

— O senhor sabia que sua esposa estava grávida?

— Sabia. Ela ia abortar. Não queríamos filhos — responde Pierce, e encara os detetives como se os desafiasse a problematizar o assunto. — Já acabamos aqui? — pergunta.

Pierce está perdendo a calma, mas dissimula muito bem, pensa Webb.

— Acabamos, não queremos tomar muito do seu tempo — diz o detetive, enquanto Robert Pierce empurra a cadeira para trás fazendo muito barulho e sai.

— Ele não tem um bom álibi — comenta Moen, logo depois. — Pode ter ido a qualquer lugar na sexta e no sábado e deixado o celular em casa para não dar bandeira.

— Quanto mais o vejo, menos gosto dele — revela Webb. — É um arrogante filho da mãe.

— Ele não parece muito triste com a morte da esposa — observa Moen.

— Não mesmo — concorda Webb. — Se Amanda estava *de fato* tendo um caso, então quem era o amante?

— Se descobrirmos isso, vai ser um avanço — murmura Moen.

TREZE

Na quarta-feira, Olivia procurou no jornal e na internet novas informações sobre o assassinato de Amanda Pierce. Estranho como se deixou envolver tão rapidamente pelo assunto. Mas não havia nada de novo, e pouquíssimos fatos concretos. As reportagens apenas repetiam o que já havia sido dito. A investigação está em andamento.

Ela tentou conversar com Paul sobre o assunto na noite anterior, na cama.

— O que você acha que aconteceu com ela? — perguntou Olivia.

— Não sei — murmurou Paul, tentando ler um livro.

— Ela devia estar tendo um caso. Por que mentiria para o marido sobre com quem estava?

— Não é da nossa conta, Olivia.

— Eu sei — rebateu ela, um pouco surpresa com o tom do marido. — Mas você não está curioso?

— Não — respondeu ele.

Olivia não acreditou, mas logo mudou de assunto. Ela achava que o filho devia fazer terapia. Não esperava que Paul fosse gostar da ideia, mas não estava preparada para a reação que ele teve.

— Paul, estou preocupada com Raleigh — desabafou ela.
— Eu sei.
—É que... acho que precisamos botar o Raleigh na terapia.
Nesse momento, ele abaixou o livro e olhou para ela.
— Terapia?
— É.
— E por que diabos faríamos isso?
— Porque talvez... fosse bom para ele conversar com alguém.
— Olivia, ele não precisa de terapia. Precisa é de um bom chute no rabo.
Ela olhou para ele, irritada. Então Paul acrescentou:
— Você não acha que está exagerando?
— Não, não acho. Isso é sério, Paul.
— Sim, é claro que é sério. Mas ele não tem nenhuma doença mental, Olivia.
— Ninguém precisa ter uma doença mental para fazer terapia — retrucou ela, exasperada.
Por que ele era tão atrasado em relação a essas coisas?
— Isso é só uma fase. Podemos lidar com a situação. Ele não precisa de terapia.
— E como você pode ter tanta certeza disso? Desde quando é especialista?
— Não quero discutir, Olivia — disse ele, bruscamente, apagando o abajur da mesa de cabeceira ao seu lado e se virando na cama para dormir.
Ela continuou deitada ao lado dele, furiosa, muito tempo depois que ele começou a roncar.
Agora, enquanto toma sua xícara de café da tarde, ela se lembra de ter visto o marido lendo a reportagem sobre Amanda Pierce no jornal na noite anterior. Ele *está* curioso. É claro que está. Só não quer admitir. Paul às vezes é um tanto hipócrita.

* * *

A perícia preliminar no carro e nos pertences de Amanda não traz nenhuma grande revelação, o que é meio frustrante.

— Lamento decepcioná-los — diz Sandra Fisher, patologista forense do Instituto de Medicina Legal —, mas não encontramos quase nada.

Webb assente; não esperava grande coisa, com o carro submerso, mas há sempre alguma esperança.

— Não encontramos sangue, pele nem cabelo que não fossem os da própria vítima — informa ela. — Nada que permita obter um perfil de DNA. E não descobrimos mais nada; nenhuma digital, nenhuma fibra.

— Alguma coisa na bolsa ou na mala de viagem? — pergunta Webb.

Eles já haviam examinado os registros do celular de Amanda e não encontraram nada; certamente nenhum indício de um amante.

Ela balança a cabeça.

— Sinto muito.

Webb assente e olha para Moen. Quem quer que tenha matado Amanda e jogado o carro dentro do lago não deixou nenhum rastro.

— Como vocês sabem — complementa Fisher —, nada na região onde o carro foi encontrado indica que foi ali que ela morreu. Haveria muito sangue. O mais provável é que ela tenha sido morta em outro lugar, e que o assassino tenha levado o carro até aquele local para afundá-lo.

— Ele provavelmente conhecia a região, sabia que era um bom local para se livrar de um veículo — explica Webb. — Deserto, sem mureta de proteção, com um bom declive, e a água fica profunda a pouca distância da margem.

Moen concorda, assentindo com a cabeça.

— Mas, por mais deserta que seja a estrada, ele correu o risco de ser visto por alguém — diz ela.

— Encontrou mais alguma coisa no carro? Talvez no porta-luvas? — pergunta Webb, dirigindo-se à patologista.

— Manual do proprietário e documentos referentes à manutenção do veículo. Um kit de primeiros socorros. Um pacote de lenços de papel. Ela era uma mulher muito organizada — comenta Fisher, parecendo incrédula. — Vocês deviam ver a bagunça que é o meu carro.

Webb tenta disfarçar a decepção. Esperava um pouco mais.

— As digitais no quarto dos Pierce batem com as de Becky Harris — continua Fisher. — Mas não sabemos de quem é o outro conjunto. Não aparece em nenhuma base de dados. De quem quer que sejam as digitais, estavam por todo o escritório e por toda a mesa.

* * *

Robert Pierce pediu licença do trabalho por uma semana. Ainda é quarta-feira. Eles lhe disseram que tirasse o tempo que fosse necessário. Ele não tem intenção de voltar ao escritório, e se pergunta se seus colegas na pequena firma de cinco advogados pensam que ele é um assassino. Imagina que sim. Ele anda de um lado para o outro pela casa e fica refletindo sobre o interrogatório com os detetives no início da tarde, repassando-o mentalmente, de novo e de novo.

Robert se pergunta o que Becky deve estar fazendo. Sabe que ela está em casa, vê seu carro na entrada da garagem. Ele a tem evitado. Usou-a de maneira um tanto descarada, mas não tem nenhum peso na consciência. Foi incrivelmente fácil seduzi-la. Agora que o segredo foi revelado, porém, ele se preocupa com o que ela pode dizer aos detetives. Becky confessou que eles dormiram juntos. Será que também contou que ele achava que Amanda estava tendo um caso? Será que vai contar? Ele gostaria de saber.

Ele está de pé na cozinha, olhando para o quintal pelas portas de vidro. É uma tarde amena, com um toque outonal. Robert resolve pegar uma cerveja e sair um pouco. Talvez Becky também saia, talvez não.

Robert segue em direção aos fundos do quintal. Se ela estiver observando de dentro de casa, vai conseguir vê-lo ali; mas só consegue vê-lo no quintal se ela também estiver do lado de fora de casa, no próprio quintal.

Então, ele ouve o som inconfundível da porta dos fundos da vizinha se abrindo e se detém. Sabe que ninguém na rua consegue vê-los ali; eles têm toda a privacidade de que precisam. Ele se vira e olha para a casa de Becky por cima da cerca. Ela está parada à porta, olhando para ele. Robert se aproxima lentamente da cerca.

Becky está com um aspecto péssimo. Seus cabelos loiros geralmente sedosos estão minguados e lambidos, e ela está sem maquiagem. Ele se pergunta como é possível que tenha dormido com aquela mulher. Becky parece ter envelhecido muito nas últimas semanas.

Ela permanece parada junto à porta, olhando para ele, o corpo rígido. Robert não consegue decifrar sua expressão. Talvez a tenha interpretado mal o tempo inteiro. Por um momento, sente uma pontada de irritação com ela. Então, ele sorri. Becky se esforça para retribuir o sorriso; covinhas surgem em seu rosto, e ele lembra por que por um breve momento a achou atraente.

— Becky — chama Robert, usando um tom que sabe que ela gosta: masculino, mas ronronante, sedutor.

Ela se afasta da porta aos poucos e vem andando na direção dele, como se ele a puxasse com uma corda invisível. É ridiculamente fácil fazer isso com ela. Sempre foi.

Ele esboça um meio sorriso e inclina a cabeça para ela.

— Venha aqui — diz, e ela obedece, aproximando-se da cerca, como sempre fazia. — Becky — ele volta a dizer, quando ela já está bem perto. Nem trinta centímetros os separam. — Senti sua falta.

Ela fecha os olhos, como se não quisesse encará-lo. Por quê? Será que acha que ele é um assassino? Uma lágrima começa a se formar no canto de um dos olhos de Becky.

— Você está bem? — pergunta ele, de um jeito doce.

Os olhos de Becky se abrem e ela balança a cabeça.

— Não — responde, com a voz embargada.

Ele espera.

— Eles acham que você matou Amanda — prossegue ela, quase sussurrando.

Ele tem consciência disso, mas quer saber o que ela acha.

— Eu sei. Mas eu não a matei, Becky. Você sabe que eu não fiz isso, não é?

— É claro! Eu sei que não foi você. — Ela agora está mais animada, quase indignada por ele. — Você não seria capaz de uma coisa dessas. Foi o que eu disse a eles. — Ela franze o cenho. — Mas acho que não acreditaram em mim.

— Bem, você sabe como os policiais são. Sempre acham que a culpa é do marido.

— Eles sabem sobre *nós* — continua ela.

A maneira como ela diz a palavra *nós* lhe provoca um arrepio, mas ele se esforça para não deixar transparecer.

— Eu sei.

— Eu sinto muito. Tive que contar a eles.

— Está tudo bem. Eu também contei. — Ele a tranquiliza. — Está tudo bem, Becky.

— Eu não ia dizer nada, mas eles já sabiam.

— O quê?

— Alguém me viu saindo da sua casa de madrugada, no fim de semana em que Amanda desapareceu.

— Quem?

Ele agora está ainda mais atento ao que ela diz. Quem andava vigiando sua casa de madrugada? Ele havia simplesmente presumido que Becky tivesse deixado escapar para a polícia o fato de que eles haviam dormido juntos.

— Não sei, eles não quiseram me dizer. — Ela olha para Robert, o rosto coberto de lágrimas e marcado com rugas de preocupação.

— Estou com medo de que todo mundo acabe descobrindo — prossegue, com a voz trêmula. — Eles colheram as minhas digitais na delegacia, acho que vão bater com as do seu quarto. Não sei o que vou dizer ao meu marido.

Ela olha para Robert de maneira suplicante, como se ele pudesse resolver o problema dela. Mas ele não pode ajudá-la. Na verdade, nem sequer está prestando atenção no que Becky diz; está se perguntando quem a viu sair da casa dele naquela noite.

— O que vai acontecer se a polícia falar com ele?

Becky olha para Robert com seus grandes olhos molhados.

Isso é problema seu, ele pensa.

— Becky, o que exatamente você disse à polícia?

— Só que bebíamos juntos de vez em quando, que conversávamos por cima da cerca, que dormimos juntos uma vez em agosto, quando Amanda não estava, e uma segunda vez naquele sábado, no fim de semana em que ela desapareceu. E que você não seria capaz de fazer mal a ela de jeito nenhum.

Ele faz que sim com a cabeça, para tranquilizá-la.

— E você disse a eles que eu achava que Amanda estava tendo um caso?

— Não, claro que não. Não sou idiota.

— Ótimo. Não diga isso para eles. Porque não é verdade. Não sei por que eu falei isso.

Ela parece surpresa.

— Ah.

Ele quer se assegurar de que ela entendeu.

— Nunca achei que Amanda estivesse saindo com ninguém, pelo menos não até aquele domingo, quando falei com Caroline. Você entende, não é? Vai se lembrar disso?

Ela talvez esteja até com um pouco de medo dele agora. Ótimo.

— Claro — responde ela.

Robert assente, sem lhe dar o habitual meio sorriso.

— Se cuide, Becky.

CATORZE

Naquela tarde, Olivia está trabalhando no andar de cima, no escritório, quando escuta a campainha tocar. Ela se pergunta se seriam os detetives, querendo fazer perguntas a mais gente, e desce as escadas correndo. Mas não é a polícia que está à sua porta; é uma mulher que ela nunca viu antes. Ela é mais velha, com uns quase sessenta anos, e corpulenta. Tem o rosto largo cheio de rugas, o cabelo loiro arrumado e usa um batom claro. Olivia está prestes a dizer educadamente um "Não, obrigada" fechando a porta, aborrecida com a interrupção, quando a mulher se adianta:

— Não vim aqui vender nada — diz, e sorri calorosamente.

Olivia hesita.

— Meu nome é Carmine — continua a mulher, num tom amistoso.

O nome soa familiar, mas Olivia não consegue se lembrar de onde o ouviu antes.

— Em que posso ajudá-la?

— Peço desculpas pelo incômodo, mas acabei de me mudar e a minha casa foi arrombada faz pouco tempo. Estou andando pelo bairro alertando os vizinhos para que fiquem atentos.

Na mesma hora, o coração de Olivia dispara.

— Que coisa horrível — diz, tentando adotar uma expressão compassiva. — Levaram muita coisa?

— Não, ele não levou nada.

— Ah, que bom — diz Olivia. — Pelo menos não houve nenhum prejuízo.

O que ela realmente deseja é bater a porta na cara da mulher, mas não se atreve a ser rude.

— Eu não diria que não houve nenhum prejuízo — retruca Carmine. — O garoto bisbilhotou a minha casa. E não foi só a minha. Parece que invadiu outras, e mexeu nos computadores das pessoas.

— Ah, meu Deus — diz Olivia, surpresa com o tom áspero da mulher. — E a polícia já o pegou?

Ela espera que a expressão em seu rosto e seu tom de voz correspondam às expectativas da mulher naquelas circunstâncias. Está tão angustiada que não sabe dizer se está sendo convincente.

— Não. Mas recebi uma carta anônima. Pelo visto foi um adolescente, e a mãe escreveu uma carta pedindo desculpas. Mas não sei quem é ela.

Depois de dizer isso, Carmine pega a carta. A carta que Olivia escreveu, imprimiu e enfiou na caixa de correio na porta dela. Será que ela descobriu? Será que ela sabe que foi Raleigh? Por isso veio até ali? Para confrontá-la? Olivia não sabe como reagir, o que dizer. Aquela mulher não estaria ali se ela não tivesse escrito a carta. Carmine olha para ela, examinando-a com cuidado.

— A senhora está bem? — pergunta.

— Sim, estou bem — responde Olivia, corando. — Sinto muito, é que andei um pouco doente e ainda não estou totalmente recuperada — mente ela.

— Ah, peço desculpas por incomodá-la com isso — diz a mulher, olhando-a atentamente.

— Eu estava descansando quando a senhora tocou a campainha.

— Sinto muito — continua Carmine, num tom compreensivo. Mas não faz menção de ir embora. Em vez disso, comenta: — Vi que a senhora tem uma cesta de basquete na frente da casa.

Olivia está inquieta, deseja apenas que a intrometida vá embora. Sente-se mal e sufocada, quase a ponto de desmaiar. Mas não quer dar a impressão de que aquela conversa a está deixando alterada. Em seu estado de confusão, se pergunta por que a mulher está mencionando a cesta de basquete. Até que finalmente se dá conta.

— Sim.

É só o que consegue pensar em dizer.

— Adolescentes? — pergunta Carmine.

Olivia olha a mulher nos olhos. E é como se houvesse uma comunicação tácita entre elas — a mulher está perguntando se foi o filho dela que invadiu sua casa e se foi ela quem escreveu a carta. Quanta cara de pau dessa mulher, vir bater em sua porta para isso!

— Sim. Tem muitos adolescentes por aqui.

— Eles podem ser muito difíceis — diz Carmine.

— A senhora tem filhos? — pergunta Olivia.

A mulher assente.

— Três. Já são todos adultos, não moram mais comigo. Um deles deu muito trabalho.

Olivia hesita. Está prestes a convidar a mulher para entrar, mas então pensa em Paul e no advogado, e acima de tudo em Raleigh. Ela não pode admitir nada a essa mulher, precisa se manter firme.

— Eu tenho um garoto — informa Olivia, recobrando a compostura. — E tive muita sorte, porque ele nunca me deu nenhum problema, pelo menos até agora — mente. — Tenho muito orgulho dele.

— A senhora tem mesmo muita sorte — comenta Carmine, com certa frieza.

Ela deve saber — ou pelo menos suspeitar — que foi o filho de Olivia quem invadiu sua casa, e que ela é a autora aflita da carta.

Olivia sente o estômago embrulhar, precisa encerrar aquela conversa urgentemente.

— É, eu sei — diz Olivia. — Peço desculpas, mas tenho que entrar. Tchau.

Ela fecha a porta, dispara escada acima e corre até o banheiro, onde vomita todo o almoço. Lágrimas surgem em seus olhos, como sempre acontece quando vomita. Mas, enquanto permanece ali, apoiada no vaso, vêm as lágrimas de verdade. Ela realmente estragou tudo. Sente medo e raiva em igual medida. Foi descoberta. Não há dúvida. E agora, o que vai acontecer com Raleigh? Aquela mulher não pode provar nada, não é? Mas Olivia não quer nem que Paul nem que Raleigh — principalmente Paul — fiquem sabendo que ela enviou as cartas. Sendo assim, também não pode contar a eles sobre a visita de Carmine, é claro.

Olivia se levanta devagar e lava a boca na pia. Em seguida, ela se olha no espelho — está péssima. Incapaz de lidar com a situação sozinha, liga para Glenda e chama a amiga para vir à sua casa. Glenda chega cerca de quinze minutos depois, com os cabelos ruivos desgrenhados e o rosto tomado de preocupação.

— O que aconteceu? — pergunta ela, assim que entra.

Olivia sabe que está com a aparência péssima. Está com cara angustiada e de quem acabou de vomitar. Mas se há uma pessoa em quem pode confiar, essa pessoa é Glenda. Ela pode contar o que aconteceu para Glenda, mas não para o próprio marido. O que isso diz sobre seu casamento?, pergunta-se Olivia por um breve instante. Mas não há nada de fato errado com seu relacionamento, tranquiliza a si mesma; é uma circunstância atípica. Ela normalmente não esconde nada de Paul, e ele não esconde nada dela; só esse pequeno detalhe, que agora ela desejava nunca ter feito. E ela não quer que Paul descubra. Olivia se pergunta se deveria ou não contar a ele. É para isso que Glenda está ali — para lhe dar apoio emocional e aconselhá-la sobre o que fazer.

— Glenda — começa ela —, aconteceu uma coisa terrível.

O rosto de Glenda empalidece, como se ela tivesse recebido a notícia da morte de alguém.

— O que foi?

Olivia a leva até a cozinha e depois se vira para a amiga.

— Foi uma ideia estúpida escrever aquelas cartas — diz ela.

— Ah — suspira Glenda, visivelmente aliviada. — Pensei que tivesse acontecido um acidente ou algo assim.

— Não.

— Não fique tão preocupada — diz Glenda. — Daqui a pouco ninguém mais vai se lembrar disso. Ninguém vai descobrir que foi Raleigh.

— Acho que alguém já descobriu.

Elas se sentam, e Olivia conta sobre a visita de Carmine.

— Deve ser a vizinha de porta da Zoe — diz Olivia. — Lembra que a Zoe falou dela no clube de leitura?

Glenda morde o lábio, tentando se lembrar.

— Ela não chegou a acusá-la de escrever a carta, certo? — pergunta Glenda.

— Não com todas as letras — admite Olivia. — Mas dava para ver o que ela estava pensando, pelo jeito como olhava para mim. — Ela encara Glenda com tristeza. — Eu adoraria saber esconder melhor os meus sentimentos, mas você sabe como eu sou. Ela percebeu que eu estava preocupada, e por que estaria, se o invasor não fosse o meu filho?

Olivia apoia os cotovelos na mesa da cozinha e segura a cabeça com as mãos. Pensa em como tudo aquilo começou, apenas alguns dias antes, ela e Paul nesta mesma cozinha, interrogando Raleigh sobre as invasões.

— Se eu não tivesse escrito aquelas malditas cartas, ela jamais saberia que ele esteve lá. Paul vai ficar *uma fera* comigo.

— A culpa não é sua — diz Glenda, tentando acalmá-la. — Você não fez nada de errado. Foi Raleigh quem invadiu as casas. Você agiu com boa intenção. Estava tentando fazer a coisa certa.

— E dei um tiro no pé — rebate Olivia, amargurada.
— Paul vai acabar entendendo.
— Não, não vai. E Raleigh também não.
— Mas você entregou as cartas no domingo e só foi conversar com o advogado na segunda. Você não enviou as cartas *depois* de ele dizer que não devia.
— Não. Mas eu sabia que Paul não gostava da ideia. E deveria ter confessado tudo naquele momento, no escritório do advogado, mas não falei nada. Pelo menos estaria tudo às claras, e eu poderia voltar lá e perguntar ao advogado o que fazer.
— Nada impede que você vá falar com o advogado. Mas primeiro você vai ter que contar ao Paul.
— Eu sei — diz Olivia, arrependida. — Que confusão. E eu estou tão preocupada com Raleigh. Por que ele fez isso? Por que cismou de bisbilhotar a casa dos outros?

Glenda balança a cabeça, impotente.
— Não sei.
— Ontem à noite, falei com Paul que devíamos colocar Raleigh na terapia. Ele me disse que eu estava exagerando, que isso é só uma fase. Ele não gostou nada da ideia... foi bem enfático, na verdade.

Aquela foi a primeira discussão de verdade que eles tiveram em anos. A segunda será hoje à noite, quando ela lhe contar sobre as cartas.

— Essa é a pior parte de ser mãe — comenta Glenda. — Não saber se estamos fazendo a coisa certa, se devemos intervir ou dar um passo atrás. Nossos pais simplesmente nos ignoravam. Talvez fosse melhor assim.
— Eu sei — suspira Olivia.

Glenda olha para ela com apreensão, mas logo desvia o olhar.
— Eu me preocupo com Adam o tempo todo. Desde que ele começou a beber. E não é que Keith e eu tenhamos dado o mau exemplo, porque não exageramos na bebida.

— Devem ser os garotos com quem ele anda. — Olivia arrisca um palpite.

— Ele não costumava andar com esses garotos. Gostava de esportes e ia bem nos estudos. Agora as notas dele vão de mal a pior, e ele vive faltando aos treinos. Além disso, se tornou mal-humorado e insolente. Para ser franca, é horrível ficar perto dele.

Olivia sente a tensão na voz de Glenda. Nos últimos tempos, quando elas falam sobre os filhos, essa tensão parece estar sempre presente. Antes não era assim. Elas se sentavam ao lado da piscina de plástico infantil e conversavam e riam, com a serenidade de quem supõe que os filhos serão inteligentes, bonitos e tranquilos. Os pais tendem a ser excessivamente otimistas em relação ao futuro e aos talentos dos filhos quando são pequenos, pensa Olivia — talvez seja isso que os anime a seguir adiante.

Finalmente, Glenda se levanta para ir embora.

— Não foi assim que imaginamos que seria, foi?

* * *

Glenda segue de volta para casa pensativa. Todo mundo sempre diz que a adolescência é uma fase difícil, mas ela não esperava nada parecido com o que está passando agora. Pensa nos próprios problemas. Seu filho... O que será dele? De repente, precisa secar as lágrimas que surgem. O que será de todos eles?

Ela pensa na noite anterior. Um ano antes, Adam estaria treinando algum esporte, ou disputando algum jogo. Ela e Keith poderiam ter se demorado no jantar, tomado outra taça de vinho e conversado. Isso é algo que já não fazem mais. Ela não compra mais vinho com tanta frequência, porque não quer que o filho os veja bebendo. Será que foi por isso que deixou de comprar, ou teria sido por medo de que Adam pudesse beber escondido? Provavelmente as duas coisas.

Ela e Keith já não conversam muito. As coisas estão tensas em casa. Curiosamente, eles só parecem agir com naturalidade quando estão fora, com outras pessoas. Ela se recorda da noite de sexta, quando foram jantar na casa dos Sharpe. Talvez eles tenham exagerado um pouco na bebida e se deixado levar porque Adam não estava por perto, e também porque moravam a uma rua de distância.

Olivia e Paul estavam de bom humor. Ainda não sabiam que Raleigh andava pela vizinhança arrombando casas. Olivia preparou um assado delicioso, e Glenda ficou ali bebendo seu vinho, observando o marido, que ainda era muito bonito, rindo com Paul, relembrando coisas engraçadas que haviam acontecido ao longo dos anos. Tinha sido uma noite boa, como nos velhos tempos. Se ao menos fosse possível voltar no tempo...

QUINZE

Olivia espera até que a mesa do jantar esteja arrumada e Raleigh, no quarto, concentrado no laptop com os fones de ouvido, fazendo a lição de casa. Paul está na sala, lendo o jornal.

Ela fica parada por um momento, observando-o. Precisa contar a ele.

Ela se senta ao lado dele no sofá. Paul levanta os olhos do jornal.

— Precisamos conversar — anuncia Olivia, baixinho.

Na mesma hora, um olhar de preocupação surge no rosto do marido. Olivia não costuma iniciar conversas desse jeito. Parece prenúncio de coisa ruim. E é *exatamente* isso.

— Qual o problema? — pergunta ele, também em voz baixa.

— Preciso lhe contar uma coisa, e você não vai gostar. — Agora ele parece preocupado. Mantém os olhos fixos em Olivia, atento. Ela continua: — Não quero que Raleigh saiba disso até decidirmos o que vamos dizer a ele.

— Pelo amor de Deus, Olivia, o que foi? Você está me assustando.

Ela respira fundo e começa:

— No último fim de semana, antes de irmos conversar com o advogado, escrevi cartas de desculpas para os moradores das casas que Raleigh invadiu.

Paul olha para ela, incrédulo.

— Mas não as enviou — diz ele, enfático.

Olivia morde os lábios.

— Na verdade, enviei. Deixei cartas anônimas, idênticas, nas duas casas.

Ele olha boquiaberto para a esposa, sem querer acreditar.

— Como assim? — pergunta ele, atabalhoado.

— Domingo passado, quando você foi jogar golfe, entrei no carro com Raleigh e o fiz me mostrar as casas que ele arrombou.

— E você não me contou nada? — questiona Paul, visivelmente furioso.

— Não.

— Por quê?

— Porque eu sabia que você não ia gostar.

— Claro que não! — Paul começa a levantar a voz. — Eu já tinha dito que achava uma péssima ideia pedir desculpas! E o advogado concordou comigo.

— Eu sei. E sinto muito. Mas fiz isso antes de falarmos com o advogado. — Ela agora está chorando. — Achei que não ia fazer mal, e que precisava pedir desculpas de algum jeito. Não escrevi nada que pudesse identificar Raleigh.

Ele a encara cheio de raiva e frieza.

— Não gostei de você ter feito isso pelas minhas costas.

— Eu sei — diz Olivia, quase com a mesma frieza. — E sinto muito, mas por que *você* tem que decidir tudo? Não gosto quando você me diz o que posso ou não fazer.

De repente, Olivia fica furiosa com ele. Por que ele *tem* de decidir tudo? Mesmo que, dessa vez, ele tivesse razão. Ela ainda está chateada pela opinião do marido ter prevalecido sobre a dela, na noite passada, com relação a Raleigh fazer terapia. Então ela respira fundo e diz:

— Cometi um erro. Você estava certo. Eu não devia ter feito isso. E me sinto péssima por ter agido pelas suas costas, por não ter lhe dito nada. Nós nunca guardamos segredos um do outro. Sempre fomos honestos.

Paul se vira para o outro lado.

— Vamos torcer para que isso não se volte contra nós — diz ele. — Como você pôde fazer isso sem falar comigo? Não é nada do seu feitio.

Porque você não me deu escolha, Olivia tem vontade de dizer, mas permanece em silêncio. Mesmo depois de algum tempo, a tensão entre eles não se dissipa.

— Mas então, por que está me dizendo isso agora? — pergunta Paul, impaciente, voltando-se para ela novamente.

— Porque... pode ser que haja um problema.

— Que problema? — A voz dele é tensa.

Olivia toma coragem para lhe contar o restante da história.

— Uma mulher veio aqui hoje. Carmine qualquer coisa. Ela é vizinha da Zoe, do clube de leitura. — Olivia faz uma pausa, mas se obriga a continuar. — Raleigh invadiu a casa dela. E a mulher tem andado pelo bairro, contando às pessoas sobre a invasão e mostrando a carta.

— Você não contou a verdade a ela, não é? — Paul a encara, irritado.

— Não, claro que não!

— Bem, pelo menos isso — diz ele, bufando.

— Mas ela pode ter deduzido.

— Como?

— Você sabe como eu sou! — exclama Olivia. — Não sei esconder nada! Fiquei muito nervosa. Ela me perguntou se eu estava bem. Dava para notar que eu estava aflita. Então a mulher perguntou se eu tinha filhos adolescentes. Estou preocupada que ela possa ter descoberto.

Segue-se então um longo e doloroso silêncio. Olivia fica com o olhar fixo no chão, incapaz de encarar o marido.

— Meu Deus — murmura Paul. — Não acredito nisso. — Depois de um tempo, pergunta: — Como ela é?

— Como assim?

— É o tipo de pessoa que vai insistir no assunto e prestar queixa? Você acha que ela vai atrás do Raleigh?

— Eu... não sei. Talvez. Quer dizer, por que ela está indo de porta em porta?

Olivia ouve então um barulho e olha na direção de onde vem o ruído; Paul faz o mesmo. Raleigh está parado à porta da sala, parecendo tenso.

— Do que vocês estão falando? — pergunta. — O que está acontecendo?

Ele olha apreensivo para os pais. Olivia se vira para Paul. Precisam contar para ele.

— Por que você está chorando, mãe? — pergunta Raleigh. — O que aconteceu?

Olivia olha para o marido, avaliando a situação; ele já está furioso com ela. Nenhum deles tem escolha. Ela se vira para Raleigh. Detesta a ideia de que o filho acabe ouvindo sobre as cartas, de que talvez seja descoberto. Se isso acontecer, ele sem dúvida irá culpá-la. Não assumirá sua parcela de responsabilidade, apenas a culpará pelas cartas. Olivia se recompõe. *É isso o que acontece quando você se mete onde não é chamada*, pensa, desolada.

Raleigh, visivelmente preocupado, se joga em uma poltrona em frente ao sofá, onde eles estão.

— Eu vou ser preso?

— Não — responde Olivia.

— Esperamos que não — esclarece Paul, e Olivia vê o rápido lampejo de medo nos olhos do filho.

— Mas eu não peguei nada — Raleigh se apressa a dizer. — E nunca mais vou fazer isso. Eu *juro*.

— É o que esperamos — diz Paul. — Mas acontece que a sua mãe, contra a minha vontade expressa, deixou cartas de desculpas nas casas que você invadiu.

Raleigh se vira para ela, incrédulo e assustado.

— Mas por que você fez isso? — pergunta. — O advogado falou...

— Eu sei o que o advogado falou — interrompe Olivia. — Fiz isso antes de falarmos com ele. Achei que *alguém* deveria se desculpar com essas pessoas e dizer a elas que seus computadores haviam sido invadidos. Continuo achando que foi a coisa moralmente certa a se fazer. — Seu tom agora é defensivo. — E as cartas eram anônimas... não há nada nelas que possa identificá-lo, Raleigh.

— Só que a moradora de uma dessas casas que você arrombou bateu à nossa porta hoje — afirma Paul. — E a sua mãe ficou nervosa, e pode ter levantado suspeitas.

Raleigh parece a ponto de vomitar.

— Ou seja, pode ser que esse problema não seja encerrado tão facilmente — conclui Paul.

Olivia então se obriga a dizer:

— A outra casa que Raleigh invadiu foi a dos Pierce.

Paul olha para ambos, incrédulo.

— E você só está me dizendo isso agora?

— Não achei que fosse importante — argumenta ela, sem convicção.

— Não achou... pelo amor de Meu Deus! A polícia vasculhou a casa deles!

— Eu sei — diz Olivia.

— Imagino que você não tenha usado luvas, não é, Raleigh? — prossegue Paul, virando-se para o filho.

Raleigh balança a cabeça, parecendo assustado, e responde:

— Não sou um criminoso.

— Meu Deus — suspira Paul.

— A polícia não tem registro das digitais do Raleigh — diz Olivia, com a voz tensa. — Não é possível relacioná-lo às invasões. *Eles certamente não têm nenhuma prova contra Raleigh, não é?*

— E se a mulher for à polícia e o acusar? — pergunta Paul. — E se pegarem as digitais dele? Vão acabar descobrindo que ele esteve nessas duas malditas casas!

Olivia lança um olhar angustiado e suplicante ao filho, querendo seu perdão, mas ele se vira e dispara para o andar de cima, então começa a chorar de novo.

* * *

Raleigh volta para o quarto, batendo a porta depois de entrar. Ele se joga na cama, coloca os fones de ouvido e bota a música para tocar bem alto. Quer apagar da mente a cena na sala de estar, mas não consegue. Continua remoendo aquilo. Como sua mãe pôde ter sido tão burra? Sua vontade era de gritar com ela, mas não se atreveu a fazer isso. E o seu pai... dá para notar que ainda está furioso com ele, e agora está furioso com sua mãe também.

Raleigh também está com raiva de todo mundo, mas no fundo sabe que a culpa é principalmente dele.

Ele fica ali deitado na cama, o coração acelerado, se perguntando se vai ser preso. Vai ter de voltar àquele advogado horroroso. Raleigh se sente mal pelo dinheiro que isso deve custar aos pais, mas pretende compensá-los. Vai ser um filho melhor. Vai começar a fazer as tarefas domésticas e se esforçar mais na escola.

Raleigh está morrendo de medo. Toda vez que alguém bater à porta, vai pensar que é a polícia vindo atrás dele.

* * *

Becky anda de um lado para o outro pela casa, vazia e grande demais para uma única pessoa. É quarta-feira à noite. O marido esteve fora a trabalho a semana inteira, na Costa Oeste, mas eles se falaram por telefone. Ele vai estar de volta amanhã à noite. Becky tem orgulho de seu marido, Larry, e dá graças a Deus que ele seja bem-sucedido — afinal, ela não precisa trabalhar —, mas às vezes se sente um pouco solitária. Com as longas jornadas de trabalho e as viagens, ele perdeu boa parte da infância dos filhos. Becky não se importava tanto com sua ausência quando os filhos moravam com ela, mas, desde que os gêmeos foram para a faculdade, sente falta dele. Trabalhar de casa não foi sua primeira escolha; preferia trabalhar fora. Mas queria retomar sua carreira na contabilidade, e o único trabalho que encontrou foi como freelancer. Com toda a confusão que gerou recentemente, ela se pergunta se não seria melhor arranjar um emprego em tempo integral em uma loja qualquer. Alguma coisa que a tirasse de casa. Ela precisa se manter ocupada, porque passa tempo demais pensando em Robert Pierce, sozinho na casa ao lado, e neles dois juntos.

Ao pensar nele agora, sente-se um pouco inquieta. Ele *realmente* suspeitava de que a esposa estivesse tendo um caso. E o fato de ele lhe ter dado instruções sobre o que dizer à polícia a deixou desconfortável. Ele está mentindo e quer que ela minta também. É evidente que ele está com medo da polícia, o que é muito compreensível. Não quer que ela conte aos detetives que ele sabia que a esposa o estava traindo. Bem, ela não vai dizer nada. Ele não precisa se preocupar com isso.

Agora Becky se lembra de outra coisa — de uma noite no verão. Foi antes de dormir com Robert pela primeira vez, mas já se sentia irremediavelmente atraída por ele, e era nele que ficava pensando durante boa parte de seu tempo.

Becky não teve intenção de espioná-los. Mas era uma noite quente, as janelas do andar de cima estavam abertas e dava para ouvir a música que vinha do quintal dos Pierce. Era um jazz lento, uma melodia romântica que flutuava no ar doce do verão. Ela olhou pela janela, tomando cuidado para não ser vista. Robert e Amanda estavam de pé no jardim dos fundos, abraçados. Imediatamente, ela sentiu uma pontada de ciúmes. Ah, ser jovem e apaixonado... dançando sob o luar! Becky não conseguia ver o rosto deles, mas, depois de observá-los por um momento, percebeu que havia algo errado. Alguma coisa na maneira como se abraçavam. Amanda não parecia relaxada nos braços do marido; parecia se mover rigidamente durante a dança, quase como se não quisesse estar ali, como se estivesse sendo forçada.

Depois de algum tempo, Becky percebeu que os ombros de Amanda tremiam. Ela estava chorando, com o rosto enterrado no peito do marido.

Agora Becky volta a se perguntar sobre o que viu. Ela sabia que havia romantizado Robert. O que estava acontecendo naquela noite?

Robert não pode ter matado a esposa, Becky volta a dizer para si mesma, encarando a escuridão. Sem dúvida, ela saberia se tivesse feito sexo com um assassino. Não saberia?

DEZESSEIS

Na quinta-feira de manhã, Carmine está em frente à porta de casa quando vê Zoe sair e seguir na direção do carro.

— Oi, Zoe! — chama ela, indo em direção à casa da vizinha.

— Oi, Carmine — responde Zoe. — Tudo bem?

— Tudo ótimo — diz ela, chegando ao jardim de Zoe. — Você por acaso ouviu alguma novidade sobre a mulher que foi assassinada?

Zoe balança a cabeça.

— É horrível pensar que mataram alguém que morava tão perto da gente — diz, num tom solene. E acrescenta: — Tenho certeza de que a polícia vai descobrir quem fez isso. — Ela fica em silêncio por um momento, já com a mão na porta do carro. — E a senhora, conseguiu descobrir quem invadiu sua casa?

— Acho que sim — responde Carmine. — Você conhece os Sharpe? Na rua Sparrow? Eles têm um filho adolescente, não têm?

— Sim, Raleigh. — Zoe franze a testa e semicerra os olhos, percebendo a insinuação. — A senhora não está pensando que foi ele, está?

— Por que não?

— Ora, ele é o filho de Olivia e Paul. Jamais faria algo assim. Eu conheço a Olivia. Ela faz parte do meu clube de leitura.

Carmine permanece em silêncio, observando a vizinha.

— Por que a senhora acha que foi ele? — pergunta Zoe, por fim.

— Eu passei na casa deles ontem à tarde — conta Carmine. — Pelo jeito como ela reagiu, tive a impressão de que sabia exatamente do que eu estava falando. Parecia muito nervosa e se sentindo culpada. Apostaria cem dólares que foi ela quem escreveu a carta.

Zoe fecha a cara.

— Duvido muito. — Ela faz uma pausa. — Conversamos sobre isso no clube de leitura e não notei nada de estranho.

— Será que você podia falar com ela? — sugere Carmine.

— Falar com ela? Como assim?

— Descobrir se foi o filho dela que entrou na minha casa e se foi ela que escreveu a carta? — pede Carmine.

— Eu não vou perguntar isso para a Olivia!

— Tudo bem — diz Carmine, virando-se.

— Espere! — exclama Zoe. — O que a senhora vai fazer?

— Ainda não sei — responde a mulher, voltando para casa.

* * *

Webb e Moen estão à porta de Becky Harris e tocam a campainha. Os dois têm a sensação de que ela ainda está escondendo alguma coisa, de que sabe mais do que está dizendo.

O carro de Becky está na entrada da garagem. O dia está nublado e ameaça chover. Webb toca a campainha mais uma vez, lançando um olhar impaciente para Moen.

Por fim, a porta se abre. Becky aparenta não ter dormido muito. Seu cabelo está preso num rabo de cavalo, como se ela não quisesse se dar ao trabalho de perder tempo com ele. Está usando calças de ioga e um suéter largo e sem forma.

— O que vocês querem? — pergunta ela.

— Podemos entrar? — pergunta Webb, educadamente.

— Para quê?

— Temos mais algumas perguntas.

Ela suspira e abre a porta, com relutância.

Webb se pergunta sobre a mudança de humor de Becky. No dia anterior, ela não parava de chorar, aterrorizada com a possibilidade de o caso com Robert vir a público, mas hoje parece resignada. Ela teve uma longa noite, provavelmente insone, para pensar sobre o assunto. Talvez tenha percebido que é inevitável que suas indiscrições se tornem públicas. Ela os conduz até a sala. Não lhes diz que se sentem nem oferece nada a eles; está claro que não os quer ali. Webb não a culpa por isso. Ela estava dormindo com o vizinho, o principal suspeito em uma investigação de homicídio.

Os detetives se sentam no sofá; Becky por fim desaba numa poltrona em frente a eles.

— Sabemos que isso não é fácil para a senhora — começa Webb. Becky o observa inquieta, lançando um olhar para Moen em busca de apoio e depois voltando a encarar o detetive. — Mas acreditamos que a senhora tem mais coisas para nos dizer.

— Eu já contei tudo o que sabia — diz Becky. — Não sei nada sobre o assassinato da Amanda. — Ela se revira na poltrona, desconfortável. — Já disse que não acredito que ele tenha feito isso. Deve ter sido outra pessoa.

— Temos a impressão de que a senhora está escondendo alguma coisa de nós — insiste Webb. — Há algo que a senhora não nos contou.

Becky olha para ele com uma expressão pétrea, quase raivosa, mas não consegue parar de mexer as mãos. Webb repara que a pele ao redor das unhas dela está em carne viva.

— Falei com Robert ontem à tarde, por cima da cerca — conta ela, por fim. Webb espera pacientemente. Ela olha para o colo. — Ele estava lá fora, no quintal dos fundos. Eu o vi e fui até lá. Então ele me chamou.

Becky parece pensar por um momento, como se estivesse calculando o que dizer. Webb já não espera que ela conte tudo que sabe, mas apenas uma versão editada da verdade.

— Ele me perguntou se eu achava que ele tinha matado a Amanda. Eu disse que não, de jeito nenhum. Ele me garantiu que não a matou, e eu falei que acreditava nele. Disse também que vocês sabiam sobre nós. E que eu estava preocupada com as minhas digitais no quarto dele, que meu marido descobrisse... que isso fosse arruinar o meu casamento, destruir a minha família.

Os olhos de Becky começam a se encher de lágrimas. Ela leva as mãos ao rosto e cobre a boca. Webb se vê encarando as cutículas destroçadas.

— Ele disse mais alguma coisa? — insiste o detetive, depois de algum tempo de silêncio.

Ela balança a cabeça.

— Não que eu me lembre. — Ela funga e olha para eles. — Meu marido volta hoje de viagem. Tudo isso virá a público, não é?

— A verdade sempre encontra um jeito de aparecer — diz Webb.

Becky olha para ele, amargurada.

— Nesse caso, espero que toda a verdade apareça. Que vocês encontrem o verdadeiro assassino e deixem Robert em paz. Porque eu não acredito que ele tenha feito isso. — Ela faz uma pausa, como se para reunir forças. Está agora com uma expressão diferente no rosto, como se tivesse tomado uma decisão. — Tenho que dizer mais uma coisa a vocês.

Webb se inclina para a frente, apoiando os cotovelos nos joelhos, e olha para ela com atenção.

— O quê?

— Eu sei que a Amanda estava saindo com outro homem.

— E como a senhora sabe disso? — pergunta Webb, um pouco mais animado.

— Eu vi os dois juntos uma vez e deu para notar. Não queria dizer nada porque conheço esse homem e sei que também é impossível que ele a tenha matado. Sabia que vocês iriam atrás dele como foram atrás de Robert, quando o mais provável é que ela tenha sido assassinada por algum maluco, e não pelo marido nem pelo homem com quem estava saindo, que pode até ter sido infiel, mas não seria capaz de machucar uma mosca.

— Becky, quem é que estava saindo com Amanda?

Ela respira fundo, pesarosa.

— Ele se chama Paul Sharpe. A esposa, Olivia, é minha amiga. Eles moram aqui na rua, no número dezoito — diz, aflita.

— Conte para nós o que viu, Becky — pede o detetive Webb.

* * *

Becky se sente péssima pelo que está prestes a fazer, mas a verdade é que ela não tem escolha. Como diz o detetive, a verdade acabará aparecendo, de um jeito ou de outro. Ela agora está dizendo a verdade, nem mais, nem menos.

— Vi os dois juntos uma vez, pouco antes de Amanda desaparecer. Estava chovendo, e eles estavam no carro dela. Eram mais ou menos nove da noite. Eu estava saindo do cinema no centro. Eles estavam num estacionamento, em frente a um bar. Fiquei me perguntando se tinham saído para beber juntos.

— E...?

Becky vasculha a memória, tentando se lembrar dos detalhes.

— Ela estava no banco do motorista, ele, no carona. O carro estava sob um poste de luz, então pude vê-los claramente. Fiquei tão chocada ao ver os dois juntos que parei por um momento para observá-los, mas eles estavam tão concentrados um no outro que não notaram a minha presença.

— A senhora tem certeza de que eram eles?

— Absoluta. Eles estavam com os rostos colados, pensei que iam se beijar. Mas então, logo depois, pareciam estar discutindo.

— Prossiga.

— Ele estava dizendo alguma coisa para ela, parecia com raiva... então Amanda riu e se afastou, e ele a pegou pelo braço.

— Então a senhora acha que eles estavam tendo um caso? — pergunta Webb.

Ela faz que sim com a cabeça.

— Foi essa a impressão que eu tive. Eles pareciam... íntimos. Por que outra razão estariam ali, juntos? — Ela abaixa o olhar. — Eu me senti mal por Olivia. Ela é uma grande amiga minha. Amanda sempre me pareceu provocadora, mas eu nunca imaginei que Paul fosse capaz de trair Olivia.

— A senhora sabe dizer especificamente que dia foi isso?

Ela fecha os olhos por um momento, tentando se lembrar. Por fim, volta a abri-los e diz:

— Foi numa quarta-feira... deve ter sido no dia vinte de setembro.

Ela observa Moen anotando.

— A senhora os viu juntos alguma outra vez?

Becky balança a cabeça.

— Não.

— Por que não nos contou isso antes? — pergunta o detetive Webb.

— Sinto muito, mas não acho que Paul seja capaz de fazer mal a ninguém — diz ela. — E Olivia é minha amiga. Detesto fazer isso com ela.

— A senhora alguma vez comentou sobre isso com Robert Pierce?

— Não, de jeito nenhum.

— Tem certeza? — insiste Webb.

— Tenho, absoluta.

— E a senhora sabe, por acaso, onde Paul Sharpe trabalha? — pergunta Moen.

— Sei. Na Fanshaw Farmacêutica. Meu marido também trabalha lá. Fica na rua Water, no centro da cidade.

Ela observa enquanto Moen anota tudo.

— A senhora tem algo mais a dizer? — pergunta Webb.

Ela nota o sarcasmo na voz do detetive. Então, olha diretamente para ele e fala:

— Não, era só isso.

* * *

— Precisamos falar com Paul Sharpe — diz Webb para Moen, quando chegam ao carro. Ela assente. Ele olha para o relógio. — Vamos.

O caminho de volta até o centro de Aylesford não é demorado — leva apenas dez minutos. É uma cidade pequena, com prédios mais novos se apinhando junto aos mais antigos, no centro. A Fanshaw Farmacêutica está localizada em um prédio de tijolos não muito distante da ponte.

Ao entrar no edifício, Webb e Moen são informados de que a sala de Paul Sharpe fica no quinto andar. Lá, eles são recebidos por uma recepcionista cujas sobrancelhas perfeitas se erguem ligeiramente quando eles mostram seus distintivos.

— Gostaríamos de falar com Paul Sharpe — diz Webb.

— Vou chamá-lo — informa a recepcionista.

Webb observa distraído a decoração cara e sem graça do lugar, enquanto pensa em Amanda Pierce. Eles não precisam esperar muito tempo. Um homem de terno azul-marinho logo entra no saguão. É alto, forte, com cabelos grisalhos curtos e provavelmente na casa dos cinquenta anos. Percebe-se que cuida do corpo, pois anda até eles com a facilidade de quem está em boa forma. Ele olha para os policiais. Parece desconfiado, pensa Webb. Então, ele mostra o distintivo ao homem, apresenta Moen e a si mesmo e pergunta:

— Podemos conversar em particular?

— Claro, vou procurar uma sala de reunião vazia.

Sharpe se inclina sobre o balcão e fala com a recepcionista.

— O senhor pode usar a sala de conferências três, está livre — diz ela discretamente.

— Venham comigo — diz Sharpe.

Eles o seguem por um corredor acarpetado até uma sala com paredes de vidro e entram. Há ali uma mesa comprida com cadeiras e janelas que dão para o rio e a ponte. A água hoje está escura e agitada. Começou a chover forte. Sharpe fecha a porta e se vira para os policiais. Enquanto gesticula para que se sentem, pergunta:

— Em que eu posso ajudá-los?

— Estamos investigando o assassinato da Amanda Pierce — diz Webb.

Sharpe assente, com o rosto cuidadosamente inexpressivo.

— Sim, ouvi falar no caso, é claro. Ela morava na nossa rua e trabalhava aqui de vez em quando. Foi horrível. — Ele balança a cabeça com tristeza, franzindo a testa. — Como posso ajudá-los?

— O senhor conhecia Amanda Pierce?

Ele volta a balançar a cabeça, lentamente.

— Não — começa a dizer, mas logo se corrige. — Quer dizer... ela fez alguns trabalhos temporários aqui, mas a empresa é grande; ela nunca trabalhou diretamente para mim. Eu a conhecia de vista, mas acho que nunca conversamos.

— Não? — pergunta Webb, e aguarda. Sharpe enrubesce ligeiramente, parece hesitar. Então o detetive continua: — Tem certeza de que nunca conversaram?

Sharpe olha para a mesa, assumindo a expressão de alguém que se esforça para se lembrar de alguma coisa. Por fim, responde:

— Agora que o senhor mencionou, acho que estive com ela uma vez. Engraçado, tinha me esquecido disso. — Ele volta a olhar para os policiais. — Uma noite saí para beber com alguns colegas depois do trabalho, e... acho que ela foi junto. Mas não conversamos. Ela não estava sentada perto de mim e o lugar era barulhento, sabe?

Webb assente.

— Quando foi isso?

Sharpe baixa os olhos e volta a fazer a cara de quem se esforça para se lembrar. Webb não está acreditando nem um pouco naquela encenação, mas espera para ver o que vai acontecer.

— Pouco antes do desaparecimento dela. Não lembro exatamente o dia.

— O senhor não consegue precisar um pouco melhor? Mesmo tendo sido próximo do desaparecimento?

Os olhos de Sharpe brilham com uma faísca de irritação.

— Não me lembro da data, foi um dia como qualquer outro, sem nada de especial. Mas foi pouco antes de eu ter ouvido sobre o desaparecimento dela.

— E qual foi o bar?

— O Rogue's, na rua Mill. Às vezes vamos lá beber alguma coisa depois do trabalho, mas não é sempre.

— E quem costuma ir? — pergunta Webb.

— Bem, depende. Varia muito. Pessoas aqui do escritório, quem estiver a fim, na verdade.

— E o senhor se lembra de quem estava lá também na noite em que ela foi?

Sharpe repete o gesto de antes: olha para baixo e franze a testa por um momento. É mau ator e um péssimo mentiroso.

— Sinto muito, não tenho certeza. Mas diria que eu, Holly Jacobs, Maneet Prashad, Brian Decarry, Larry Harris, Mike Reilly. São as pessoas que me vêm à cabeça agora.

Moen se ocupa de anotar os nomes.

— E por que ela se juntou ao grupo? Conhecia algum de vocês?

Sharpe volta a balançar a cabeça.

— Bem, não tenho certeza. O mais provável é que estivesse trabalhando aqui no dia e tenha ido com a gente.

Webb assente. Então, inclina-se um pouco mais na direção de Paul Sharpe e crava os olhos nele.

— Quer saber de uma coisa? Estou achando difícil acreditar no senhor.

— O quê? — Ele agora parece preocupado. — Por quê?

— Por quê? — retruca Webb. — Porque temos uma testemunha que o viu conversando com Amanda de maneira bem íntima. Só vocês dois, no banco da frente do carro dela, no centro da cidade, por volta das nove da noite. Pouco antes de ela desaparecer. Na quarta-feira, dia vinte de setembro, para ser mais exato.

O rosto de Sharpe fica lívido. Sua fachada começa a desmoronar. Ele engole em seco.

— Não é o que o senhor está pensando.

— E o que é que eu estou pensando?

— Eu não tinha nada com a Amanda, se é o que está sugerindo. — Sharpe dá um longo suspiro e afunda um pouco na cadeira. — Eu não queria dizer nada. Talvez devesse, mas... — Ele passa a mão no rosto, e de repente a simulação parece desaparecer. — Olha, eu não menti quando disse que não conhecia a Amanda. Só falei com ela essa vez, no carro. Foi para adverti-la. Ela estava tendo um caso com uma pessoa aqui do escritório, uma pessoa com quem eu trabalho. Eu pedi a ela que ficasse longe dele. Tinha receio de que a Amanda fosse causar problemas. Eu não queria ver a vida do meu colega desmoronar. Talvez não devesse ter me metido no assunto. Agora me arrependo de ter falado. Devia ter cuidado da minha vida. — Ele faz uma pausa e acrescenta: — Foi nessa noite que saímos para beber que conversei com Amanda, no carro dela. Mas eu não me lembro da data.

Webb se recosta na cadeira e avalia o homem à sua frente.

— Então o senhor não estava tendo um caso com ela?

— Meu Deus, não.

O número de Sharpe não aparecia nos registros telefônicos de Amanda.

— O senhor possui um telefone pré-pago? — pergunta Moen.

— Não.

— E onde esteve naquele fim de semana, desde a tarde de sexta, dia vinte e nove de setembro, até a manhã da segunda-feira seguinte? — pergunta Webb.

Sharpe olha para ele, horrorizado.

— Não acredito que o senhor esteja pensando que eu possa ter tido algo a ver com o que aconteceu com Amanda Pierce — diz ele, os olhos cinza-azulados cheios de preocupação.

— O senhor foi visto discutindo com ela pouco antes de seu desaparecimento — diz Webb. — Estamos apenas descartando possibilidades. Se o senhor puder nos dizer onde esteve naquele fim de semana, está tudo bem.

— Certo — diz Sharpe, assentindo com a cabeça. Ele parece pensar. — A única coisa diferente nesse fim de semana foi que os meus sogros vieram almoçar no domingo. Eles ficaram até o meio da tarde. Ajudei minha esposa a preparar o almoço e a arrumar tudo depois. Fora isso, acho que foi um fim de semana normal. Geralmente ficamos em casa na sexta e no sábado à noite, assistimos a alguma coisa na Netflix. Acho que foi isso que fizemos.

— Tudo bem — diz Webb. — Agora nos conte sobre o caso que Amanda estava tendo.

Sharpe suspira, relutante, mas começa seu relato.

— Amanda sempre deu muito o que falar. Era uma mulher muito bonita. Gostava de flertar. Diziam que traía o marido, que se envolvia com os colegas de trabalho. Bem, esse era o boato... sexo nos elevadores, esse tipo de coisa. Provavelmente a maior parte do que diziam era mentira, mas ela tinha uma certa fama. Pode perguntar por aí.

— Faremos isso — garante Webb.

— Quando ela desapareceu, pensei que tivesse deixado o marido. Não houve muito alvoroço na época, embora o marido tenha informado o desaparecimento à polícia, pelo que disseram. Pensei que ela talvez tivesse fugido com outro homem. — Sharpe hesita e acrescenta: — Como eu disse, falavam muitas coisas sobre ela. Eu não sabia se era verdade ou não, até que vi com meus próprios olhos.

Ele faz uma pausa.

— Então, quem é esse colega de trabalho que o senhor acha que estava tendo um caso com ela? — pergunta Webb.

Sharpe respira fundo.

— Ele jamais faria mal a ela, se é isso que o senhor está pensando.

— Como ele se chama?

— Larry Harris — responde Sharpe, relutante. — Ele é vizinho dos Pierce.

Webb vira-se brevemente para Moen e vê os olhos da parceira se arregalarem.

Que interessante, pensa Webb. Nunca deixa de se surpreender com o que são capazes de desenterrar ao longo de uma investigação criminal: os segredos que as pessoas escondem. Ou tentam esconder.

— É melhor o senhor nos contar exatamente o que viu.

DEZESSETE

Olivia vai até a porta quando Paul entra em casa. Ele joga as chaves no aparador da entrada e tira o casaco, molhado de chuva. Olivia sempre se deixa afetar pelo clima, seu humor responde às mudanças do tempo. Dias ensolarados a deixam alegre. Dias escuros e chuvosos como este sempre a deixam um tanto deprimida.

Na noite anterior, ela e Paul ficaram na cama em silêncio por quase uma hora, até que Paul por fim começou a roncar. Olivia se levantou, desceu as escadas e ficou andando pelo carpete da sala, de um lado para o outro, por horas, preocupada com Raleigh — e com a possibilidade de Carmine denunciá-lo. Também estava inquieta com o fato de Paul relutar em mandar o filho para a terapia.

Ela acha que Paul ainda está com raiva dela. O marido disse que a perdoou pelas cartas e que eles precisavam tocar a vida e lidar com o que acontecesse, mas não é o que parece na prática.

Ela se dá conta agora de que Paul não falou com ela ao chegar.

— Que dia lindo lá fora, hein — comentou Olivia de brincadeira, mas ele mal olhou para ela.

— Vou trocar de roupa — disse ele, depois de um tempo, dando a ela um sorriso frio.

Ela vê que as calças do marido estão encharcadas.

— Quer algo para se aquecer?

— Um uísque seria bom. Estou ensopado.

Olivia serve uma dose de uísque ao marido e dá uma olhada na comida. Paul desce de volta para a sala e pega o jornal. Ela lhe traz a bebida.

— Alguma coisa interessante hoje? — pergunta.

— Não — responde Paul, sem olhar para ela. — Nada fora do normal. — Olivia lhe entrega o copo e ele toma um gole. Depois de um momento, vira-se para ela e pergunta: — Você ouviu mais alguma coisa sobre aquela mulher?

Paul está falando de Carmine, claro, pensa ela.

— Não — responde Olivia, e acrescenta, irritada: — Só queria que essa história acabasse logo.

Mas ela não acredita que isso vá acontecer. Tem a sensação de que Carmine está à espreita.

* * *

Larry chegou à sua casa faz apenas uma hora. Sua mala ainda está no pé da escada. Becky preparou seus pratos favoritos: lasanha e pão de alho. E torta. Eles estão agora terminando de comê-la. Tinham conversado por telefone sobre a morte da Amanda enquanto ele estava fora, e com mais detalhes durante a refeição. O assassinato da vizinha o deixara nitidamente abalado. Becky não lhe disse nada sobre o próprio envolvimento na investigação. Sabe que vai ter de se explicar, e isso a deixa apavorada. Mas ele acabou de chegar, e ela está esperando o momento certo.

Quando a campainha toca, Becky se levanta de um pulo para atender à porta. Ao abri-la, encontra os detetives pingando de chuva e os encara, incrédula.

— Larry acabou de chegar em casa — diz.

— Receio que isso não possa esperar — retruca Webb. — Podemos entrar?

— Estamos jantando — protesta ela.

— Quem é? — Larry grita da cozinha, aparecendo em seguida atrás dela, limpando a boca com um guardanapo. Ele se aproxima e pergunta: — Quem são essas pessoas?

Ela sabe que não há nada que possa fazer, e diz, esgotada:

— São os detetives de quem eu estava falando. Eles estão investigando o assassinato da Amanda.

— Entrem — convida o marido, e Webb então passa por Becky, seguido por Moen. — Posso pendurar os casacos de vocês? — oferece Larry.

Becky observa o marido enquanto ele pendura os casacos molhados dos detetives. O coração dela está acelerado e a boca, seca. Larry jamais a perdoará.

Ela acende algumas luzes e todos se sentam na sala de estar. A noite lá fora está escura, e a chuva bate na janela da frente.

— Não sei quanto a sua esposa lhe contou... — começa o detetive Webb, olhando de esguelha para Becky.

Desgraçado.

— Não contei muita coisa — diz Becky. — Como disse, ele acabou de chegar.

Larry lança um olhar nervoso para ela. De repente, Becky só quer acabar logo com aquilo. Não aguenta mais ficar esperando a bomba explodir.

— Tenho uma coisa para te contar, Larry — diz ela, sentindo o ar fugir dos pulmões. — Já ia mesmo te contar isso — prossegue, engolindo em seco. — Eu juro que ia...

— Me contar o quê? — pergunta Larry.

Ele parece desconfortável.

— Eu dormi com Robert Pierce — solta ela de uma vez, olhando para o chão. — Enquanto você estava fora. E eles descobriram durante a investigação da morte da esposa dele. — Becky por fim levanta os olhos para o marido. Ele está sentado perfeitamente imóvel, o rosto subitamente pálido. — Eu sinto muito.

Larry parece em choque. Claro que está chocado. Jamais esperaria isso dela. Becky fecha os olhos.

— Como você foi capaz de uma coisa dessas? — pergunta ele.

— Sinto muito — repete ela, desolada, abrindo os olhos.

Larry olha incisivamente para os dois detetives da polícia e diz:

— Talvez seja melhor vocês irem embora.

— Receio que tenhamos de fazer algumas perguntas antes de ir — diz Webb.

Becky lança um olhar amargurado e ressentido ao detetive, e espera. Não quer ajudá-los.

— Conversamos com Paul Sharpe — continua Webb.

Becky se lembra do que disse a eles naquela manhã. Pensa então em Olivia, com certo desconforto.

— Paul? — interpõe Larry, surpreso.

Ela de repente se dá conta de que Larry talvez soubesse sobre Paul e Amanda.

— Paul estava saindo com Amanda — diz Becky.

— Nós não temos certeza disso — contrapõe Webb, tranquilo.

Ela se vira para ele.

— Ele negou?

— Negou.

Becky bufa. Sabe muito bem o que viu.

— Ele admitiu ter falado com ela naquela noite, no carro — esclarece o detetive. — Mas disse que a estava advertindo. Achava que ela estava tendo um caso com um colega de trabalho e disse a Amanda que ficasse longe dele — explica Webb enquanto olha para Larry.

— Muito plausível, claro — comenta Becky, num tom sarcástico, esperando que o marido a apoie.

Mas Larry não diz nada.

Webb continua.

— Na verdade, ele acreditava que Amanda estava tendo um caso com o seu marido... isso é verdade, Larry?

Becky olha para o marido, atordoada.

Agora Larry está balançando lentamente a cabeça de um lado para o outro, franzindo o cenho.

— Não. Eu não estava tendo um caso com ela. Não acredito que Paul tenha dito isso.

A cabeça de Becky está girando. Estão todos olhando para Larry.

— Isso não é verdade — protesta Larry. — Eu não estava dormindo com a Amanda.

Ele olha para todos com um ar desafiador.

— Por que então Paul nos diria isso? — pergunta Webb.

Larry está visivelmente nervoso.

— A verdade é que Paul realmente *achava* que eu estava tendo um caso com ela. Ele chegou a falar comigo sobre isso. E eu neguei, porque não era verdade. Pensei que ele tivesse acreditado em mim. Não acredito que ele foi falar sobre isso com a Amanda.

— E por que ele pensaria que o senhor estava tendo um caso com ela? Mesmo depois de o senhor ter negado? — pergunta Webb. — Alguma ideia?

Becky repara no tom sarcástico do detetive.

— O senhor precisa entender como a Amanda era — começa Larry, na defensiva. — Ela era uma mulher muito atraente. Fazia trabalhos temporários no escritório de vez em quando. E às vezes se comportava de maneira bastante... inadequada. Um dia, na minha sala, ela demonstrou um comportamento meio inapropriado, e Paul acabou vendo.

— O que o senhor quer dizer com isso exatamente? — pergunta Webb, encarando Larry até ele se contorcer.

Larry admite com relutância, o rosto vermelho de vergonha:

— Ela estava fazendo sexo oral.
— No senhor.
— Sim.
Becky olha fixamente para o marido, sem palavras.
— Paul viu a cena — explica Larry. — E tirou a conclusão óbvia, mas equivocada. Ele me confrontou, e eu disse que não estava tendo um caso com a Amanda, mas ele não acreditou. Não achei que fosse tão longe a ponto de ir falar com ela. Quer dizer, isso é ridículo. Não estava acontecendo nada entre nós... foi só aquela vez. Ela era esse tipo de mulher.

Becky se pergunta se o marido está dizendo a verdade, mas não faz ideia. De repente, já não se sente tão arrependida, tão envergonhada. Talvez Larry também andasse aprontando. Ela olha para os detetives, tentando ler seus respectivos pensamentos, mas não consegue captá-los.

— Sim — diz Webb. — Paul nos contou isso. Em detalhes.
Becky vê o marido enrubescer.
— Juro que foi só essa vez. Eu não estava *tendo um caso* com ela. Eu a conhecia do escritório, e ela e o marido eram nossos vizinhos, mas não tínhamos muita coisa em comum. Acho que bebemos com eles uma ou duas vezes. — E então acrescenta: — Não sei o que aconteceu com a Amanda.

— Onde o senhor estava no fim de semana em que a Sra. Pierce desapareceu? — pergunta Webb.

— O senhor não pode estar falando sério — protesta Larry.
Webb apenas olha para ele e espera.
Becky olha assustada para o marido. Ele olha de volta para ela.
— Eu estava numa viagem de trabalho naquele fim de semana, e, quando voltei, ouvi dizer que ela tinha sumido e que o marido havia informado o desaparecimento à polícia, mas que todo mundo acreditava que ela tinha arrumado as malas e o largado. — E então, ele acrescenta: — Estive numa conferência da tarde de sexta

até a tarde de domingo. — Ele olha para os policiais. — Eu nem estava aqui.

— Onde foi a conferência? — pergunta Webb.
— No Deerfields Resort.
— E onde fica isso, exatamente?
— A algumas horas daqui. Nas montanhas Catskill.
— Não me diga — diz Webb.

DEZOITO

Olivia tem certeza de que há algo incomodando o marido. Ele estava inquieto na noite anterior, se revirando na cama o tempo todo. Quando ela lhe perguntou se havia alguma coisa errada, ele disse que não. Talvez, assim como ela, esteja apenas preocupado com Raleigh. Esperando a polícia bater na porta deles.

Na manhã seguinte, quando a campainha toca, Olivia está no andar de cima, no escritório. Por um momento, ela fica paralisada. Receia que seja aquela mulher, Carmine, de novo. Corre até a janela do quarto que dá para a frente da casa e olha para baixo, mas não consegue ver quem está lá. A campainha volta a tocar. Ela espera. Então a campainha toca pela terceira vez. Quem quer que seja, não pretende desistir.

Por fim, junta coragem e desce as escadas. Está determinada a parecer firme e negar qualquer coisa que Carmine diga. Está com tanta raiva que é perfeitamente capaz de fazer isso.

Ela abre a porta e fica surpresa ao ver sua amiga Becky. A última vez que a viu foi na segunda à noite, no clube de leitura. Agora é sexta de manhã, e alguma coisa no jeito inquieto da amiga faz com que Olivia entre em estado de alerta. E Becky está um caco, com o cabelo desgrenhado e sem o batom habitual.

— Becky — diz Olivia. — Aconteceu alguma coisa?

Becky assente e pergunta:

— Posso entrar?

— Claro — responde Olivia. — Vamos tomar um café.

Elas seguem automaticamente até a cozinha. Olivia serve duas xícaras de café do bule.

— O que aconteceu? Dá para ver que você está chateada com alguma coisa.

Becky se senta à mesa.

— Isso é meio constrangedor — diz.

Olivia pousa as xícaras na mesa e também se senta. Ela se pergunta se Carmine andou falando com Becky. E junta coragem mais uma vez.

— O que foi?

— É sobre a investigação da polícia, sobre o assassinato da Amanda.

Olivia relaxa. Então não é sobre Raleigh. Sente-se aliviada por si mesma, mas a mulher do outro lado da mesa a preocupa. Por que Becky veio vê-la?

— A polícia veio falar comigo de novo ontem — começa Becky.

— Certo — diz Olivia, tomando um gole do café.

— Ah, meu Deus, não sei como te dizer isso.

— Só fala logo, Becky.

Olivia sente a ansiedade aumentando.

Becky agarra sua xícara com as duas mãos. Por fim, olha a amiga nos olhos e diz:

— Eu vi o Paul com a Amanda, antes de ela desaparecer.

Olivia fica atordoada. O que quer que estivesse esperando, não era isso.

— O quê?

— Vi os dois juntos no carro dela uma noite, pouco antes da Amanda desaparecer. Eles... parecia que estavam brigando.

— Mas Paul não a conhecia — argumenta Olivia.

— Estou bem certa do que vi — contrapõe Becky, cautelosa.

— Você deve estar enganada — refuta Olivia, friamente.

Paul teria contado isso a ela. Não teria?

— Não estou enganada — prossegue Becky, seca. — Paul admitiu. Para os detetives.

Olivia sente o estômago embrulhar. De repente, fica tonta. Paul falou com os detetives?

— Do que você está falando? — pergunta. — Quando foi que Paul falou com eles?

Ela tem a impressão de que está à beira de um precipício, e de que bastaria um empurrãozinho de Becky para cair.

Becky se mexe na cadeira, inquieta.

— Ontem. Os detetives foram ao escritório. Falaram com ele lá mesmo.

— E como você sabe disso? Por que eles iriam querer falar com *ele*?

Olivia está tentando entender o que Becky está dizendo.

— Porque, quando me perguntaram sobre a Amanda, tive que lhes dizer que tinha visto os dois juntos no carro. — Então, acrescenta: — Eu *não quis* fazer isso.

— Ele não me falou nada sobre esse assunto — sussurra Olivia, perplexa.

— Sinto muito — diz Becky, então fica em silêncio, esperando a amiga processar a informação.

— Você acha possível que Paul estivesse saindo com a Amanda? — pergunta Olivia, incrédula, com o corpo rígido na cadeira. — Não acredito nisso.

Mas então ela se lembra da noite anterior, do marido se revirando na cama. Ao que tudo indicava, ele havia conversado com os detetives mais cedo naquele dia. O que mais ele estava escondendo? Olivia estremece. Sente a visão escurecer e segura a borda da mesa. Será que Paul a estava traindo? Ela nunca havia suspeitado de nada. Nunca. Mas agora se dá conta de outra coisa: se ele estava tendo um caso com a Amanda, seria suspeito do assassinato. Ela se lembra de Paul lendo a reportagem no jornal, de sua dissimulada falta de interesse na história. Sente o estômago embrulhar mais uma vez.

— Ele admitiu ter estado no carro com ela, mas negou que estivesse tendo um caso — continua Becky.

Olivia olha para a amiga. Precisa saber o que diabos está acontecendo.

— E como você sabe disso? Por que ele estava no carro da Amanda? Não estou entendendo nada.

Com cuidado, Becky continua:

— Ele disse aos detetives que achava que ela estava tendo um caso com o Larry, e que foi aconselhá-la a ficar longe dele. Mas, sinto muito, isso não é verdade.

— O *seu* Larry?

Becky faz que sim com a cabeça. Olivia olha para ela, estupefata.

— E como você pode ter tanta certeza de que o Larry não estava tendo um caso com ela? E está dizendo que o Paul estava? — protesta Olivia.

Becky se inclina sobre a mesa da cozinha, na direção dela.

— Eu *não sei* se Paul estava tendo um caso com Amanda, mas eu vi os dois juntos e tive que contar à polícia.

— Mas por que Paul diria algo assim sobre Larry se não fosse verdade? — pergunta Olivia.

Becky volta a se recostar na cadeira e cruza os braços.

— Você sabe como a Amanda era. Lembra como ela ficou naquela festa? O tempo todo jogando charme, provocando os homens. Aparentemente, era ainda pior no escritório. E, uma vez, Paul a pegou se comportando de forma inapropriada com o meu marido. Mas ele me disse que foi algo sem importância.

— Que comportamento inapropriado foi esse, exatamente?

— Não sei os detalhes — responde Becky, desviando os olhos.

— Não consigo *acreditar* que Paul estava tendo um caso com Amanda — diz Olivia.

— Bem, eu digo o mesmo em relação a Larry. — Ela pega sua xícara de café. — Talvez seja tudo um mal-entendido. Talvez Paul tenha interpretado mal a situação e exagerado.

— Então agora a polícia está investigando Paul e Larry? — pergunta Olivia, sem acreditar.

Becky assente, inquieta.

— E o que eles acham?

— Não sei. Eles nunca dizem o que pensam. Mas conversaram com Paul ontem e foram à minha casa à noite, depois que Larry chegou de viagem, e o acusaram de estar tendo um caso com Amanda. Ele negou. — Becky vira o rosto e adquire uma expressão sombria. — Tivemos uma discussão horrível depois disso.

Por um lado, Olivia deseja consolar a amiga, mas, por outro, a odeia por ter vindo até sua casa despejar tudo isso em cima dela. Pensa na discussão que vai ter com Paul mais tarde, à noite. Não acredita que ele estivesse dormindo com Amanda, mas está bem claro que ele anda escondendo algumas coisas dela. Se ele achava que Larry estava tendo um caso com Amanda, por que não contou nada a ela? Por que não contou também que a polícia foi conversar com ele no escritório?

— Achei que você devia saber o que está acontecendo — diz Becky —, no caso de Paul não ter lhe contado.

Olivia recua, como se tivesse levado um tapa. Será que Becky espera um agradecimento?

Agora Becky está com o olhar baixo, em direção à mesa.

— Tem outra coisa. Eu provavelmente não deveria lhe dizer isso, mas duvido que vá permanecer em segredo por muito tempo. Preciso falar com alguém, e não quero que você pense que venho mentindo para você.

Nesse momento, Becky parece tão aflita que Olivia sente uma pontada de compaixão pela amiga. Mais do que isso, no entanto, tem uma sensação de mau agouro. O que mais pode vir daí?

— O que foi?

— É sobre Robert Pierce.

Olivia se recosta na cadeira. Já havia percebido, inclusive no clube de leitura, que Becky tinha uma quedinha por ele. Robert é um homem muito atraente e é vizinho de porta dela. Larry está sempre viajando, e os filhos estudam em outra cidade.

— O que tem ele?

— Dormi com ele, enquanto Larry estava viajando — confessa Becky, olhando para ela. — Duas vezes.

Olivia fica apenas encarando a amiga, sem palavras.

— Acho que perdi a cabeça — admite Becky. — Mas havia química entre nós. Não sei o que me deu. Eu simplesmente... não consegui resistir.

— Meu Deus, Becky. Ele provavelmente matou a esposa.

— Não, estou convencida de que não foi ele.

— E como você pode ter tanta certeza? — pergunta Olivia, horrorizada. — Se as pessoas sabiam como Amanda era... se até *Paul* achava que ela estava tendo um caso com Larry, ainda que isso não fosse verdade... não há dúvida de que o marido sabia como ela se comportava. Robert talvez tenha ficado com ciúmes, ou com raiva. — Então, ela acrescenta, firme: — Provavelmente foi ele.

— Eu não acho que Robert tenha feito isso — insiste Becky, balançando a cabeça. — Não acho que ele seria capaz de uma coisa dessas. Deve ter sido outra pessoa.

— Mas quem?

— Não sei. Algum estranho... alguém que não conhecemos. Paul e Larry não tiveram nada a ver com isso.

— Claro que não — diz Olivia. — Eu ainda acho que foi o marido dela.

* * *

Na sala de interrogatório, Robert Pierce olha friamente para os detetives do outro lado da mesa. Eles se tornaram um verdadeiro incômodo. Quando o detetive Webb ligou para sua casa, mais cedo, perguntando se ele poderia ir à delegacia responder a mais algumas perguntas, Robert avaliou a situação com cautela antes de responder. Caso dissesse que não, suspeitava que eles simplesmente apareceriam à sua porta e o levariam preso. Então, aqui está ele.

Robert sabe que é suspeito do assassinato de Amanda, mesmo que não digam. Ele precisa convencê-los do contrário.

— Estou preso? — pergunta ele.

— Não — responde o detetive Webb. — O senhor sabe que não.

— Então por que tenho essa impressão?

— O senhor pode se levantar e ir embora a qualquer momento — assegura-lhe o detetive.

Mas Robert não se mexe.

Webb se recosta na cadeira e pergunta:

— O senhor sabia que a sua esposa estava tendo um caso?

Robert olha para ele com cautela.

— Não. Já disse que não.

— E era de seu conhecimento que ela tinha fama de flertar com outros homens e de... trair o senhor?

Robert sente que a expressão em seu rosto se torna mais sombria, mas permanece calmo.

— Não, claro que não era de meu conhecimento. Mas ela era uma mulher muito atraente, muito confiante. As pessoas dizem muita coisa.

— Sim, dizem mesmo. — O detetive Webb se inclina para a frente e prossegue: — Conversamos com muitas pessoas nas empresas por onde Amanda passou. Em alguns desses lugares, ela trabalhava como temporária com certa regularidade, como a Fanshaw Farmacêutica.

— Sim, ela gostava de lá.

— Os funcionários comentaram que ela tinha uma certa fama — continua o detetive.

Robert olha para ele, recusando-se a morder a isca.

— Como a de fazer sexo em elevadores, por exemplo — esclarece Moen.

Robert a encara em silêncio.

— Na verdade — diz Webb —, acho que sabemos quem estava tendo um caso com ela.

Robert permanece em silêncio por alguns segundos. Em seguida, dá de ombros e diz:

— É possível. Eu já disse a vocês que não sei bem o que pensar desde que descobri que ela mentiu para mim sobre a viagem com Caroline. Talvez ela *estivesse* tendo um caso, sim. — Agora é ele quem se inclina para a frente. — Mas, se estava, eu não sabia.

— O senhor tem certeza? — pergunta Webb.

— Absoluta. Eu confiava na Amanda — afirma Robert, voltando a se recostar na cadeira.

— Mas, mesmo assim, a traiu com a vizinha — intervém Moen.

Robert lança a ela um olhar glacial. Ele a acha muito irritante, está sempre tentando provocá-lo.

— Isso foi uma bobagem. Becky veio atrás *de mim*... Eu não devia ter feito isso. Mas só porque cometi um erro não significa que minha esposa também tenha cometido.

— Não? — pergunta Moen, erguendo uma sobrancelha.

Robert não gosta dela. Não gosta de nenhum dos dois. Pensa seriamente em se levantar e ir embora. Sabe que tem todo o direito de fazer isso, que está ali voluntariamente.

Moen continua a instigá-lo.

— O senhor não perguntou com quem a sua esposa estava tendo um caso.

— Talvez porque eu não queira saber — rebate ele, sem rodeios.

— Ou talvez porque já saiba? — sugere Webb.

Robert lança um olhar hostil ao detetive.

— Por que o senhor diz isso?

— Achamos que ela estava dormindo com Larry Harris, o seu vizinho.

De repente, ele fica furioso, mas tenta conter a raiva.

— Eu não sabia.

— Claro que não — diz Webb, num tom amigável. — Não foi por isso que o senhor dormiu com Becky Harris, foi? Para se vingar do amante da sua mulher? O senhor jamais faria uma coisa dessas, não é verdade? Assim como jamais mataria a própria esposa.

DEZENOVE

Glenda está sentada no Bean, à espera de Olivia. Ela está atrasada. Glenda volta a olhar para o relógio e se pergunta o que deve ter acontecido. Olivia nunca se atrasa.

Por fim a amiga chega, com uma expressão perturbada. Glenda felizmente escolheu uma mesa onde elas não podem ser ouvidas. Parece ter sido uma boa ideia.

Olivia se senta. Está visivelmente aflita com alguma coisa.

— O que aconteceu? — pergunta Glenda.

— Você tem que me prometer que não vai contar a *ninguém* o que vou lhe dizer — começa Olivia, nervosa. — Nem mesmo ao Keith.

Glenda se endireita na cadeira.

— Claro. Prometo. Na verdade, não costumo contar ao Keith muita coisa do que conversamos. O que foi?

Olivia abaixa a voz.

— Becky Harris acha que Paul podia estar tendo um caso com Amanda.

Glenda sente um arrepio percorrer a espinha. Ela olha para Olivia, consternada.

— E por que ela pensaria uma coisa dessas?

À medida que Olivia lhe conta a conversa que teve com Becky, Glenda tenta processar as informações. Mas nada do que escuta parece combinar com o homem que ela conhece há anos.

— Paul não trairia você — afirma Glenda. — Não consigo acreditar nisso, de jeito nenhum.

— Eu também não — diz Olivia, com a voz embargada. — Mas por que ele anda escondendo coisas de mim? Por que não me contou que conversou com Amanda? Por que não me disse que achava que Larry estava tendo um caso com ela? Por que não me falou que foi interrogado pela polícia?

Glenda percebe a crescente histeria na voz da amiga.

— Eu não sei — diz ela, apreensiva.

— Pensei que tivéssemos um casamento de total confiança. Sempre fomos honestos um com o outro. Não acredito que ele esteja escondendo coisas de mim.

— Se Paul disse à polícia que achava que Larry estava dormindo com Amanda, e que a conversa foi uma chamada de atenção, eu acredito nele — diz Glenda, firme. — Parece bem mais provável que Larry estivesse traindo Becky do que Paul traindo você, não acha?

Olivia faz que sim com a cabeça; parece aliviada de ouvir alguém dizer isso.

— Na verdade, eu provavelmente nem devia contar isso a você, mas...

— O que foi?

— Becky me disse que dormiu com Robert Pierce. Antes da Amanda desaparecer.

Agora Glenda está de fato chocada; certamente não esperava por isso.

— Ora, ora. Está vendo? É óbvio que há problemas *nesse* casamento — diz ela, finalmente, então se inclina sobre a mesa, apreensiva. — Escute bem, Olivia. Não seria nada bom para você se a polícia começasse a pensar que Paul podia estar tendo um caso com Amanda. Ele se tornaria suspeito. E isso não seria nada bom. Você não ia querer a polícia bisbilhotando a sua vida.

— É tarde demais — diz Olivia, desolada. — Acho que ele já é considerado suspeito. Becky falou para os detetives que achava que Paul e Amanda tinham um relacionamento.

— Bem, você precisa dar um jeito de fazer com que descartem logo essa ideia — Glenda se apressa a dizer. — Diga a eles que você e Paul ficaram juntos o fim de semana todo.

— Ele provavelmente *ficou* comigo o fim de semana todo!

— Então vai ficar tudo bem.

— Tenho que conversar com ele hoje à noite, assim que ele chegar em casa — diz Olivia, visivelmente tensa. — Vou perguntar de uma vez por que ele não me contou nada disso e se ele falou a verdade à polícia.

Glenda assente.

— E depois me conte o que ele respondeu.

Então percebe que Olivia a observa mais atentamente, como se notasse pela primeira vez seu cansaço. Glenda sabe que está com olheiras profundas — ela se olhou no espelho pela manhã.

— E como estão as coisas com você? — pergunta Olivia.

— Nada bem — admite Glenda. — Parece que Adam odeia o pai.

— Por quê?

— Não sei — responde Glenda, desviando o olhar. — Eles brigam o tempo todo. Acho que é normal os adolescentes brigarem com os pais. Estão sempre querendo afirmar sua independência, ser autossuficientes. — Ela faz uma pausa. — Mas, para falar a verdade, ele ultimamente não parece gostar muito de mim também.

Depois de se despedirem, Glenda volta a pé para casa, pensando em tudo o que Olivia acabara de lhe contar. Ela acha difícil acreditar que Paul trairia a esposa. Conhece os dois há dezesseis anos. Mas está um pouco inquieta. Ela se lembra do jeito de Amanda, da única vez em que a viu direito, naquela festa no ano anterior.

Era um dia de setembro quente e ensolarado. Amanda estava com um vestido curto amarelo, exibindo as pernas esbeltas e bronzeadas. Tinha as unhas dos pés perfeitamente pintadas e usava sandálias de salto alto. Glenda e Olivia haviam parado de usar vestidos curtos fazia muito tempo. Agora usavam calças capri e sandálias rasteirinhas e conversavam sobre operar as varizes. Mas Amanda era jovem, linda e não tinha filhos, então suas pernas eram perfeitas — assim como o restante de seu corpo. Glenda se lembra de que ela não parava de se inclinar, deixando entrever, como quem não quer nada, um pouco dos seios empinados e do sutiã de renda toda vez que falava com Keith, Paul, Larry ou qualquer outro homem. Será que ela tinha ficado de olho em algum deles especificamente naquele dia? Glenda achava que não. Mas todos haviam feito papel de bobo. Amanda flertara com cada um deles, querendo ser o centro das atenções, como uma princesa, enquanto o marido permanecia sentado e falava pouco, bebendo cerveja e observando-a com ar condescendente. De vez em quando ela ia até Robert, seu marido bonito e de poucas palavras, e segurava sua mão, reconhecendo, de maneira silenciosa, que pertencia a ele. Na época, Glenda achou que ele parecia orgulhoso da esposa. Mas agora se pergunta se era isso mesmo. Talvez ele estivesse irritado com Amanda, com a atenção que ela atraía e que dava a todos, menos a ele. Será que estava com raiva e ciúmes e escondeu o que sentia? Será que tinha receio de ser traído por ela?

Todo casamento tem segredos. Glenda se pergunta qual era o deles.

* * *

Quando Paul chega do trabalho, Olivia está à sua espera. Raleigh saiu para o treino de basquete, o que lhes dará a chance de conversarem sozinhos.

Ela ouve o marido abrindo a porta da frente e vai da cozinha até o hall de entrada para confrontá-lo. Percebe imediatamente o quanto Paul está cansado. Na verdade, ele está péssimo. Mas ela não se compadece muito.

— Precisamos conversar — diz Olivia, com a voz tensa.

— Posso tirar o casaco primeiro? — pergunta Paul, seco. Então olha para a esposa atentamente e questiona: — Onde está Raleigh?

— No basquete. Só chega mais tarde.

Ele passa por ela e segue para a cozinha. Olivia vai atrás dele e o vê abrir o armário para pegar a garrafa de uísque. Incapaz de conter a raiva, ela começa:

— Eu sei que você falou com a polícia.

— Então eles vieram conversar com você também? — pergunta ele, com a voz crispada. — Por que não estou surpreso?

Ele se serve um copo e se vira para encarar Olivia, recostando-se no balcão da cozinha.

— Não, eles não vieram aqui. Foi Becky quem me contou.

— Ah, *Becky*. — Paul suspira, cheio de amargura, e toma um longo gole do uísque.

— Que diabos está acontecendo, Paul? — pergunta Olivia, em desespero.

— Vou lhe dizer o que está acontecendo, se você quer mesmo saber. — Ele toma mais um gole da bebida. — Larry Harris estava tendo alguma coisa com Amanda Pierce já faz bastante tempo. Um dia o confrontei, mas ele negou. Então falei com a Amanda para ficar longe dele. E aí ela desapareceu. Não contei nada disso à polícia na época porque, sinceramente, não achei que fosse relevante. E ninguém me perguntou. Todo mundo achava que ela tinha abandonado o marido. Mas agora... ao que parece, Becky me viu conversando com Amanda, meteu o nariz onde não foi chamada e contou à polícia. Então tive que contar tudo a eles. — Ele bufa e continua: — Aposto que ela se arrependeu de ter tocado no assunto. — Paul levanta a cabeça e olha cansado para

Olivia. — E agora eles estão em cima de mim. Perguntando se tenho um álibi.

Paul leva o copo à boca e vira o restante do uísque.

— Eles estão perguntando se *você* tem um álibi — repete Olivia.

— Ah, imagino que eles estejam perguntando isso ao Larry também — acrescenta ele.

Olivia precisa saber mais uma coisa.

— Me diga a verdade — pede Olivia, com a voz embargada. — Você estava tendo um caso com Amanda?

Ele olha para a esposa e algo muda em sua expressão. A raiva desaparece.

— Claro que não, Olivia. Eu não estava dormindo com ela, juro. Nunca traí você. Eu não faria isso. Você sabe muito bem disso.

— Então por que não me contou nada disso? Por que tantos segredos? Você falou com a polícia ontem e não me disse nada!

Ele abaixa a cabeça.

— Eu sinto muito.

Ela espera, e ele prossegue.

— Eu não falei sobre Larry na época porque queria manter o assunto entre mim e ele. Sei que você e Becky são amigas, e não queria colocar você numa posição ruim, de ficar pensando se deveria ou não contar a ela. Achei que, se dissesse para Amanda se afastar do Larry, ela cortaria os laços com ele. Nunca pensei que a relação deles fosse importante para ela.

— E como você descobriu que Amanda estava tendo um caso com Larry?

— Eu já suspeitava fazia algumas semanas, mas um dia a peguei fazendo sexo oral nele no escritório.

Olivia fica chocada. Ela se pergunta se Becky sabe dos detalhes.

— Contei tudo aos detetives — continua Paul. — Não que eu estivesse exatamente preocupado com o casamento do Larry, até porque isso não é da minha conta. O que me preocupava era que ele estava ficando relapso... e que mais alguém podia pegar os dois no escritório e ele acabar perdendo o emprego. Eu não queria que isso acontecesse.

Olivia sente a tensão nos ombros começando a se dissipar.

— Mas por que você não me contou isso ontem, depois de falar com a polícia? Por que escondeu isso de mim?

Ele balança a cabeça.

— Não sei. Acho que eu não sabia o que fazer. Devia ter contado a você. Estou contando agora. — Ele suspira e acrescenta, desconfortável: — Eles me perguntaram se eu tinha um álibi para o fim de semana em que Amanda desapareceu.

— E o que você falou? — pergunta Olivia.

— A verdade. Que fiquei em casa o fim de semana todo. Que provavelmente ficamos em casa e vimos alguma coisa na Netflix. É o que costumamos fazer. Quando foi a última vez que saímos numa sexta ou sábado à noite?

Ela para e pensa naquele fim de semana. Então diz:

— Não, você foi à casa da sua tia naquela sexta, lembra?

Ele fica paralisado.

— Merda. Você tem razão. Não me lembrava disso.

— Você me ligou do escritório e disse que ia visitá-la.

— É verdade — concorda Paul. — Puta merda.

Ela se lembra daquela noite. Paul foi ver a tia e ela ficou em casa e assistiu a um filme sozinha.

— É melhor você contar a eles — diz Olivia, apreensiva.

Ele faz que sim com a cabeça.

— Vou fazer isso. Eles provavelmente vão te perguntar também.

— Perguntar o quê?

— Onde eu estava naquele fim de semana.

— Mas qual a importância disso? — pergunta Olivia, frustrada com a situação. — Não era você quem estava tendo um caso com Amanda, era Larry.

Paul bufa.

— Duvido que a polícia saiba em quem acreditar. — Depois de uma pausa, ele acrescenta: — Então, estamos quites?

— Como assim?

— Você sabe... você não me contou sobre aquelas cartas...

Olivia já nem se lembrava das cartas; diante dos novos acontecimentos, esse assunto tinha sumido de sua mente. Ela então se aproxima de Paul e coloca as mãos no peito dele.

— Sim, estamos quites — diz ela, sentindo o cheiro de uísque no hálito do marido.

— Que horas Raleigh volta para casa mesmo? — pergunta ele, abraçando Olivia e dando-lhe um beijo.

— Ele ainda vai demorar. Por que você não me serve uma bebida?

Enquanto ele enche um segundo copo de uísque, Olivia pergunta:

— Você não acha que Larry pode ter algo a ver com...

— Não, claro que não — diz ele.

VINTE

Na sexta-feira à noite, enquanto espera o marido voltar do trabalho, Becky anda de um lado para o outro pela casa, inquieta. Do jeito que as coisas ficaram na noite anterior, Larry não vai estar de bom humor. Ele disse que provavelmente chegaria tarde; tem sempre muita coisa a fazer depois que volta de uma viagem de negócios.

Ontem à noite, Becky dormiu no quarto de hóspedes. Ela não tem certeza de como vão ficar as coisas com Larry. Talvez não fiquem. Talvez o casamento deles tenha acabado, e reste apenas encontrar uma maneira de dar a notícia aos filhos e dividir os bens. Embora tenha sido categórica com Olivia, ela passa muito tempo pensando se o que Larry disse — sobre ele e Amanda não terem tido nada sério — poderia ser mesmo verdade.

* * *

O dia foi longo — uma interminável semana se passou desde que o corpo de Amanda Pierce foi encontrado —, e Webb sente o efeito disso fisicamente. Seus olhos ardem e seus membros estão cansados. Ele está frustrado com a falta de progresso no caso, mas algo começou a tomar forma. Eles conversaram com outras pessoas na Fanshaw Farmacêutica depois de falarem com Paul Sharpe e conseguiram formar uma ideia mais clara de quem Amanda Pierce realmente era. Webb ficou se perguntando até que ponto as coisas que diziam dela eram verdade, mas Larry admitira o incidente no escritório, então pelo menos uma parte era.

Neste momento, Moen está ao seu lado, dirigindo, voltando com ele para a delegacia. Eles acabaram de fazer uma visita ao Deerfields Resort, onde Larry participou de uma conferência no fim de semana em que Amanda foi assassinada. Pela janela, Webb contempla a paisagem escurecendo, refletindo sobre tudo o que descobriram.

Não há dúvida de que Larry Harris esteve na conferência da noite de sexta até a tarde de domingo. Muitos funcionários confirmaram o fato. Ele fez o check-in às três da tarde na sexta. Mas, depois disso, há uma lacuna. Os funcionários do bar e os garçons se lembram dele, mas não têm certeza de o terem visto na recepção antes das nove da noite. Segundo eles, Larry foi um dos últimos a deixar o evento e seguir para o quarto no fim da noite, por volta das onze. Não houve um jantar em que outras pessoas talvez pudessem se lembrar dele; eles apenas beberam e conversaram no salão. Não seria impossível que ele tivesse chegado tarde ao evento, o que lhe daria várias horas para encontrar — e talvez matar — Amanda Pierce. O mais incriminador é que o carro dela foi desovado em um lago não muito longe dali.

O restante do fim de semana parece estar justificado. Ele se inscreveu em várias sessões e foi visto nelas. Mas há uma lacuna curiosa na sexta-feira.

Webb aponta uma direção.

— Vire aqui.

Moen sai da rodovia e pega uma estrada de cascalho. Já está quase escuro. Foi um dia triste e chuvoso, mas, dentro do carro, está quente e aconchegante.

Eles estão voltando ao lugar onde o corpo de Amanda foi encontrado. Webb cronometrou o tempo desde o resort. Moen está dirigindo meio rápido demais pela estrada de cascalho.

— Reduza um pouco. Podemos estimar a velocidade depois — diz Webb, e Moen tira o pé do acelerador.

O caminho é escuro e sinuoso. Os faróis do carro varrem as curvas da trilha, margeadas por árvores de ambos os lados. Algumas já estão quase sem folhas. O tempo virou; parece que se passaram mais do que apenas alguns dias desde que eles estiveram ali, retirando o carro do lago frio.

— Tem certeza de que consegue reconhecer o local no escuro? — pergunta Moen, seguindo agora mais devagar. — Não sei se eu conseguiria. Sou urbana demais.

— Espero que sim — responde Webb, olhando com atenção pelo para-brisa para a paisagem escura. — Acho que já estamos bem perto. Reduza mais um pouco.

Moen reduz a velocidade ao fazer uma curva, e Webb diz:

— Aqui. Acho que foi aqui. Encoste o carro.

Ele reconhece a curva na trilha, o declive até a beira do lago. Moen encosta o carro. Desliga o motor. Webb olha para o relógio, que brilha no escuro.

— Vinte minutos — diz.

Moen olha para ele, assentindo.

— Pouco tempo.

Por um momento, eles ficam ali sentados no escuro, então saem do carro aquecido para a noite fria. Webb fica parado junto à porta, tentando se orientar, lembrando-se da manhã da segunda-feira anterior, quando fizeram a terrível descoberta.

— Onde estaria a arma do crime? — pergunta Webb.

Ele vai até a beira da água e olha para o lago. Uma nesga de lua surge nítida e brilhante por trás das nuvens escuras. Ele tenta imaginar o que aconteceu ali. Quem abaixou os vidros? Quem quer que tenha sido estava de luvas, porque nos botões internos do carro só havia as digitais de Amanda. Quem enfiou o corpo no porta-malas e guiou o carro pelo declive em direção ao lago?

Webb acredita que o assassino provavelmente é alguém que eles já conhecem. Ele se vira para Moen; os olhos dela reluzem na escuridão.

— O assassino provavelmente esperava que o carro e o corpo jamais fossem encontrados — sugere Webb, voltando a olhar para o lago escuro. — Todo mundo achava que Amanda tinha abandonado o marido. E é muito difícil condenar alguém por homicídio sem um corpo. — Ele se vira de novo para Moen. — Acho que alguém deve estar muito nervoso. Afinal, as coisas não saíram conforme o planejado.

* * *

Becky ouve a porta no andar de baixo se abrindo pouco depois das nove da noite. Ela está no andar de cima, na cama, e levanta a cabeça, apurando os ouvidos. Tinha ficado cansada de esperar por Larry, então jantou e subiu com um livro. Agora, ela escuta o marido andando pela sala. Depois de alguns minutos, põe o livro de lado, veste o roupão e sai do quarto.

Ela se detém no topo da escada ao ver o marido parado lá embaixo, observando-a. Seus olhos se encontram, mas, por um momento, nenhum dos dois diz nada.

Então, ela quebra o silêncio.

— Por onde você andou?

Becky não acha que ele tenha ficado no escritório até tão tarde. Ele não responde. Depois de um tempo, diz:

— Precisamos conversar.

Ela desce as escadas lentamente.

Ele então acrescenta, de maneira abrupta:

— Preciso de uma bebida.

Larry vai até o bar e se serve de uma boa dose de bourbon.

— Pode servir uma dose para mim também — diz Becky.

Ela se aproxima do marido e pega o copo que ele oferece. Os dois tomam um gole. A cabeça de Becky fervilha diante de todas as possibilidades do que Larry pode querer dizer a ela.

Ela se pergunta como ele deve ter se sentido quando Amanda desapareceu — e depois, quando seu corpo foi encontrado. Será que teve medo de que a polícia descobrisse sobre seu caso com ela, da mesma forma que ela teve medo de que descobrissem sobre seu caso com Robert?

Larry olha para ela de um jeito conciliador.

— Não tive nada a ver com o que aconteceu com Amanda. Você sabe disso.

— Sei? — pergunta Becky.

Ele a encara, surpreso.

— Você não pode realmente acreditar que...

Ele continua a encará-la, incapaz de encontrar as palavras.

— Não sei o que pensar — confessa Becky, com frieza. — E se *nem mesmo eu* acredito em você, como você acha que a polícia vai enxergar a situação?

Enquanto observa o homem com quem está casada há vinte e três anos, ela se permite considerar pela primeira vez a possibilidade de que Larry tenha matado Amanda Pierce. A ideia lhe dá calafrios.

— Você não pode estar falando sério! — retruca ele, então ri, uma risada curta e seca. — Ah, entendi. Você já está planejando o divórcio, não é? Acha que tem alguma vantagem sobre mim e está querendo usar isso a seu favor.

Becky não tinha pensado na questão dessa maneira, mas, agora que ele tocou no assunto, ela se dá conta das possibilidades. No fundo, não acredita que ele tenha feito mal à Amanda, mas não seria nada ruim que ele pensasse o contrário. Por ele, ela acabou desistindo de ter uma carreira. Passou seus melhores anos cuidando da casa e criando os filhos desse homem, enquanto ele ganhava a vida, uma boa vida. Ela merece ser recompensada. Não vai se deixar enganar.

— Você é mesmo uma filha da puta — diz ele.

Becky tem um sobressalto com aquele tom, nada típico do marido.

— Não vou dificultar as coisas para você, Larry, contanto que jogue limpo comigo — rebate ela, num tom de voz tranquilo.

— É mesmo?

Ele se aproxima de Becky e a olha de cima; ela sente o hálito dele em seu rosto, o cheiro de álcool.

— Eu não tive *nada* a ver com o... desaparecimento... da Amanda.

Ele parece incapaz de dizer a palavra correta. *Assassinato*. Ela se mantém firme.

— Mas você estava tendo um caso com ela? — pergunta Becky. — Diga a verdade. Não foi só aquela vez no escritório, foi?

Ela conhece o marido. Sabe que ele ia querer mais. Ele pode ser bastante ganancioso às vezes.

Ele se joga no sofá e, de repente, parece exausto. Seus ombros ficam curvados.

— Não, não foi — admite. — Estávamos saindo fazia algumas semanas. Começou em julho.

Ele vira o resto da bebida com um longo gole.

Becky sente o corpo gelar.

— Onde?

— Íamos a um hotel na estrada, fora de Aylesford.

Ela olha para ele, incrédula, tomada por uma raiva incoerente.

— Seu *idiota* — sussurra. — Eles vão descobrir.

— Não, não vão — diz Larry, teimoso, olhando para Becky e em seguida desviando os olhos ao perceber o ceticismo e a fúria dela.

— Claro que vão! Eles vão a todos os hotéis e motéis da região com fotos de vocês perguntar aos funcionários!

Como ele pode achar que a polícia não vai descobrir? Becky agora está realmente com medo, e isso a faz perceber que se importa com ele. As pessoas são presas o tempo todo por coisas que não fizeram. Ela se importa o suficiente com o marido para não querer vê-lo dragado por uma investigação de assassinato. Não pode permitir que uma coisa assim aconteça com ela e os filhos. Becky assistiu à minissérie *The Staircase*, na Netflix; viu o que isso pode fazer com uma família. Não vai permitir que aconteça com a sua. Ela pensa rápido.

— Talvez você devesse ter contado à polícia quando eles estiveram aqui. Vai ser pior quando descobrirem sozinhos.

— Eu fiquei com medo de falar! Não estava conseguindo pensar direito. Tudo isso foi um choque enorme. — Ele respira fundo. — Talvez os detetives não descubram. — Larry olha para Becky, contaminado pela preocupação que vê nela. — Eu não tive nada a ver com o que aconteceu com ela. Não achava que os nossos encontros tivessem nenhuma importância. Pensei que Amanda tinha abandonado o marido.

— Não importa o que você achava — diz Becky, esforçando-se para recobrar a calma. Ela percebe que Larry está começando a desmoronar, então precisa se manter calma. Precisa pensar. — De qualquer forma, você não poderia ter feito isso. Você tem um álibi forte. — Becky se senta no sofá ao lado dele. — Estava naquela conferência.

Becky tinha ficado preocupada quando os detetives foram interrogá-la e ela descobriu que o local da conferência de Larry não ficava muito longe do lugar onde o corpo de Amanda tinha sido encontrado. Mas ele tinha dito aos detetives que havia chegado ao resort na sexta à tarde, e isso a tranquilizara. Sem dúvida haveria pessoas lá para confirmar a informação. Mas, agora, vê uma terrível palidez no rosto do marido e sente o estômago embrulhar.

— O que foi, Larry? O que você não está me dizendo?

— Eu não a matei, juro.

Mas há pânico em seus olhos. Ela recua um pouco.

— Larry, você está me assustando.

— O carro dela foi encontrado perto do resort — diz ele, nervoso.

É incrível como Larry evita as palavras, ela pensa. O *carro* dela, não o *corpo*. Como se ele não pudesse encarar a realidade. Ela afasta esse pensamento inquietante.

— Mas isso não importa — insiste Becky. — Não se você esteve no resort o tempo todo.

Mas agora ela pensa: e se ele tiver escapado por uma horinha ou duas? E se tiver combinado de encontrá-la? Nesse caso, teria tido oportunidade de matá-la? *Ele seria capaz disso?* Becky não sabe dizer, e isso a apavora.

— Mas e se as pessoas não se lembrarem de ter me visto? — questiona ele, olhando para pontos diferentes da sala, como se quisesse evitar o olhar da esposa.

— Larry, o que você está querendo dizer?

Ele por fim olha para Becky, cheio de medo, suplicante, como se ela pudesse ajudá-lo. Mas ela receia não poder fazer isso.

— Larry — diz ela, apreensiva. — Você saiu do resort?

— Não.

— Então, qual é o problema?

— Fiz o check-in na sexta e fui para o quarto. Não estava com vontade de ver ninguém. Eu... eu tinha discutido com a Amanda no dia anterior... ela disse que não queria mais me ver, e eu estava chateado e exausto. Então fiquei no quarto, trabalhei um pouco e acabei dormindo. Quando acordei, já eram quase nove horas. Perdi a maior parte do evento de abertura.

Ela olha para Larry incrédula e furiosa. Longos segundos se passam, durante os quais a sala permanece em total silêncio, exceto pelas batidas do coração de Becky. Por fim, ela pergunta:

— Você está me dizendo a verdade?

— Sim, eu juro.

— Até *eu* estou achando difícil acreditar nisso — diz ela, percebendo que o marido não tem álibi. — Onde você discutiu com a Amanda? — pergunta ela, sentindo-se nauseada. — Alguém viu?

— Foi por telefone.

— Que telefone?

Larry desvia o olhar.

— Usávamos celulares pré-pagos.

Ela mal pode acreditar — seu marido, *pai dos seus filhos*, usando um segundo celular, pré-pago, para não ser pego.

— O que aconteceu com o celular? — pergunta, furiosa.

— Joguei no rio, de uma ponte.

— Que ponte? Quando? Puta merda! Sabia que pode ter câmera?

Larry olha para a esposa, agora pálido como um cadáver.

— A Skyway. No domingo, voltando para casa, depois da conferência. Ela tinha terminado comigo... imaginei que não ia precisar mais dele.

— Seu imbecil, filho da puta — solta Becky, afastando-se dele.

VINTE E UM

Robert Pierce está sentado sozinho na sala escura, bebendo sem pressa um copo de uísque. Sua mente está ocupada com o detetive Webb e sua parceira, a detetive Moen. O que será que eles estão pensando? O que descobriram? Não é possível que tenham algo contra ele. Estão apenas tentando obter alguma informação.

Eles sem dúvida vão investigar seu vizinho, Larry Harris, que estava dormindo com Amanda. Robert não entende o que Amanda viu nele, mas ela sempre se sentiu atraída por homens mais velhos. Ah, é claro que já sabia disso. Não é burro. E já sabia sobre Larry havia algum tempo.

Assim que ele encontrou o celular secreto de Amanda, tratou de acessá-lo. Não foi tão difícil — bastou pesquisar no Google *como desbloquear Android sem ter a senha*. E, depois disso, tudo ficou bem claro. As ligações de Amanda, suas mensagens de texto, aqueles dois números secretos. Robert ligou para um deles e um homem atendeu. Assim que ouviu a voz do outro lado, ele a reconheceu. Porque, no fim das contas, era exatamente quem ele esperava ouvir.

— Oi, Larry — disse Robert.

— Quem está falando? — perguntou Larry, nitidamente surpreso.

— É o marido dela, Robert.

Larry desligou na mesma hora.

Ninguém atendeu no outro número. E era esse outro número que o preocupava mais. O número para o qual ela enviara mensagens em que compartilhava detalhes íntimos e privados da vida deles dois, em que dizia que o marido era um psicopata. Essas mensagens o deixaram furioso. Sem dúvida Amanda conseguira avisar a *esse homem* que Robert estava com o seu telefone.

E havia ainda outras coisas naquele celular que ela não tinha enviado a ninguém, e que o deixaram ainda mais irado. E até mesmo receoso.

Ele pensa em Becky. A essa altura, ela já deve saber sobre Larry e Amanda, se os detetives tiverem feito um trabalho minimamente decente. Robert suspeita que Becky esteja meio apaixonada por ele, e espera que ela fique de boca fechada. Não seria bom que a polícia pensasse que ele tinha motivos para matar a esposa. Se Larry Harris contar a eles sobre a ligação que recebeu, ele vai simplesmente negar. Não há provas. Não existe nenhuma prova de que Robert tenha feito essa ligação.

Nenhuma *prova* de que sabia do caso de Amanda. Dos *casos*. Contanto que o celular pré-pago de Amanda nunca seja encontrado. O telefone não pode ser encontrado.

Robert se lembra de quando eles se mudaram para o bairro. Daquela festa insuportável a que Amanda insistiu em ir. Ele ficou lá sentado, observando-a, tão atraente, tão cruel sem se dar conta. Agora Robert se pergunta se foi naquele dia que ela escolheu com quem ia transar. Eles estavam casados fazia apenas um ano. Naquela época, sabia muito pouco sobre Amanda, sobre suas tendências — sua necessidade infantil e inexplicável de seduzir homens mais velhos. E ela sabia muito pouco sobre ele — sobre sua alma sombria e fria. Mas ambos passaram a se conhecer melhor depois.

Ele sabe que Becky e Larry estão em casa. Há luzes acesas no andar de baixo, apesar de já estar bem tarde. Robert adoraria poder ouvir a conversa dos dois.

* * *

Raleigh espera até que todos estejam dormindo. Coloca uma calça jeans, uma camiseta e um casaco de moletom escuro com capuz e abre cuidadosamente a porta do quarto. Sabe que o pai tem o sono pesado; é a mãe que o preocupa. No corredor, fica parado por um momento junto à porta de seu quarto e ouve os roncos distintos do pai e da mãe. Aliviado, ele desce as escadas na ponta dos pés, tomando cuidado para não fazer barulho.

Na cozinha, sem acender nenhuma luz, ele calça os tênis. Está acostumado a se mover no escuro. Silenciosamente, desliza pela porta da cozinha até a garagem, onde fica sua bicicleta. Coloca o capacete, monta nela e, assim que sai da garagem, começa a pedalar depressa para longe de casa.

Ele sabe que invadir o computador dos outros não é legal. Começou a fazer isso pelo desafio. Como explicar a sensação a alguém que nunca fez nada parecido? Seus pais não seriam capazes de entender, mas qualquer outro hacker entenderia perfeitamente. É uma sensação maravilhosa — ao invadir o computador de outra pessoa, ele se sente poderoso, como se tivesse controle sobre alguma coisa. Ele sente que não tem muito controle sobre a própria vida. Raleigh prometeu aos pais — e a si mesmo — que iria parar. E pretende mesmo fazer isso. Os riscos são muito grandes. Esta é a última vez. E ele não faria isso se não tivesse certeza de que os donos estão fora. E, desta vez, está levando um par de luvas de látex no bolso da calça — ele pegou de uma caixa que sua mãe deixa no armário dos produtos de limpeza. Não vai correr riscos desnecessários nem deixar digitais em lugar nenhum.

Raleigh analisa a casa. É uma noite escura, e a lua está encoberta por nuvens. Há uma luz acesa na frente da residência, e outra no andar de cima — provavelmente temporizadores. Ele sabe disso porque os moradores têm um gato. E a mulher que trabalha tomando conta de animais domésticos na região — e anuncia o serviço num grande adesivo colado no carro — tem aparecido por ali nos últimos dias. Raleigh tem visto essa mulher todo dia de manhã, quando vai para a escola. Como as pessoas são burras! Contratar uma babá de pet com a porcaria de um adesivo gigante no carro? Isso é praticamente anunciar que está viajando, fala sério!

Ele tentou se convencer a mudar de ideia, mas não resistiu. Quer muito entrar numa casa onde não tenha de se preocupar com os donos voltando depois do jantar. Quer relaxar e fazer as coisas com calma — ir um pouco mais longe, tentar algumas coisas diferentes antes de "se aposentar".

Raleigh avança sorrateiramente pelos fundos da casa. Não há ninguém por ali. Ele examina as portas e janelas com cuidado. Nenhum sinal óbvio de alarme, mas elas estão bem trancadas. Ele andou vendo uns vídeos no YouTube sobre isso, para garantir. Diferentemente do que as pessoas costumam pensar, não é tão difícil entrar numa casa. Ele enfia a mão no bolso e puxa um cartão de crédito. Insere o cartão pela ranhura da porta, onde fica a fechadura, e começa a mexer na trava. Os caras do YouTube levam alguns segundos nessa operação, mas Raleigh precisa de quase um minuto para fazer a trava ceder com um satisfatório clique. E bem a tempo — ele está suando em bicas, com medo de que alguém possa vê-lo.

Ele desliza para dentro e fecha a porta silenciosamente, com o coração batendo forte. Coloca o cartão de volta no bolso, pega o celular e liga a lanterna. A porta dá diretamente na cozinha. Ele chuta algo — um prato —, que sai rodando pelo chão fazendo barulho. Merda. Aponta a lanterna para baixo. Tem ração espalhada por toda parte. Raleigh se abaixa, junta a ração e a recolhe com as mãos enluvadas. Agora há um gato preto e branco roçando suas canelas. Ele para um minuto para acariciar o bichinho.

Não perde tempo no andar de baixo. Os computadores estão quase sempre no andar de cima, nos quartos ou no escritório.

Está claro que quem mora ali é um casal com um bebê — há um quarto principal, um quarto de criança com um berço e, ao fundo, um escritório. Ele entra no escritório no fim do corredor e começa o processo de hackear o computador. Com um pendrive de inicialização e alguns comandos no teclado, consegue criar uma porta de entrada alternativa e contornar as senhas de acesso. Depois de dar uma rápida olhada, ele tentará uma coisa nova: usar o computador comprometido para acessar a rede da empresa do dono, caso ele trabalhe em algum lugar minimamente interessante. Raleigh está tranquilo: o computador fica num cômodo na parte detrás da casa e as cortinas estão fechadas. Ninguém consegue vê-lo — ele pode passar a noite inteira ali, se quiser. Está absorto em sua tarefa quando ouve um barulho. Portas de carro batendo. Ele fica paralisado. Ouve vozes do lado de fora. Merda. Não é possível que eles tenham voltado. Raleigh entra em pânico. Olha pela janela. Por ali não há saída. Não dá para subir no telhado, e ele não vai pular da janela do segundo andar.

Enquanto ele tenta se decidir, as vozes vão ficando mais altas. Agora ele ouve o som de uma chave na porta de entrada. *Merda. Merda. Merda.* Raleigh se levantou da cadeira e agora está de pé, paralisado, no topo da escada. Será que consegue descer correndo e sair pela porta dos fundos? Mas então a porta da frente se abre e alguém aperta um interruptor, inundando o hall de entrada de luz. Ele está muito ferrado. Não tem como sair dali.

Raleigh vê o gato ir até o hall, roçar o corpo peludo numa das pernas do aparador e miar para os donos, mas não consegue vê-los.

— Leve a bebê para o quarto e a coloque para dormir enquanto eu pego as coisas no carro. — Ele escuta uma voz masculina dizer.

Eles ainda não fazem ideia de que há um estranho no andar de cima.

Raleigh volta para o escritório no fim do corredor, mal ousando respirar. O computador ainda está ligado, mas não é possível vê-lo do corredor, e ele não emite nenhum som. O cômodo está totalmente escuro. Talvez eles não percebam. Talvez ele possa ficar escondido ali até os moradores irem dormir. Raleigh sente uma gota de suor escorrer pelas costas. Ouve uma mulher subindo as escadas, acalentando a bebê. Gostaria que ela começasse a chorar, mas a bebê continua tranquila. O assoalho de madeira range quando a mulher entra no quarto da criança, no meio do corredor. O marido ainda está lá fora, ocupado no carro. Raleigh ouve o porta-malas bater. Será que deve sair correndo agora? Ou é melhor esperar? São os segundos mais longos de sua vida.

Ele entra em pânico. Desce as escadas o mais rápido que consegue, sem se preocupar em não fazer barulho. Chega ao pé da escada antes que o marido apareça à porta. Ouve então o grito assustado da mulher atrás dele. Está a meio caminho da cozinha quando a porta da frente se abre. Ele corre para a porta dos fundos, no escuro, e chuta de novo o prato do gato, espalhando tudo o que estava dentro dele. Ele ouve o homem atrás dele no hall de entrada — "Que porra é essa?" —, assim como o barulho que faz quando larga tudo no chão e corre atrás dele. Raleigh não olha para trás.

Ele já saiu pela porta e corre o mais rápido que pode. Cruza o jardim dos fundos e pula a cerca sem hesitar, estimulado pela adrenalina. Não para até já estar bem longe, com os pulmões a ponto de explodir.

Raleigh se esconde atrás de um arbusto num parque até o coração desacelerar e ele recobrar o fôlego. Ainda precisa voltar para pegar a bicicleta — pelo menos teve o bom senso de não a deixar perto da casa. Eles sem dúvida vão chamar a polícia. Vão ver o computador ligado e o que ele fez.

* * *

Carmine não consegue dormir. Tentou ler alguma coisa, mas nada conseguiu prender sua atenção. O que ela deseja é companhia. Sente falta do marido, que costumava ler na cama ao seu lado, mas agora ele se foi.

Carmine está na cozinha preparando uma xícara de chocolate quente quando ouve um barulho lá fora, na rua. Gritos. Fica imóvel, tentando escutar. Ouve o som de alguns golpes, depois mais gritos. Vai rápido até a porta da frente, mas não acende a luz. Quando olha para fora, vê uma silhueta magra e escura cambaleando na calçada diante da entrada da sua garagem. A pessoa parece estar sozinha e tem alguma coisa na mão, uma espécie de bastão. Carmine avança um pouco mais e, à medida que se aproxima, vê que é apenas um garoto. Um adolescente, provavelmente bêbado, numa sexta-feira à noite. Ele agora está parado, oscilante, como se não lembrasse o que estava fazendo um minuto antes, e tem na mão o que parece ser um taco de hóquei quebrado. Carmine supõe que ele estava golpeando sua lata de lixo.

— Ei! — diz ela, indo a passos largos na direção do garoto, com seu roupão cor-de-rosa. O rapaz olha para ela, parecendo espantado. — O que você está fazendo? — pergunta ela, irritada.

Ela não tem medo dele. É apenas um menino.

Carmine agora está bem perto dele e consegue vê-lo claramente. Também consegue sentir o cheiro da bebida. Alguma coisa nele a faz lembrar do próprio filho, Luke. O rapaz parece estar tentando se concentrar, sem sucesso. Ele não diz nada, mas tampouco se põe a correr. Provavelmente porque, se tentasse fazer isso, acabaria caindo de cara no chão.

— Você não tem idade suficiente para beber, não é? — pergunta ela, seu lado materno falando mais alto.

Ele a rechaça com o gesto de quem espanta uma mosca e se afasta pela rua aos tropeções, arrastando o taco de hóquei quebrado.

Preocupada, ela o observa cambaleando pela calçada, até que ele entra em uma casa mais adiante na rua. Ela vê luzes se acenderem. Pelo menos ele conseguiu ir para casa, pensa. Seus pais podem lidar com isso.

* * *

Na manhã seguinte, um sábado, Glenda liga para Olivia e a convida para dar uma volta. Quer saber o que aconteceu na noite anterior, como foi a conversa com Paul.

Glenda veste um casaco e calça tênis de caminhada. É um dia bastante frio e seco, mas pelo menos o sol voltou a brilhar depois da chuva melancólica de ontem. Ela fecha a porta ao sair e começa a andar em direção à casa de Olivia. Sua cabeça está cheia. Como seria bom se pudesse resolver os problemas de todo mundo, se pudesse fazer todo esse *estresse* desaparecer.

Ontem à noite, Adam chegou bêbado, de novo. Eles já tentaram estipular um horário para que o filho volte para casa, mas o garoto ignorou. Já o deixaram de castigo, mas ele deu um jeito de escapulir. Agora, já não sabem mais o que fazer.

— Talvez a melhor coisa seja deixá-lo fazer o que bem entender — sugeriu Keith mais cedo. — Quando ele se cansar de vomitar toda manhã, vai tomar jeito.

Ela olhou furiosa para ele, com os braços cruzados. Não foi *ele* quem ficou acordado a noite toda vigiando Adam para garantir que não morresse engasgado no próprio vômito. Keith dormiu muito bem. Nada parece incomodá-lo; é como se ele tivesse um escudo de proteção.

Às vezes ela gostaria que o marido fosse capaz de entender tudo o que ela faz pela família. Ele não a valoriza. Nunca vai valorizar. É indiferente a tudo.

E foi ela quem teve de limpar a sujeira no banheiro.

— Faça-o limpar. — Foi a sugestão inútil de Keith, enquanto se servia de uma xícara de café.

Ela olhou para Adam gemendo na cama e percebeu que isso não ia acontecer, então ela mesma limpou. Agora, só o que deseja é sair de casa e ficar longe do marido, do filho e do cheiro de vômito, e conversar com alguém sensato. Alguém que a compreenda.

Ela vê Olivia se aproximar pela calçada e acena. Logo as duas estão lado a lado, seguindo juntas.

— Vamos ao parque — sugere Glenda. No caminho, conta à amiga os detalhes da última de Adam. Enquanto passeiam pela beira da lagoa, diz: — Desculpe o desabafo. Mas então, como foi ontem à noite? Você falou com o Paul?

Glenda se vira para Olivia e percebe que ela parece bem menos tensa do que no dia anterior.

Olivia assente.

— Sim, nós conversamos. — Ela solta um grande suspiro e se detém por um momento, olhando para as árvores do outro lado da lagoa. — Ele não estava tendo um caso com a Amanda. Ele a pegou fazendo sexo oral no Larry no escritório e deu uma chamada de atenção nela, para que Larry não acabasse perdendo o emprego.

— Meu Deus — diz Glenda.

Olivia se vira para ela e dá uma risada.

— Loucura, né?

Glenda balança a cabeça.

— As pessoas fazem cada coisa!

— Acho que eu e Paul não temos nada com que nos preocupar. Mas quanto a Becky... eu não gostaria de estar no lugar dela. — A expressão de Olivia fica mais séria. — Se alguém estava tendo um caso com Amanda, o mais provável era que fosse Larry, não acha?

Glenda começa a relaxar. A caminhada ao ar livre, o desabafo que fez e escutar as novidades de Olivia haviam lhe feito bem. Ela não sabe como seria sua vida se não tivesse Olivia.

— Acho que o casamento deles não vai durar muito tempo — comenta Glenda. Elas agora estão paradas observando os cisnes. Finalmente, pergunta, hesitante: — Você acha que Larry pode ter matado Amanda?

— Não — responde Olivia, balançando a cabeça. — De jeito nenhum. Paul também não acredita nisso. Eu apostaria que foi Robert Pierce.

VINTE E DOIS

Olivia se despede de Glenda na esquina e volta para casa de cabeça baixa. Glenda parece muito angustiada ultimamente. É claro que está preocupadíssima com Adam. Olivia sabe que Keith não é um pai muito proativo, nem dá muito apoio emocional. Ele parece estar deixando toda a responsabilidade da criação do filho para Glenda, e isso é um fardo muito pesado. Olivia é grata que Paul não seja assim. Eles decidem tudo juntos e costumam enxergar as coisas da mesma forma — exceto no que diz respeito a Raleigh fazer terapia, é claro. E às cartas de desculpas.

Ao se aproximar de casa, Olivia vê um sedã estacionado bem em frente. Seus olhos se dirigem na mesma hora para a porta, onde ela vê duas pessoas paradas, de costas para a rua. Seu coração começa a bater mais rápido.

Olivia apressa o passo e vê Paul abrir a porta. Percebe o olhar assustado em seu rosto. Então os olhos do marido encontram os seus, e ele parece ficar mais calmo.

O homem no degrau da frente se vira e a vê.

— Bom dia — diz ele à medida que ela se aproxima, mostrando-lhe o distintivo. — Sou o detetive Webb e esta é a detetive Moen.

Lamento incomodá-los num sábado, mas será que podemos entrar? Não vamos tomar muito do seu tempo.

Olivia assente.

— Eu sou Olivia. — Ela se apresenta.

— Entrem — convida Paul, abrindo a porta.

— Acabei de voltar de uma caminhada — diz Olivia, pegando os casacos dos policiais. — Aceitam alguma coisa? Um café?

— Não, obrigado — responde Webb, seguindo Paul até a sala, com Moen logo atrás.

A detetive Moen sorri para ela. Ela tem um rosto amigável, pensa Olivia. É mais simpática do que o parceiro, que parece um tanto brusco. Talvez seja por isso que eles trabalham juntos, reflete Olivia. Ela e Paul sentam-se lado a lado no sofá, bastante rígidos.

O detetive Webb se vira para ela.

— Como a senhora provavelmente deve saber — começa, olhando para Paul —, estamos investigando o assassinato de Amanda Pierce.

Olivia tenta manter a calma. Eles não têm nada a esconder. É bom que os detetives estejam aqui, porque assim eles podem esclarecer imediatamente onde Paul esteve na sexta-feira à noite.

— Sim, eu sei — diz Olivia.

— Conversamos com o seu marido e ele cooperou bastante — explica o detetive.

Olivia faz que sim com a cabeça. Ainda está um pouco nervosa, mas quem não ficaria nervoso tendo detetives da polícia na sua sala de estar?

— Pelo que entendi, ele esteve em casa com a senhora na noite de sexta-feira, vinte e nove de setembro? — pergunta Webb.

Paul se vira para o detetive.

— Na verdade, eu me enganei, me esqueci completamente... Tenho uma tia idosa, minha tia Margaret, que mora sozinha e às vezes se sente um pouco solitária. Ela vive me ligando, me chamando para ir visitá-la. Ela me ligou nesse dia e estava muito agitada, me pediu que fosse vê-la. Então fui até a casa dela, logo depois do trabalho. Liguei para Olivia avisando.

Paul olha para a esposa.

— Foi isso mesmo — confirma ela.

Webb a examina por um momento e logo se volta para Paul.

— E onde a sua tia mora? — pergunta.

Olivia vê Moen pegar seu bloco de anotações e virar uma página.

— Em Berwick.

— Entendo — diz Webb.

Olivia se sente incomodada. Sabe o que o policial está pensando. A cidadezinha onde a tia de Paul mora fica na direção de Canning, onde o corpo de Amanda foi encontrado. Mas ele não tinha nada com ela. E está dizendo a verdade — Margaret vive ligando, pedindo que ele vá visitá-la. Chega a ser chato, na verdade. Na maior parte das vezes ele não vai, mas de vez em quando acaba cedendo. Eles não são muito íntimos, mas a tia não tem mais ninguém da família para visitá-la, e ele se sente culpado. Olivia se lembra daquela sexta. Paul lhe disse que Margaret estava insistindo muito, que ele não ia vê-la havia muito tempo e que não conseguiu dizer não.

— O senhor disse que ela mora sozinha? — pergunta o detetive.

— Isso mesmo — responde Paul. — Ela está na lista de espera por uma vaga num lar de idosos, mas ainda não a chamaram. Então, por enquanto, conta com ajuda de cuidadores.

— Havia alguém com ela quando o senhor a visitou naquela sexta? — pergunta Webb. — Alguém que possa confirmar a visita?

— Bem, não. Já era noite. Os cuidadores já tinham ido embora.

— Mas, se fizermos uma visita à sua tia, ela confirmará que o senhor esteve lá naquela noite?

Agora Paul parece desconfortável. Ele se remexe no sofá.

— Bem, eu não tenho certeza — responde. — A memória dela não está boa, e ela tem demência grave, então às vezes fica um pouco confusa. Não acho que vá se lembrar de uma visita que aconteceu três semanas atrás.

— Entendo.

— E para qual número do senhor ela ligou? — pergunta a detetive Moen.

— Ela ligou para o meu celular, quando eu estava no trabalho — responde Paul. — Ela me liga muito, na verdade. Praticamente todos os dias.

— Então, se verificarmos os seus registros telefônicos, poderemos confirmar que ela ligou para o senhor naquele dia? — pergunta Moen.

Paul faz que sim enfaticamente.

— Sim, claro.

— E se verificarmos a sua localização naquela noite com base no GPS do seu celular, poderemos confirmar que o senhor esteve na casa dela? — pergunta Webb.

Agora Paul parece menos seguro. Ele abre a boca para falar, mas fica em silêncio.

— Algum problema? — pergunta Webb.

Olivia vê toda a cena se desenrolar à sua frente, o coração acelerado.

— Eu... não sei — diz Paul. — Eu levei o celular comigo, mas ele estava com pouca bateria e não tinha levado o carregador, então o desliguei.

— Entendo — diz Webb.

Paul olha nervoso para Olivia. O detetive parece não acreditar nele.

— A que horas o senhor chegou em casa, Sr. Sharpe? — pergunta Webb.

— Não tenho certeza — responde Paul, olhando para Olivia. — Por volta das onze?

Olivia dá de ombros e diz:

— Sinceramente, eu não me lembro. Fui dormir cedo... eu já estava dormindo quando você chegou.

De repente, Olivia se dá conta de que Paul não conseguirá provar onde esteve naquela noite. Ela observa os detetives, mas não sabe dizer o que estão pensando. Diz a si mesma que não tem motivos para se preocupar, mas não gosta da maneira como estão olhando para seu marido. Sente-se ligeiramente nauseada.

Ela se pergunta, com o estômago embrulhado, se ele não está escondendo nada.

— E o resto do fim de semana? — pergunta Webb, olhando para Olivia.

— Ele estava em casa comigo. Sem dúvida.

— O senhor pode me dar o endereço da sua tia? — pergunta o detetive a Paul.

* * *

No sábado de manhã, Robert Pierce está em casa, tomando uma xícara de café, quando ouve a campainha tocar. Ele fica imóvel. Decide não abrir; quem quer que seja, talvez vá embora.

Mas a campainha continua tocando, de maneira insistente. Ele larga o café na mesa, irritado, e vai até a porta. Não quer falar com ninguém.

Ao abrir a porta, vê uma mulher mais velha e simpática sorrindo para ele.

— O que a senhora deseja? — pergunta, curto e grosso.

— Lamento incomodar — diz a mulher.

Ele continua a encará-la com frieza. *Será que ela não sabe que a esposa dele foi assassinada?* A mulher, no entanto, prossegue alegremente.

— Meu nome é Carmine. Sou uma das suas vizinhas. Moro no número trinta e dois da rua Finch — diz, apontando por cima do ombro.

Robert começa a fechar a porta.

— Há pouco tempo arrombaram a minha casa — ela se apressa em dizer. — Estou tentando descobrir se isso aconteceu com mais alguém.

Ele então se detém. Lembra-se da carta, das digitais inexplicáveis que apareceram em sua casa. Pensa no celular de Amanda, que encontrou em cima dos envelopes na gaveta, quando tinha certeza de que o havia guardado embaixo deles. Quer ouvir o que a mulher tem a dizer, mas não que ela saiba que sua casa também havia sido arrombada. Ele já destruiu a carta. E se a polícia ficasse sabendo? E se eles descobrissem o culpado pelas invasões e lhe perguntassem o que tinha na casa dele? Robert balança a cabeça, franzindo a testa.

— Não. Ninguém entrou aqui — mente.

— Bem, isso é bom, eu acho — diz a mulher, suspirando de modo bastante dramático. — Alguém entrou na *minha* casa, e eu não vou sossegar enquanto não descobrir quem foi. — Ela levanta um pedaço de papel. — Recebi esta carta.

— Posso ver? — pergunta ele.

Ela lhe entrega o papel, e ele logo percebe que a carta é exatamente igual à que deixaram em sua casa.

— Quando a senhora recebeu isso? — pergunta ele.

— Encontrei na segunda de manhã, alguém enfiou pela abertura da caixa de correio na minha porta.

Robert levanta os olhos e devolve a carta à mulher.

— Que estranho — comenta ele; não lhe ocorre outra coisa a dizer.

A mulher solta um riso irônico.

— Pode-se dizer que sim. Mas não sei até que ponto é estranho adolescentes invadirem casas — diz Carmine. — Só sei que sem dúvida é muito estranho uma mãe escrever uma carta anônima de desculpas. E, embora a carta fale claramente em outras casas invadidas — acrescenta —, a verdade é que não encontrei mais ninguém que a tenha recebido. E aposto que esse garoto invadiu outras casas além das que a mãe ficou sabendo. — Ela suspira mais uma vez, pesadamente. — Acho que devia deixar isso para lá. Não levaram nada, e os pais do garoto obviamente tomaram uma atitude.

— Deve ter sido só um adolescente idiota — diz Robert, tomando cuidado para não deixar transparecer seu desconforto.

Ela se inclina de um jeito conspiratório e diz:

— Na verdade... tenho quase certeza de que sei quem foi... E, pelo que ouvi dizer, o garoto entende bastante de tecnologia.

— É mesmo? Quem? — pergunta ele, como quem não quer nada. Mas está pensando: *E se o garoto viu o que tinha no celular?*

— Quando tiver certeza de quem foi, eu lhe direi. Se ele se acha no direito de bisbilhotar a minha vida, tenho todo o direito de bisbilhotar a dele. E de lhe dizer umas poucas e boas.

Robert faz que sim com a cabeça.

— A senhora foi à polícia?

— Não, ainda não. Duvido que eles levem isso a sério.

— Provavelmente não vão levar — concorda Robert.

— Bem, mantenha suas portas e janelas trancadas — diz a mulher, virando-se para ir embora.

Robert fecha a porta e começa a andar de um lado para o outro pela sala de estar. Merda. Maldito adolescente. E se o garoto mexeu no celular da Amanda e viu o que tinha lá? Ele anota o nome e o endereço de Carmine antes que os esqueça. E, se tiver de tomar alguma providência em relação ao garoto, não pensará duas vezes.

* * *

Raleigh olha surpreso para a cena à sua frente. Não conhece essas duas pessoas com ar de autoridade que estão sentadas em sua sala. O que estão fazendo ali? Seu corpo se enche de adrenalina. Isso deve ter a ver com ele — com a noite passada.

— Raleigh! — exclama Olivia, visivelmente espantada. — O que você está fazendo acordado?

Ele acordou cedo de propósito. Ainda não é nem meio-dia, mas ele está tentando ficar bem na fita com a mãe para recuperar o celular. Neste momento, porém, ela não parece muito feliz em vê-lo.

— Tudo bem, já terminamos por aqui — diz o homem desconhecido, lançando um olhar de desdém para Raleigh.

Então aquilo não tem nada a ver com ele. Raleigh fica tão aliviado que suas pernas quase cedem.

Ele percebe que está de pijama e que todos na sala estão arrumados. Bem, ele não sabia que havia mais gente em casa. Volta para a cozinha, aliviado e envergonhado, enquanto os pais conduzem os visitantes até a porta, de alguma forma cientes de que ele se deparou com alguma coisa sobre a qual não deveria saber. Ele prepara uma tigela de cereal e espera.

Raleigh ouve a porta se fechar. A mãe e o pai não entram na cozinha imediatamente. Sem dúvida estão discutindo o que vão lhe dizer. Por fim se juntam a ele. Olivia se põe a arrumar coisas. Há um silêncio desconfortável; ninguém diz nada por um minuto, e Raleigh se pergunta se eles vão ficar simplesmente mudos. Que se dane!

— Quem eram aquelas pessoas? — pergunta.

A mãe olha para ele apreensiva e em seguida lança um olhar para o marido.

— É complicado — diz o pai, com um suspiro, sentando-se à mesa. Raleigh, com o corpo tenso, espera que o pai continue. Sente uma onda de ansiedade. — Aqueles são os detetives que estão investigando o assassinato da Amanda Pierce — completa.

Ele para por aí, como se não soubesse o que dizer em seguida.

Raleigh sente o coração batendo com força. Ele olha para o pai, depois para a mãe. Ela permanece em silêncio, cautelosa. Ele volta sua atenção para o pai. Nunca o viu ficar sem palavras.

— E o que eles queriam com vocês? — pergunta Raleigh.

Ele não é burro. Quer saber o que está acontecendo.

— É apenas um procedimento de rotina — explica Paul. — Eles estão conversando com várias pessoas que conheciam a Amanda.

— Eu achava que você não conhecia ela — diz Raleigh.

— Não mesmo, não de verdade. Mas ela às vezes prestava serviços na empresa, então eu a conhecia de vista, ainda que não muito bem. Ela nunca trabalhou no meu departamento.

Raleigh olha para os pais; sente que estão escondendo alguma coisa.

— Olhe, Raleigh, você precisa saber de uma coisa— diz Paul, com cuidado.

De repente, ele não quer ouvir. Quer voltar a ser criança e sair correndo da sala com as mãos nos ouvidos. Mas isso é impossível. Ele não é mais criança. Paul olha para ele de homem para homem e continua:

— Uma vez eu peguei a Amanda passando da linha com alguém no escritório. Uma situação bastante inapropriada. Avisei os dois que eles deviam parar com aquilo. Uma pessoa me viu discutindo com ela sobre isso e tirou conclusões equivocadas. Contei a verdade aos detetives. Eu não tinha nenhum tipo de envolvimento com ela. Não tínhamos nenhum… relacionamento. Não sei quem a matou. Isso é a polícia que tem que descobrir, está bem? — Então, ele acrescenta: — Não há nada com o que se preocupar.

Raleigh olha para o pai, perturbado com o que acabou de ouvir. Não tem dúvidas de que ele está dizendo a verdade. Não consegue se lembrar de uma única vez em que o pai tenha mentido para ele antes. Raleigh olha para a mãe, que está olhando para o marido, e é possível perceber a apreensão em seu rosto. *Ela* não parece achar que não há nada com o que se preocupar. Ele se pergunta se pode confiar no pai.

Raleigh assente, com o cenho franzido.

— Tudo bem.

Olhando diretamente para ele, Olivia diz:

— É melhor que tudo isso fique entre nós.
Raleigh faz que sim com a cabeça e responde com veemência:
— Não vou contar nada pra ninguém.
Então volta para o quarto.

* * *

Depois de dirigir em silêncio por um tempo, Webb se vira para Moen e diz:
— Ele desligou o telefone.
Moen assente.
— Pois é.
— Vamos examinar os registros telefônicos, é claro, mas aposto que vamos achar uma ligação da tia naquele dia, se ela liga para ele diariamente — diz Webb. — Ela mora por ali, sozinha, tem memória ruim e está desorientada... E se ele estivesse contando com tudo isso? Pelo menos para justificar para a esposa. Poderia ter saído à noite para encontrar Amanda e matá-la, não? Não podemos rastrear seus movimentos se o telefone estava desligado.
— É possível — concorda Moen. — Mas ainda não comprovamos que eles tinham um caso.
— Mas é possível. Becky Harris acredita que sim.
Moen assente.
— A esposa dele parecia preocupada — comenta Moen. — Com o que ela está tão preocupada se ele foi apenas visitar a tia?
— Devíamos chamá-lo à delegacia — diz Webb. — Ver se conseguimos tirar mais alguma coisa dele.

VINTE E TRÊS

Quando os detetives retornam à delegacia, há novidades.
— Encontramos uma coisa — diz um jovem policial, aproximando-se deles. Trata-se de um dos policiais fardados enviados para conduzir investigações na cidade e nos arredores. — O funcionário de um hotel reconheceu a foto da Amanda. Ela ia lá às vezes, sempre com o mesmo homem. E aí conferimos as imagens das câmeras de segurança.
— E então? — pergunta Webb, animado.
— Vocês precisam ver isso — diz o jovem policial, e os leva até um computador.
Eles olham para a tela.
A qualidade é bastante boa. Webb primeiro vê Amanda, jogando o cabelo para trás. Então o homem que a acompanha entra em cena. Ele pega o cartão de crédito no balcão e depois se vira, sendo enquadrado diretamente pela câmera. Larry Harris.
— Ora, ora — diz Webb. Ele olha para Moen. — Vamos ver como anda a análise das câmeras de segurança do resort. Precisamos saber se o carro de Larry Harris deixou o local em algum momento.

* * *

Raleigh não está mais de castigo. Olivia não o aguentava mais perambulando pela casa sem celular e internet para se ocupar, então agora ele já pode sair de novo, não só para a escola ou para o treino de basquete. Ele sai para andar de bicicleta pelo bairro, para aliviar um pouco o estresse. Sem internet, não tem muito o que fazer em casa. E ele precisava escapar do ambiente tenso ali dentro. Ele pedala pelas áreas residenciais, passando por algumas das casas que invadiu.

Ele quase foi pego na noite anterior. Agora, sim, acabou — ele tem de parar. Não vale mais a pena o risco. Invadir propriedades, brincar com os computadores dos outros... Ainda que não esteja roubando informações de ninguém nem distribuindo software malicioso, pornografia ou coisa do tipo, o que está fazendo não deixa de ser um crime. A polícia não vai querer saber se ele faz isso só por diversão.

Ele passa devagar pela residência dos Pierce, olhando para a casa. Ainda se lembra do dia que esteve ali, de como o lugar era limpo e organizado. Talvez porque não houvesse crianças na casa. Enquanto mexia no computador, ele deu uma olhada nas gavetas da escrivaninha e encontrou um celular no fundo de uma delas. Parecia um celular barato, pré-pago. Talvez fosse antigo, ou para emergências. Ele até ligou o aparelho — estava carregado —, mas aquilo não parecia muito interessante, então desligou-o e o guardou na gaveta. Pouco depois disso, foi embora.

Mais tarde, ao saber que haviam assassinado a dona da casa, sentiu um calafrio. A polícia provavelmente encontrou o telefone ao revistar o lugar. Sua única preocupação agora é que suas digitais estejam por todo o aparelho e pela casa. Ele começa a pedalar mais rápido, pensando, inquieto, na mulher chamada Carmine e nas cartas.

Raleigh está começando a entender que todo mundo tem segredos. Ele viu o que as pessoas guardam em seus computadores, e a verdade é que nada mais o surpreende. Ele tem os próprios segredos, e os pais sem dúvida também têm os deles. Talvez ele devesse bisbilhotar a própria casa.

* * *

É tarde de sábado e a tensão na casa está enlouquecendo Olivia. Paul está no andar de cima, no escritório. Raleigh foi para o quarto. Olivia tenta se convencer a não confrontar Becky. Está preocupada com o que a amiga possa ter dito aos detetives sobre Paul. Será que ela sabe mais do que contou a Olivia? Será que inventou coisas para desviar a atenção do próprio marido? Será que falou a verdade para ela? No fim das contas, não consegue se conter. Pega um casaco e sai de casa sem contar a ninguém aonde está indo.

No caminho, sua confiança fica abalada, e quase chega a torcer para que Becky não esteja em casa. Mas segue adiante, ainda que a ideia de sair para encontrar Becky e recolher informações sobre o próprio marido lhe provoque náuseas. Ultimamente, tem a impressão de que tudo aquilo que admitia como verdades absolutas — seu bom filho, seu marido fiel — precisa ser reavaliado.

Enquanto passa pela residência dos Pierce, Olivia olha fixamente para lá. As cortinas estão todas fechadas, o que faz com que a casa pareça ter um olhar vazio. Ela se pergunta se Robert Pierce estará ali dentro, atrás das cortinas. De repente, ela o odeia, e odeia Amanda também, por terem vindo morar naquele bairro tranquilo e acabar com a paz dos vizinhos. Ele provavelmente a matou, pensa com amargura, e todos estão sofrendo as consequências.

Enquanto se aproxima da residência dos Harris — uma simpática construção com lucarnas —, Olivia tem um sobressalto ao se dar conta de que Larry pode estar em casa. Ele não trabalha no fim de semana, e ela não quer dar de cara com ele.

Ela toca a campainha e espera, nervosa. Por fim, ouve passos, então a porta se abre. É Becky. Está na cara que não esperava visitas; está usando calça legging e uma camiseta larga com a qual parece ter dormido.

— Oi — diz Olivia, mas Becky não responde. — Posso entrar?

Becky parece refletir um pouco, mas acaba abrindo a porta. Olivia entra, com os nervos à flor da pele.

— Larry está em casa? — pergunta.

— Você queria falar com ele? — Becky pergunta de volta, surpresa.

— Não — responde Olivia. — Só queria saber se estamos sozinhas.

— Ele não está.

Olivia assente e se senta à mesa da cozinha. Becky não oferece café. Apenas fica ali imóvel, de braços cruzados.

— Precisamos conversar — começa Olivia. Becky apenas olha para ela e espera. — Preciso saber se você me contou tudo.

— Como assim?

— Você me deu a entender que Paul podia estar tendo um caso com Amanda. Você o viu no carro dela.

Becky faz que sim com a cabeça.

— Isso é verdade, eu juro.

— Você sabe ou viu alguma outra coisa que não tenha me contado? Disse mais alguma coisa à polícia? Eu preciso saber — diz Olivia.

Becky respira fundo e solta o ar.

— Somos amigas há muito tempo, Olivia, e sempre fui sincera com você. Foi só isso que eu vi. Os dois no carro, naquela noite, discutindo. Imaginei que eles estivessem tendo um caso porque não via outro motivo para estarem ali, àquela hora. E você sabe quanto ela era... *sedutora*. Posso ter me equivocado. Isso é tudo o que eu sei. E foi só isso que contei à polícia.

Olivia solta o ar com força e cobre os olhos com as mãos. Sente-se a ponto de chorar. Ela assente para a amiga.

— Quer um café? — pergunta Becky.

Olivia funga, levanta o olhar e assente mais uma vez, de repente incapaz de dizer qualquer coisa. Está feliz que não haja inimizade entre elas. Enquanto Becky prepara o café, Olivia enxuga os olhos com as mãos e pergunta:

— Você ouviu mais alguma coisa sobre a investigação? Tem ideia do que está acontecendo?

Ela não quer perguntar diretamente sobre Larry. Espera para ver se Becky vai confidenciar algo a ela.

Becky termina de fazer o café, se vira e se apoia no balcão. Balança a cabeça.

— Não sei de nada. Eles não estão dizendo muita coisa, estão? Também não há nada nos jornais.

— Espero que eles desvendem logo isso — diz Olivia. — E que tudo acabe de uma vez por todas.

Becky serve o café, leva as canecas para a mesa e se senta.

— Olivia, eu não estou tentando convencer a polícia de que havia alguma coisa entre Paul e Amanda. Só disse a eles o que vi. Cabe a eles descobrir a verdade. Não estou querendo destruir a sua vida para proteger a minha. Jamais faria isso.

Olivia olha para ela, agradecida.

— Por que você está tão preocupada com o Paul? — pergunta Becky.

Olivia enrubesce ligeiramente e diz:

— Os detetives foram lá em casa hoje de manhã.

— É mesmo?

Olivia faz que sim com a cabeça.

— Queriam saber se Paul tinha um álibi.

Becky olha para ela.

— E ele tem?

— Não, a verdade é que não tem — admite Olivia. — Ele foi visitar uma tia idosa, e sem chance de ela se lembrar e confirmar que ele esteve lá. — Depois de uma pausa, acrescenta, nervosa: — Ela tem demência.

Olivia não menciona que o celular de Paul estava desligado naquela noite.

— Parece que estamos no mesmo barco — comenta Becky. — Larry também não tem um álibi muito bom. — Olivia olha para a amiga, à espera de mais informações. — Ele estava numa conferência no Deerfields Resort naquele fim de semana. — Ela hesita por um momento e em seguida pergunta: — Você sabe onde fica? — Olivia faz que sim com a cabeça. — O problema é que naquela sexta ele foi para o quarto, trabalhou um pouco, dormiu e perdeu a maior parte do evento de abertura. Então Larry também não tem ninguém para confirmar onde ele estava.

* * *

Robert Pierce anda inquieto pela casa enquanto a noite se aproxima.

Pensa em Larry Harris, na casa ao lado. Será que sente falta de Amanda do mesmo jeito que ele? Robert sente um ódio glacial pelo vizinho. Imagina como Larry deve ter se sentido ao descobrir que a esposa estava dormindo com o vizinho. Robert sabe exatamente qual é a sensação. Imagina como Larry deve estar se sentindo agora, com a polícia bisbilhotando sua vida, fazendo perguntas. Robert também sabe muito bem como é.

Além disso, pensa no outro homem com quem Amanda estava saindo. Será que a polícia já descobriu?

Ele pensa ainda no garoto que invadiu a sua casa, e teme que Carmine de fato vá à polícia fazer uma denúncia.

* * *

Na casa ao lado, Becky vê o noticiário local na TV enquanto prepara o jantar na cozinha. Ouve o nome Amanda Pierce e se dá conta de que seus ombros estão muito tensos; seu corpo está tão rígido que chega a doer. Ela respira fundo e relaxa os ombros conscientemente. Esse pesadelo não pode continuar. Ela coloca a TV no mudo.

Becky mudou muito nos últimos dias. Pensa em si mesma uma semana antes, em como era boba, alimentando todas aquelas fantasias adolescentes em relação ao vizinho. Ela deixou de ser boba. Amanda está morta, brutalmente assassinada, e, até onde sabe, os dois principais suspeitos são Robert Pierce e o próprio marido, Larry.

A paixão que sentia por Robert Pierce evaporou a partir do momento em que ele começou a tratá-la com frieza e ela se deu conta de que talvez tivesse sido usada — de que Robert talvez só tivesse dormido com ela para se vingar de Larry. Será que ele sabia? Se sim, como? Será que Amanda tinha lhe contado? Será que o provocava com isso? Ou ele a havia seguido e a flagrado com Larry? Será que Robert alguma vez se sentira atraído por ela, Becky?

Agora, quando ela pensa no vizinho, não é na maneira sensual que ele sorria para ela por cima da cerca, ou em como era na cama. Agora, ela se lembra de como ele falou com ela da última vez — da naturalidade com que ele lhe disse que nunca suspeitou que Amanda tivesse um caso. Mas ele estava mentindo, e os dois sabem disso. Ele sabia que Amanda estava tendo um caso. E agora Becky acha que o desgraçado, muito esperto, sabia exatamente com quem. Ele só queria se assegurar de que ela não dissesse nada à polícia. Mas talvez ela devesse fazer isso.

Becky tem muito a perder se o marido for levado pelo sistema de justiça criminal. Ela precisa pensar nos filhos. Não pode deixar que essa história arruíne a vida de todos.

* * *

No sábado à noite, a luta de sempre. Glenda anda de um lado para o outro pela sala, morrendo de preocupação. Ela tentou convencer o filho a ficar em casa, a não sair. Receia que ele beba demais de novo e faça alguma coisa impulsiva, algo de que todos se arrependerão depois.

Ela pediu ajuda a Keith, mas de nada adiantou. Adam não escuta mais nenhum dos dois. Keith a evita, e ela perambula pela casa silenciosa, esperando ansiosamente pela volta de Adam.

* * *

No domingo de manhã, Webb e Moen estão na delegacia quando um policial se aproxima de Webb e diz:

— Uma senhora chamada Becky Harris deseja falar com o senhor. Ela disse que é importante.

Os detetives acompanham Becky Harris até a sala de interrogatório. Webb percebe que ela parece diferente; da primeira vez que veio à delegacia, estava nervosa e não parava de chorar, temendo que suas indiscrições conjugais se tornassem públicas. Agora, parece mais controlada, cautelosa. Como se tivesse muito mais a perder. Ou como se tivesse alguma informação para negociar.

— A senhora aceita alguma coisa para beber? — pergunta Moen.

Becky balança a cabeça.

— Não, obrigada.

— O que a traz aqui? — pergunta Webb, quando todos se sentam.

Becky parece um pouco desconfortável, mas encontra o olhar dele e afirma:

— Há uma coisa que eu não contei antes.

— E o que seria?

Webb se lembra de todas as outras informações que ela havia escondido deles. Que ela e Robert Pierce eram amantes. Que tinha visto Amanda discutindo com Paul Sharpe. O que vai ser desta vez?

— É sobre Robert Pierce.

Ela alterna o olhar nervoso entre os dois detetives.

— Continue.

— Naquela noite que passamos juntos, no sábado do fim de semana em que Amanda desapareceu, ele me disse que achava que ela estava tendo um caso.

— E por que deveríamos acreditar na senhora? — pergunta Webb.

Ela fica visivelmente surpresa com o tom dele. Mas o que estava esperando, com o seu histórico?

— Porque estou falando a verdade! — responde ela.

— A senhora também disse antes que estava falando a verdade — salienta Webb — quando nos contou que ele nunca havia mencionado que suspeitava da esposa. O que foi que mudou?

Talvez o marido tenha confessado que foi ao hotel com a adorável vizinha, pensa Webb.

Ela olha para ele com irritação e respira fundo.

— Ele me pediu que não dissesse nada. E de uma maneira bem intimidadora.

— Entendo.

— Ele me fez prometer que não diria nada. Foi... mais uma ameaça que um pedido. — Ela se inclina para a frente. — Mas a verdade é que ele achava, *sim*, que estava sendo traído. Isso quer dizer que tinha um motivo para matá-la.

— Pensei que a senhora tinha dito que ele não seria capaz de matar a esposa, que não era esse tipo de pessoa — intervém Moen.

— Isso foi antes de eu ser ameaçada — diz Becky, recostando-se na cadeira e olhando para Moen. — Vi um outro lado dele. E estava... diferente. Fiquei assustada.

— Mais alguma coisa? — pergunta Webb.

Ela olha para eles e diz:

— Vocês nem sequer o consideram suspeito?

— Estamos considerando muitas pessoas — responde Webb —, inclusive o seu marido.

— Isso é ridículo — afirma Becky, irritada.

— Nem tanto — retruca Webb. — Temos imagens do seu marido alugando um quarto em um hotel com Amanda Pierce, em várias ocasiões.

* * *

Becky sai da delegacia cambaleando. Por um momento, não se lembra de onde estacionou o carro. Acaba por encontrá-lo com a ajuda da chave eletrônica. Entra no automóvel, ofegante, e tranca a porta. Olha para o para-brisa sem ver nada, com a respiração acelerada.

A polícia tem um vídeo de seu marido com Amanda Pierce num hotel. Ela sabia que isso ia acontecer assim que ele lhe contou o que andara fazendo. A polícia não é burra, ao contrário do desgraçado com quem ela se casou.

Becky precisa descobrir a verdade. Precisa *saber*, de um jeito ou de outro, o que aconteceu com Amanda. Só então saberá o que fazer.

Ela reprime um soluço de choro no banco da frente. Como foi que chegou a esse ponto? Becky é apenas uma mulher comum, casada, com dois filhos quase adultos, que morava num típico bairro residencial americano. É inacreditável que esteja envolvida nesse... *pesadelo*. Uma pessoa que ela mal conhecia foi assassinada ou pelo próprio marido ou pelo marido dela, de Becky. Se foi Robert, já não se importa, só espera que ele seja pego e condenado. Se foi seu marido, Larry... não consegue sequer pensar nessa hipótese.

VINTE E QUATRO

No início da tarde de domingo, Carmine sai para dar outra volta pelo bairro. Ela passou a última semana conversando com o máximo de pessoas que conseguiu sobre a invasão da sua casa. No mercado. Na aula de ioga. Sente-se frustrada porque ninguém mais admitiu ter tido a casa arrombada. A ideia de que ela foi aparentemente a única a incomoda. Talvez a menção a outras casas fosse mentira. Talvez tenha sido apenas a dela. Talvez ela tenha sido o único alvo de uma brincadeira de mau gosto. Nesse caso, a questão deve ser pessoal. Será porque ela é nova ali? Uma desconhecida? Carmine está mais determinada que nunca a dar uma lição nesse adolescente problemático.

Ela está bem convencida de que foi Olivia Sharpe quem escreveu a carta. Mas não pretende abordá-la de novo, pelo menos não por enquanto. Vai falar diretamente com o garoto, Raleigh. Ela anda perguntando sobre ele. A julgar pelo que ouviu, é um bom garoto. Um gênio da informática. Até montou um pequeno negócio de conserto de computadores no último verão. Será que já andava bisbilhotando *nessa época*?

Carmine toca a campainha no número cinquenta da rua Finch e é um adolescente de expressão emburrada que vem atender. Ela o reconhece imediatamente como o garoto bêbado da outra noite, em frente à sua casa. Pela expressão desconfiada do rapaz, percebe que ele também a reconhece. Mas não pretende mencionar o episódio. O jovem tem cabelos e olhos escuros e, definitivamente, lembra Luke quando tinha a mesma idade. Carmine pergunta se a casa deles foi invadida recentemente, mas ele apenas a encara como se ela tivesse duas cabeças. Então, mudando de estratégia, ela pergunta se ele conhece algum garoto da idade dele, ali por perto, que entenda de computadores; está com muitos problemas no dela. Como era de se esperar, ele indica Raleigh Sharpe.

Nesse momento, uma mulher surge à porta, secando as mãos em um pano de prato. Ela tem cabelos ruivos curtos e sardas e uma expressão simpática.

— Oi, posso ajudar a senhora? — pergunta, enquanto o garoto volta para dentro.

— Oi, meu nome é Carmine. — Ela estende a mão. — Sou nova no bairro. Moro no número trinta e dois.

A mulher sorri, aperta a mão de Carmine e responde:

— Eu me chamo Glenda.

— Meus filhos já são adultos — diz Carmine, tentando puxar assunto. — O seu filho é muito bonito. — Ela não vai dizer onde o viu da última vez. — A senhora tem mais filhos? — pergunta.

— Não, só o Adam — responde Glenda.

Ela não parece muito disposta a conversar. Provavelmente deseja voltar à louça.

— A minha casa foi arrombada recentemente e tenho andado por aí conversando com os vizinhos... avisando para ficarem de olho. Não havia ninguém em casa da última vez que toquei a sua campainha.

— Bem, aqui não entrou ninguém — diz Glenda, de maneira abrupta, abandonando a expressão simpática.

Sorte sua, pensa Carmine.

— Que bom — diz ela, escondendo a decepção. — E que coisa terrível, esse assassinato. — Carmine muda de assunto, na esperança de que isso talvez faça a mulher soltar a língua. Inclina-se na direção de Glenda, em busca de cumplicidade. — As pessoas estão achando que foi o marido. — E acrescenta: — A senhora o conhece?

— Não.

— Passei por lá outro dia, para perguntar se por acaso tinham invadido a casa dele. Não tive coragem de dizer nada sobre a esposa. Mas ele falou que ninguém entrou lá também.

— Bem, foi um prazer conhecê-la — despede-se Glenda, fechando a porta com firmeza.

* * *

O telefone toca, quebrando o silêncio. Olivia dá um salto. Atende à chamada na cozinha, esperando que seja Glenda.

— Alô — diz ela.

— Sra. Sharpe?

Ela reconhece a voz. É o detetive Webb. Na mesma hora, seu coração acelera.

— Sim?

— Seu marido está?

Sem dizer uma palavra, ela passa o telefone a Paul, que está de pé na cozinha, olhando para ela. Ele pega o telefone.

— O quê? Agora? — diz Paul. Então: — Tudo bem.

Olivia sente uma descarga nauseante de adrenalina.

Paul desliga o telefone e se vira para ela.

— Eles querem que eu vá até a delegacia. Para responder a mais algumas perguntas.

Ela sente um gosto ácido na boca.

— Por quê?

— Eles não disseram.

Ela observa Paul vestindo o casaco e saindo. Ele não pede que ela o acompanhe, e ela não faz essa sugestão.

Assim que Paul sai, Olivia cede à ansiedade e começa a andar de um lado para o outro pela casa, incapaz de acalmar a mente. Por que a polícia quer falar de novo com ele?

— Mãe, o que aconteceu?

Olivia se vira e vê Raleigh olhando para ela, preocupado. Imagina que sua cara deve estar péssima, pega de surpresa. Sorri para o filho.

— Não é nada, querido — mente. E toma uma decisão repentina. — Só preciso dar uma saída.

— Aonde você vai?

— Tenho que visitar uma amiga que está passando por um momento difícil.

— Ah — diz Raleigh, sem se dar por satisfeito. Ele vai até a geladeira e abre a porta. — Você está se sentindo bem? — pergunta. — A que horas volta?

— Estou bem. Não sei exatamente quando volto — responde Olivia —, mas com certeza antes do jantar.

* * *

Raleigh está no quarto quando o telefone toca. Ele se pergunta quem deve ser. Os pais estão fora. Talvez seja algum amigo, forçado a ligar para o telefone fixo, já que ele continua sem o celular.

Ele desce as escadas e chega à cozinha a tempo de atender.

— Alô — diz ele.

— Oi — diz uma voz de mulher. — Posso falar com Raleigh Sharpe?

— Sou eu — diz ele, desconfiado.

— Estou tendo problemas com o meu computador, e um vizinho disse que você poderia me ajudar. Você conserta computadores, não é?

— É, conserto — responde Raleigh, pensando rápido. Ele não conseguiu muitos clientes no verão passado, mesmo tendo distribuído alguns panfletos; não esperava que ninguém ligasse a essa altura. Mas fica feliz com a possibilidade de ganhar algum dinheiro, e está com tempo livre. — Qual é o problema?

— Bem, eu não sei. Será que você podia vir dar uma olhada?

— Claro. Agora?

— Se você puder, seria ótimo.

— Qual o seu endereço?

— Como é um laptop, pensei que poderíamos nos encontrar em uma cafeteria. Você conhece o Bean?

— Conheço, claro.

Ele normalmente não iria ao Bean nem morto, mas nesse caso pode abrir uma exceção.

— Nos vemos em quinze minutos?

— Combinado — concorda Raleigh.

— Vou estar de casaco vermelho e com o laptop, é claro — avisa Carmine.

Raleigh nem tinha pensado em perguntar como a reconheceria. Mas ela vai estar esperando por ele, e não costuma haver muitos adolescentes nessas cafeterias que sua mãe e as amigas frequentavam.

Agora que marcou o encontro, ele se sente um pouco nervoso. Não está acostumado a vender seus serviços, mas já fez alguns pequenos trabalhos antes. Raleigh nunca sabe quanto cobrar. Mas não deve ser nada muito complicado. Muitas vezes, essas donas de casa só precisam aprender a desligar o computador, esperar dez segundos e ligá-lo novamente.

Raleigh pega o casaco e vai para a cafeteria.

* * *

Webb observa Paul Sharpe, sentado do outro lado da mesa na sala de interrogatório. Ele está completamente imóvel. Não pega o copo de água na mesa; talvez não queira que vejam suas mãos tremendo.

— Obrigado por vir — diz Webb. — Quero deixar claro que o senhor está aqui de maneira voluntária. Pode se levantar e ir embora a qualquer momento.

— Certo.

Webb não perde tempo. Com uma expressão de dúvida no rosto, olha para Sharpe.

— Não estou acreditando muito nessa história, sabe?

— Que história? — pergunta Sharpe, cruzando os braços de maneira defensiva.

— Essa história de que estava na casa da sua tia naquela sexta.

— Bem, acredite ou não, era onde eu estava — afirma Sharpe, obstinado.

— Nós fomos visitá-la — diz Webb. Depois de uma pausa, acrescenta: — Ela não foi capaz de confirmar se o senhor esteve lá naquela noite.

— Isso não me surpreende. Eu disse a vocês que ela está desorientada. Ela tem demência.

— O senhor nos disse que chegou em casa bem tarde. Tarde o bastante para que sua esposa já estivesse dormindo. O senhor costuma passar tanto tempo com a sua tia idosa?

— O que é isso? Agora sou um suspeito? — pergunta Paul.

— Gostaríamos de esclarecer algumas coisas. — Webb reformula a pergunta. — Quanto tempo o senhor costuma passar com a sua tia?

Sharpe respira fundo.

— É relativamente longe, e não vou com muita frequência, então, quando vou, fico algumas horas. Ela sempre me pede que resolva coisas para ela, que conserte isso e aquilo. Costumo levar algum tempo.

— É só que... receio que essa visita o situe na área onde o carro de Amanda foi encontrado — explica Webb —, por volta do horário em que acreditamos que ela foi assassinada. E, como seu celular estava desligado, não temos como saber onde estava.

— Eu já expliquei por que desliguei o celular. Estava com pouca bateria. Não tive nada a ver com o assassinato da Amanda Pierce.

— O senhor foi visto no carro dela, em uma discussão, apenas alguns dias antes de ela desaparecer.

— E o senhor sabe por que eu estava falando com ela — responde Paul. — Eu disse a verdade. Quem estava tendo um caso com Amanda Pierce não era eu.

Ele parece alterado.

— O senhor conhece a região onde o carro dela foi encontrado? — pergunta Webb.

— Acho que sim. — Ele hesita e depois acrescenta: — Temos um chalé ali perto, na beira de um pequeno lago.

Webb levanta as sobrancelhas.

— É mesmo?

— Sim — diz Sharpe.

— Onde, exatamente?

— No número doze da estrada Goucher, em Springhill.

Moen anota o endereço.

— Há quanto tempo o senhor tem esse chalé? — pergunta Webb.

Sharpe balança a cabeça, como se para mostrar ao detetive como considera ridícula essa linha de interrogatório.

— Nós o compramos quando nos casamos, há mais ou menos vinte anos.

— E costumam ir lá com frequência? — pergunta Webb, como quem não quer nada.

— Sim, nos fins de semana, quando o tempo está bom. Ela não está preparada para o inverno.

— E quando foi a última vez que o senhor esteve lá?

— Não faz muito tempo. Estive lá com minha esposa no fim de semana de sete e oito de outubro, para começar a fechar tudo.

— O senhor se incomoda se formos até lá dar uma olhada?

Sharpe parece ficar paralisado.

— O senhor se incomoda se formos até lá dar uma olhada? — repete Webb. E, como o silêncio se prolonga, acrescenta: — Se o senhor preferir, podemos conseguir um mandado.

Sharpe reflete por um momento, olhando imóvel para o detetive.

— Tudo bem, podem ir — concorda ele, por fim. — Não tenho nada a esconder.

Depois que Paul Sharpe deixa a delegacia, ainda mais infeliz do que quando entrou, Webb se vira para Moen; ela ergue as sobrancelhas, encarando o parceiro.

— Provavelmente muita gente tem chalés nessa área — diz ela.

— Sem dúvida — concorda Webb. — Mas quero dar uma olhada neste em particular.

Moen faz que sim com a cabeça.

— Ele não tem um álibi — diz Webb. — Pode muito bem ter combinado de se encontrar com Amanda no chalé. A família não iria para lá naquele fim de semana. Ele tinha uma desculpa pronta para a esposa: a tia havia telefonado, implorando que ele fosse visitá-la. Se isso for verdade, por que ele foi desta vez? Ele não ia sempre. E por que desligou o celular? — Depois, acrescenta: — O chalé parece não ficar muito longe de onde o corpo da Amanda foi encontrado. E ele conhece a região. Saberia onde desovar o carro.

— É verdade — concorda Moen.

Webb fica pensando.

— Enquanto isso — diz ele —, vamos chamar Larry Harris aqui e confrontá-lo com as imagens das câmeras de segurança.

VINTE E CINCO

Olivia segura o volante com força enquanto atravessa a ponte e deixa a cidade. Ela vai visitar Margaret, a tia de Paul. Sabe onde ela mora, e não a vê há muito tempo.

* * *

Raleigh entra no Bean tentando parecer um técnico prestes a encontrar uma cliente. Mas se sente como um adolescente indo encontrar a mãe de alguém. Não está nem um pouco confiante. Tem só dezesseis anos. Ele lembra a si mesmo que provavelmente é capaz de consertar o computador da mulher e sair dali em quinze minutos. Então, poderá contar à mãe o pequeno serviço que fez, e ela ficará feliz por ele ter feito algo útil. Talvez ele possa até tentar recuperar o celular.

Raleigh entra e, na mesma hora, vê uma mulher loira e mais velha com um casaco vermelho acenando para ele. Aff. Constrangedor. Ele se aproxima rapidamente e se senta de frente para ela. Então pega o laptop — é um Dell Inspiron, bastante básico.

— Oi, Raleigh — diz ela. — Prazer em conhecer você.

Ele balança a cabeça sem jeito e responde:

— Oi.

— Sou a Sra. Torres — diz Carmine.

Olhando para a Sra. Torres de perto, ele percebe que ela é mais velha que sua mãe.

— Qual é o problema dele? — pergunta ele, apontando para o laptop.

— Não consigo mais conectar à internet.

Ela faz um gesto em direção à máquina, frustrada.

Ele puxa o laptop mais para perto e percebe rapidamente que está no modo avião. Clica no ícone com o pequeno avião e o computador se conecta à rede da cafeteria automaticamente.

— Ele estava no modo avião — diz, segurando um sorriso.

Meu Deus, pensa Raleigh. *Isso é igual a tirar doce de criança.*

— Ah, nossa, então era só isso? — pergunta a mulher.

— Sim, era só isso — responde Raleigh, sentindo-se ao mesmo tempo aliviado e decepcionado por não haver outros problemas com o laptop. Ele nem espera receber alguma coisa por isso.

— Espere um minuto, Raleigh — diz ela.

Ele nota uma mudança repentina no tom de voz da mulher e fica confuso por um momento. Ela tem uma nota de vinte dólares na mão, mas não a estende a ele. Agora, ela se inclina mais para perto. Ainda sorri, mas está diferente, é um sorriso falso. Ela abaixa a voz e diz:

— Você arrombou a minha casa.

Raleigh sente o rosto ficar quente. Sua boca agora está seca. Não é possível que seja a mulher do bebê. Ela é muito mais velha. Ele não sabe o que fazer. Depois de um bom tempo, se dá conta de que deve negar.

— O quê? — Sua voz é um grasnido seco. Ele pigarreia. — Não arrombei casa nenhuma. Não sei do que a senhora está falando.

Mas ele sabe que não soa convincente. Está com a culpa estampada no rosto. Porque ele é mesmo culpado.

— Arrombou, sim. Entrou escondido na minha casa e invadiu meu computador, e eu não gostei nada disso.

— Por que eu faria isso? Por que a senhora acha que fui eu? Nunca invadi a droga da sua casa — diz, como uma criança apavorada.

Ele *é* uma criança apavorada.

— Não faço ideia. Você é que vai me dizer. O que estava procurando, exatamente?

Ele balança a cabeça.

— Não fui eu. Não faço esse tipo de coisa.

— Você pode negar o quanto quiser, mas está na minha mira, Raleigh.

Ele precisa saber o tamanho do problema em que se meteu.

— Talvez alguém tenha arrombado a casa da senhora. Mas o que faz a senhora pensar que fui eu? — questiona Raleigh, atabalhoado, tentando manter a voz baixa.

— Porque eu sei que foi a sua mãe que enviou aquelas cartas.

— Que cartas?

Ele está pensando rápido.

— As cartas de desculpas que ela escreveu quando descobriu que você andava arrombando a casa dos outros. Eu recebi uma delas, então eu sei que foi você.

Raleigh fica cada vez mais apavorado. Aquela deve ser a senhora que bateu à porta deles e falou com a sua mãe. As digitais dele estão por toda a casa da mulher. E ele acabou de manusear o laptop dela. *Merda.* Com uma repentina e desesperada coragem, ele se inclina sobre a mesa e fala com muita firmeza.

— Eu nunca fui na sua casa. Nunca. E a senhora não pode provar o que está dizendo. Então, é melhor não se meter comigo e me deixar em paz. — Ele não consegue acreditar que acabou de falar daquele jeito com um adulto. Raleigh se levanta. — Estou indo embora.

Ela grita para ele:

— Isso não vai ficar assim!

Ele sente os olhares assustados dos outros clientes da cafeteria enquanto sai batendo os pés, com o rosto ardendo.

* * *

O caminho até a casa de tia Margaret é de cerca de uma hora de carro, um pouco mais quando há trânsito. Mas é domingo à tarde, e o trânsito está tranquilo. Enquanto dirige, Olivia pensa que aquela viagem provavelmente é sem sentido. Margaret não vai se lembrar se Paul a visitou naquela noite. Ela quase dá meia-volta a fim de retornar para casa.

Mas alguma coisa a faz continuar em direção às montanhas Catskill, e logo ela chega a Berwick. Margaret mora em uma casa pequena, não tão arrumada quanto costumava ser, mas ela já não consegue fazer muita coisa. Olivia estaciona no espaço vazio em frente à casa, onde antes ficava o carro — Margaret parou de dirigir já faz alguns anos —, repara na tinta desbotada da casa e bate com firmeza à porta. Ela se pergunta se teria mais alguém ali com a tia de Paul.

Durante um bom tempo, nada acontece. Ela toca a campainha e volta a bater. Imagina uma cena terrível de Margaret deitada no chão com o fêmur quebrado, incapaz de abrir a porta. De repente, sente-se envergonhada por se interessar tão pouco pelo bem-estar da tia do marido, ficando tão absorta com a própria vida. Com que frequência as pessoas vêm ajudá-la? Será que ela ao menos tem um alarme para acionar em caso de emergência?

Por fim, a porta se abre e ela se vê diante de Margaret, que não consegue abrir muito bem os olhos por causa da claridade do dia.

— Olivia — diz ela, com uma voz fraca e vacilante. Seu rosto se abre em um sorriso lento e surpreso. — Eu... não estava... esperando... você... — prossegue, sem fôlego após o esforço para chegar à porta.

Deve ser um dia bom, pensa Olivia. Ela sabe que a demência vai e vem, que há dias em que a cabeça de Margaret está mais lúcida do que em outros.

— Imaginei que a senhora ia gostar de uma visita — diz Olivia, entrando na casa. — Paul queria vir, mas hoje ele não podia.

Margaret cambaleia até a sala e afunda lentamente na cadeira de balanço. A TV está ligada baixinho, com as *closed captions* passando na parte inferior da tela. Alcança com dificuldade o controle remoto e desliga o aparelho. Agora que está aqui, Olivia sente-se tragada pela tristeza. Então é a isso que a vida se resume? A essa solidão, a essa espera... pela hora do jantar, por uma visita, pela morte? Ela se senta no sofá, virada para Margaret. O ar está abafado e Olivia adoraria abrir as janelas, mas imagina que Margaret provavelmente não apreciaria a corrente de ar.

— Posso fazer um chá para a senhora? — pergunta ela.
— Seria... ótimo... — responde Margaret.

Olivia entra na cozinha e procura os utensílios necessários. Não demora muito a encontrá-los. A chaleira está no fogão, os saquinhos de chá, sobre a pia, e ela encontra as canecas no primeiro armário que abre. Há uma caixa de leite na geladeira. Ela cheira o conteúdo, que parece estar bom. Na verdade, a geladeira está relativamente bem abastecida.

Assim que termina, Olivia leva o chá para a sala.
— Quem tem vindo ajudar a senhora? — pergunta.

Ela escuta pacientemente enquanto Margaret lhe conta sobre os cuidadores, dizendo esperar ser aceita em breve num lar de idosos.

— Imagino que a senhora goste de receber visitas — diz Olivia.
— Às vezes algumas pessoas vêm me visitar — conta Margaret.

Ela então menciona alguns amigos que vêm com certa regularidade, quando podem.

— E Paul também vem visitá-la de vez em quando — diz Olivia, sentindo uma pontada de culpa pelo que está fazendo.

— Não muito — diz Margaret sombriamente, deixando entrever seu lado petulante. — Eu ligo para ele, mas ele nunca vem.

— Tenho certeza de que ele vem sempre que pode — atenua Olivia.

— A polícia veio.
— A polícia? — pergunta Olivia, alerta. — O que eles queriam?
— Eu não me lembro. — Ela toma um gole de chá. — Você deveria vir mais vezes — diz Margaret. — Gosto da sua companhia.

— A senhora provavelmente não se lembra da última vez que Paul esteve aqui — diz Olivia.

— Não — responde Margaret. — Minha memória não está muito boa, sabe?

Olivia sente um aperto no coração.

— É por isso que tenho um diário — continua Margaret, lentamente. — Escrevo um pouco todos os dias, para manter a mente afiada. O médico disse que seria bom para mim. — Ela aponta para um diário de couro debaixo do jornal, na mesa de centro. — Escrevo um pouco todos os dias, sobre o clima, quem veio me visitar.

Olivia sente o coração começar a bater tão forte que chega a doer.

— Que ótima ideia. Quando a senhora começou a fazer isso?

— Há um tempo.

— Posso dar uma olhada? — pergunta Olivia.

Ela precisa ver o que foi escrito no dia vinte e nove de setembro. Margaret assente, e Olivia folheia as páginas, esperando encontrar a data. Mas o diário é uma bagunça. A maior parte está em branco, ou com rabiscos trêmulos no meio de algumas páginas, algumas datas aleatórias, mas nada que faça muito sentido. Não há praticamente uma frase coerente em lugar nenhum.

— Você poderia pegar um pouco mais de chá, minha querida Ruby? — pergunta Margaret.

VINTE E SEIS

Webb chega à conclusão de que Larry Harris não parece tão confiante com roupas informais. Quando o viu pela última vez, ele estava de terno, ainda que sem paletó e com a gravata frouxa — um executivo voltando de uma viagem de negócios. Hoje, ele está de calça jeans e usa um suéter velho, e não parece ter o mesmo ar de autoridade. Ou talvez só não se sinta à vontade ao ser interrogado numa delegacia. Isso costuma deixar as pessoas nervosas. Principalmente quando elas têm algo a esconder.

Larry está olhando fixamente para a mesa da sala de interrogatório. Acabou de ouvir seus direitos. Por enquanto, não quis exercer seu direito a um advogado.

— Larry, sabemos que estava tendo um caso com Amanda Pierce.

Ele fecha os olhos.

— Sua esposa lhe contou? Sobre as provas que temos?

Larry faz que sim com a cabeça. Webb espera que ele volte a abrir os olhos, o que por fim acontece. Ele olha para Webb e diz:

— Ficamos juntos por algumas semanas. Às vezes nos encontrávamos naquele hotel. Não sei o que ela dizia ao marido. — Ele fica corado. — Sei que foi errado, que eu não devia ter feito isso. Não estou nada orgulhoso.

— Temos as datas nos vídeos da câmera de segurança — diz Webb. — O senhor começou a se encontrar com ela no hotel Paradise a partir de julho. E esteve com ela na terça-feira anterior ao desaparecimento, no dia vinte e seis de setembro. Ninguém a viu depois da sexta-feira seguinte. Então... o que aconteceu naquela noite no quarto do hotel, Larry? Ela terminou o relacionamento de vocês?

Ele balança a cabeça, decidido.

— Não, foi o mesmo de sempre. Estávamos nos dando bem. — Ele se recosta na cadeira e parece adotar uma postura mais sincera. — Olha, não estávamos apaixonados. Eu não estava pensando em deixar minha esposa por ela nem nada do tipo. Ela não estava me pressionando. Era uma coisa só... física. Para nós dois.

— Mas agora ela está morta — diz Webb.

— Eu não tive nada a ver com isso — afirma Larry bruscamente. — Só porque dormi com ela não significa que a matei.

— Quando foi que a viu pela última vez? — pergunta Webb.

— Naquela noite, no hotel. Ela não estava trabalhando no escritório naquela semana, me disse que estava em uma empresa de contabilidade.

— E quando foi a última vez que falou com ela? — pergunta Webb.

Larry hesita por um momento, como se considerando a possibilidade de mentir.

— Essa foi a última vez que falei com ela — responde.

Webb não acredita nele, mas decide deixar isso de lado, por enquanto.

— Como o senhor se comunicava com Amanda? Ligava para ela em casa? — pergunta Webb, provocando-o de propósito.

— Não, claro que não — diz Larry, mexendo-se, desconfortável, na cadeira dura.

— Então como vocês se comunicavam?

— Por telefone — responde Larry, taciturno.

— Que telefone? — pergunta Webb.

— Eu tinha um telefone só para falar com ela.

— Entendo — diz Webb. — Imagino que um celular pré-pago, sem registro?

Larry faz que sim com a cabeça, relutante.

— E Amanda também tinha um telefone desses?

Larry assente mais uma vez.

— Sim.

Webb olha rapidamente para Moen. Eles não encontraram o telefone dela. Apenas o celular oficial, na bolsa, dentro do carro. Mas nenhum telefone pré-pago. Eles precisam encontrá-lo. Ele volta a se concentrar em Larry.

— O senhor tem alguma ideia de onde esse telefone possa estar?

— Não.

— E onde está o seu?

— Eu não o tenho mais.

— Por que não?

— Depois que Amanda... desapareceu, eu não precisava mais dele. E não queria que minha esposa o encontrasse.

— E como o senhor se livrou dele? — Larry demora tanto para responder que Webb repete a pergunta. — Como se livrou dele?

— Eu não a matei — insiste Larry de repente.

— O que o senhor fez com o telefone?

— Joguei no Hudson — responde ele, nervoso. — Fui caminhar na margem do rio uma noite e o atirei na água.

— E quando foi isso?

— Cerca de uma semana depois que ela desapareceu. Quer dizer... todo mundo achava que ela tinha abandonado o marido.

Webb reprime sua frustração. Jamais encontrará o celular de Larry, ou o de Amanda. Se tivesse de apostar, diria que ela estava com o celular quando foi assassinada, e que o assassino se livrou dele. Assim como fez com a arma do crime. Ele muda de assunto.

— Por que ninguém o viu no resort na sexta à tarde? Depois que o senhor fez o check-in, ninguém o viu até as nove da noite mais ou menos.

Larry respira fundo, olha de Webb para Moen.

— Trabalhei no quarto a tarde toda e acabei dormindo. Perdi a maior parte do evento de abertura.

— E devemos acreditar nisso? — pergunta Webb.

— É verdade! — afirma Larry, quase furioso. — Por que não verificam com o resort? Eu juro que não saí do quarto. Eles devem ter câmeras no estacionamento. Meu carro não saiu de lá em momento algum.

— Onde o senhor estacionou o carro?

Webb sabe que Larry não deixou o carro no estacionamento interno do resort; já mandou checar toda a filmagem.

— No estacionamento externo, à direita do hotel.

— Certo. Já verificamos, e aparentemente não há câmeras ali. Apenas no estacionamento coberto. — Ele acrescenta: — Como tenho certeza de que o senhor sabe.

Larry agora parece assustado.

— Eu não sabia — protesta ele. — Por que saberia disso?

Webb continua, rapidamente:

— O senhor sabia que Amanda estava grávida?

Larry balança a cabeça, franzindo a testa, desconcertado.

— Não, não sabia, de verdade. Sempre usávamos camisinha. Ela insistia nisso. Não queria engravidar. — Depois de um tempo, ele acrescenta, com raiva: — Por que vocês não prendem o marido dela? Se alguém a matou, com certeza foi ele. Ela uma vez me disse que, se ele descobrisse que estava sendo traído, a mataria. — E conclui, parecendo arrependido: — Na época, não acreditei. Mas acho que devia ter acreditado.

Webb estuda Larry com atenção, tentando identificar se ele está mentindo. Embora acredite que Robert Pierce seja capaz de matar uma pessoa, fica se perguntando se Larry não estaria inventando tudo aquilo.

— Robert Pierce é um filho da puta desalmado — diz Larry. — Amanda me falou dele, de como ele a tratava. Ela me disse que um dia o deixaria. Então, quando desapareceu, pensei que tivesse feito isso. Se alguém a matou, com certeza foi o marido.

Webb o encara.

— Há mais uma coisa — diz Larry, por fim. — Robert Pierce... ele sabia sobre nós, sobre mim e a Amanda. E sabia que ela tinha um celular pré-pago.

— E como o senhor sabe disso? — pergunta Webb, atento.

— Porque recebi uma ligação do telefone dela, e era Robert do outro lado. Ele disse: "Oi, Larry, é o marido dela, Robert." Eu desliguei.

— Quando foi isso? — pergunta Webb.

— Foi no dia em que ela desapareceu. Sexta-feira, vinte e nove de setembro. Por volta das dez da manhã.

Webb e Moen se entreolham.

VINTE E SETE

Becky Harris olha fixamente para o quintal dos fundos pelas portas de vidro. Ela queria acompanhar o marido até a delegacia quando os detetives vieram buscá-lo para o interrogatório, mas Larry insistiu que ela ficasse em casa. Dava para ver que estava preocupado.

Estão os dois bastante preocupados.

Quando ela voltou da delegacia e contou a Larry sobre os vídeos das câmeras de segurança do hotel Paradise, ele ficou tão assustado que ela nem se deu ao trabalho de dizer: *Não te falei, idiota?* Em vez disso, ela disse:

— Eles vão interrogar você.

Becky teve de se esforçar para fazer o corpo parar de tremer.

— Preciso saber a verdade, Larry — disse. — Você a matou?

Ele olhou para ela com uma expressão de choque no rosto exausto.

— Como você pode pensar...

— Como eu posso pensar? — explodiu ela para cima dele. — As provas, Larry! Estão se acumulando contra você. Você estava tendo um caso com ela, está gravado! Esteve perto do lago onde o corpo dela foi encontrado, e não tem álibi nenhum. Deus o proteja se eles descobrirem que vocês discutiram um dia antes de ela desaparecer. E, para piorar as coisas, você jogou o celular da ponte na noite de domingo, voltando do resort, *quando ninguém sabia ainda que ela tinha desaparecido*. Não sei o que dizer, Larry, mas é impossível parecer mais culpado que isso!

— Eu não sabia que ela estava morta quando joguei o telefone fora — protestou ele. Em seguida, segurou a esposa pelos braços e disse: — Becky, eu não tive nada a ver com isso. Você precisa acreditar em mim. Sei que a minha situação não parece nada boa, mas não encostei um dedo nela. Deve ter sido o Robert. Ele sabia que estava sendo traído, encontrou o celular dela. Ele me ligou uma vez, e eu atendi. Robert já sabia sobre nós. Ele disse "Oi, Larry" antes mesmo que eu abrisse a boca. Deve ter sido *ele* quem matou a Amanda.

Então Robert de fato sabia.

Ela assentiu lentamente.

— Deve ter sido — concordou ela, forçando-se a respirar fundo.

Ao olhar para o marido, Becky não conseguia acreditar, mesmo diante de todas as provas circunstanciais, que ele seria realmente capaz de matar alguém. De golpear uma mulher até a morte.

— Quando você for falar com a polícia, tem que contar tudo isso a eles — disse ela, por fim. — Mas diga que se livrou do telefone em algum ponto da costa, caso haja câmeras na ponte. Eles podem checar as câmeras e ver quando você fez isso. Diga a eles que foi poucos dias depois que ela desapareceu, não no mesmo fim de semana.

Ele fez que sim com a cabeça, nitidamente apavorado, confiando na mulher para ajudá-lo. Ela agora estava pensando com mais clareza do que ele.

— E, o que quer que aconteça — acrescentou Becky —, não diga a eles que teve uma discussão com Amanda um dia antes de ela desaparecer e que ela terminou com você.

Então os detetives vieram buscá-lo para interrogatório, e ela foi tomada por um frenesi de medo e incerteza.

Ela não acha que Larry seja capaz de planejar um assassinato a sangue-frio. Se fosse, não estaria agora nessa situação. Mas num momento de raiva descontrolada? Será que ele podia ter ferido Amanda num acesso de raiva, sem ter a intenção de matá-la?

Ela receia que isso possa ter acontecido e Larry esteja mentindo para ela, ainda paralisado de medo pela própria vida.

Becky se lembra com inquietação de um incidente ocorrido anos antes. Um rapaz andava atrás da filha deles, Kristie, que não queria sair com o garoto. Ele continuou a importuná-la na escola, então cometeu o erro de vir até aqui, para insultá-la aos gritos. Larry saiu pela porta como um raio e imprensou o garoto contra a parede tão rápido que Becky ficou assustada. Ela ainda se lembra do medo e do susto do rapaz. E da expressão no rosto de Larry, a mão esquerda segurando o moleque pela gola da camisa e a direita recuada, pronta para dar um soco nele. Kristie, atrás dela, dentro de casa, apenas chorava. Mas alguma coisa o deteve. Larry largou o garoto e disse para ele deixar sua filha em paz. Becky teve medo de que o menino prestasse queixa, mas nunca mais tiveram notícias dele. Agora, ela afasta essa memória e retorna ao presente.

Robert, por outro lado, *é* do tipo sangue-frio. Ela agora acha que ele seria perfeitamente capaz de planejar um assassinato e executá-lo. É inteligente e calculista o suficiente — e, se fez mesmo isso, ela tem certeza de que tomou todos os cuidados para jamais ser pego.

Becky precisa saber quem matou Amanda: Robert ou o próprio marido?

Num impulso, ela sai de casa, atravessa o gramado e bate à porta de Robert. Enquanto espera, olha nervosamente para trás, perguntando-se se algum dos vizinhos está observando. Ela sabe que ele está lá, porque o viu na janela mais cedo, e o carro dele está estacionado na frente da casa.

Becky está prestes a desistir e dar meia-volta quando, por fim, a porta se abre. Robert fica olhando para ela. Sua boca não mostra o habitual sorriso encantador. Isso agora é coisa do passado.

— Posso entrar? — pergunta ela.
— Para quê?
— Preciso falar com você.

Robert parece pensar por um momento — *o que ganharia com isso?* —, mas acaba vencido pela curiosidade. Dá um passo atrás e abre a porta. É só quando ele a fecha que Becky percebe que talvez tenha sido burra. Ela sente um pouco de medo. Não de que ele vá machucá-la — ele não ousaria fazer isso, dadas as circunstâncias. Mas o que ela espera descobrir? Como se ele fosse lhe contar a verdade. De repente, ela se vê travada; não sabe como começar.

— Sobre o que você quer conversar? — pergunta ele, cruzando os braços e olhando para ela.

Ele é muito mais alto que Becky. Eles ainda estão de pé no hall de entrada.

— Larry está na delegacia — conta ela. — Aparentemente, eles acham que ele pode ter matado a Amanda.

Becky tenta dizer isso de uma vez, mas há um tremor em sua voz.

— Porque ele estava tendo um caso com ela — conclui Robert com naturalidade.

Ela olha para Robert e assente lentamente.

— Foi por isso que você dormiu comigo, não foi? Você sabia o tempo todo que Larry estava dormindo com Amanda, então dormiu comigo.

— Foi — confirma Robert, e sorri.

Ele parece estar se divertindo. Como ela pôde ter se deixado seduzir por aquele homem? Não há mais nenhum sinal do rapaz caloroso e pueril que a tinha encantado. Mas isso agora não importa. Ela já superou isso.

Ele não parece se importar que ela saiba. Se matou mesmo a esposa, agora deve estar bastante seguro de que não vai ser pego.

— Larry vai contar à polícia que você sabia deles — diz ela.
— Ele me contou sobre o segundo telefone, pré-pago, e que você ligou para ele.

— Não estou preocupado — diz Robert. — Ele não tem provas. É a palavra dele e a sua contra a minha.

Becky olha para ele; Robert agora parece se agigantar sobre ela. Poderia quebrar seu pescoço com as mãos, se quisesse.

— Larry não a matou — afirma ela.

— Você não tem como ter certeza disso — retruca ele. — Na verdade, acho que você está com medo de que ele *de fato* a tenha matado.

— Eu acho que foi *você* — sussurra ela, provocativa.

— Você pode pensar e dizer à polícia o que quiser — afirma Robert —, mas eles sabem que você diria qualquer coisa para proteger seu marido.

— Você tem um álibi? — pergunta ela, desesperada.

— Na verdade, não — admite ele.

— Foi *você* quem a matou — insiste Becky, descontrolada, como se a repetição fizesse com que isso fosse verdade.

Robert então se inclina para ela, até que os respectivos rostos ficam a poucos centímetros de distância.

— Bem, provavelmente foi *um* de nós — diz com frieza —, e você não sabe quem. Acho que você tem um problema aí, não é mesmo?

Becky olha para Robert, horrorizada, e em seguida passa por ele, escancara a porta e foge de volta para casa.

VINTE E OITO

Ao voltar para casa depois da visita a Margaret, Olivia se sente exausta. A casa está silenciosa.

— Por onde você andou? — pergunta Paul.

Ele está sentado na sala, com uma bebida na mão. Ela olha para o marido cautelosamente, ignorando a pergunta.

— Onde está Raleigh?

— No quarto dele.

— O que a polícia queria, Paul? — pergunta Olivia, apreensiva.

Ela se senta ao lado do marido enquanto ele conta o que aconteceu na delegacia.

— Por que eles querem ver o chalé? — pergunta ela, incrédula.

— Não sei.

— Bem, eles devem ter dito alguma coisa, devem ter explicado o motivo.

Olivia sente a ansiedade crescer.

Quando Paul responde, parece irritado.

— Como eu falei, eles me perguntaram se eu conhecia a região onde o corpo da Amanda foi encontrado, e eu tive que contar sobre o chalé. Seria pior se eu não falasse nada e eles descobrissem depois. — Ele olha confiante para a esposa. — Não tenho nada a esconder, Olivia.

Ele não demonstra estar nada paranoico. Parece considerar toda essa situação um grande inconveniente, uma grande intromissão na vida deles, nada mais.

— Não, claro que não — concorda ela.

— Eles disseram que, se eu não consentisse, arranjariam um mandado. — Paul cruza os braços e prossegue: — Na verdade, foi uma ameaça. Eu devia ter dito que não, por uma questão de princípios. E eles que arranjassem a porra do mandado.

— Não temos nada a esconder, Paul — diz Olivia, inquieta. — É melhor não dificultar as coisas. Eles não vão encontrar nada, e aí vão nos deixar em paz.

Ele encara a esposa.

— Você sabe como eu me sinto numa situação como essa. É um ultraje, isso sim.

Ela se joga no sofá, exausta. Não tem mais energia. E não quer que Paul crie problemas.

— Mas você concordou, não foi? — pergunta ela.

Se ele criar caso por causa disso, então ela talvez tenha motivos para se preocupar — para pensar que ele está escondendo alguma coisa. E a polícia vai acabar conseguindo o mandado de qualquer maneira.

— Concordei — responde Paul, por fim. — Não há nada lá. Não estamos escondendo nada. Mas isso é ridículo, e um desperdício de recursos. Não acho correto a polícia pedir para revistar a sua casa dizendo que, se você não concordar, vai conseguir um mandado e pronto; isso se chama intimidação. É uma invasão de privacidade.

— Sei muito bem como você aprecia a sua privacidade — diz Olivia, com um tom ligeiramente sarcástico.

Paul se vira para ela.

— O que você quer dizer com isso?

— Quero dizer apenas que não vejo motivo para você criar caso com isso! Eu só quero que isso acabe logo, Paul.

— Não estou criando caso — rebate Paul, lacônico. — Eles vão me encontrar lá amanhã de manhã. Vou tirar o dia de folga.

Olivia sente o corpo afundar no sofá. Só quer acabar logo com isso. E não vai contar a Paul sobre sua visita à tia Margaret.

* * *

Raleigh ouve vozes exaltadas no andar de baixo; parece que os pais estão discutindo, mas as vozes logo se acalmam. Ele não conseguiu entender o que estavam dizendo. Eles não têm o hábito de discutir, mas ultimamente o clima na casa tem estado tenso. Ele sabe que tem uma parcela de culpa nisso. Sabe que, em parte, os pais estão brigando por causa do que ele fez. Raleigh não ousa contar a eles o que aconteceu hoje à tarde na cafeteria — que aquela mulher horrível o encontrou, o enganou e o acusou. Depois daquilo, ele levou séculos até parar de tremer.

Se contasse isso aos pais, sua mãe provavelmente teria um colapso. Mas e se aquela mulher aparecer na casa deles de novo e confrontar sua mãe mais uma vez e ainda contar a ela que o encontrou no café? E se resolver ir à polícia? Ele se sente encurralado, sem saber o que fazer. As únicas pessoas com quem se sentiria à vontade para pedir ajuda ou conselhos são os pais, mas Raleigh não pode contar com eles agora. Não com tudo o que está acontecendo.

E todos continuam fingindo que está tudo bem.

* * *

Becky entra correndo em casa e tranca a porta. Agora que está longe de Robert, começa a tremer. Só um psicopata brincaria com ela do jeito que ele acabou de fazer. *Provavelmente foi um de nós, e você não sabe quem. Acho que você tem um problema aí, não é mesmo?*

Que tipo de pessoa diria uma coisa dessas? Quando foi a própria esposa que morreu? Ele é doente.

Com uma sensação terrível, Becky se dá conta de que Robert *quer* que Larry seja acusado pelo assassinato de Amanda. Afinal, era Larry quem estava dormindo com ela. Talvez, de alguma maneira, ele tenha armado tudo aquilo. Ele não sente falta nenhuma da esposa. No início, até simulou bem o luto, mas agora nem se dá ao trabalho de fingir. Deixou a máscara cair para que ela o visse como ele realmente é. Becky anda de um lado para o outro pela sala, ansiosa, cutucando sem parar as cutículas.

Ela ouve o barulho da chave na fechadura. Larry entra e olha para ela.

— Por que você trancou a porta? — pergunta ele, com a expressão exaurida.

Larry parece destroçado. Becky não responde. Em vez disso, ela pergunta, antes mesmo que ele tire o casaco.

— E então, como foi?

— Eu disse a eles o que você falou para eu dizer.

— E eles acreditaram?

— Acho que sim.

— Você *acha*?

Becky não consegue esconder o tom ligeiramente histérico na voz.

— Meu Deus, eu não sei! — responde ele, quase gritando. — Eu não sei o que eles pensam! — Ele volta a baixar a voz. — Mas há outro problema, Becky.

— Qual?

Como isso ainda pode piorar?

— Quando estive no resort, estacionei o carro do lado de fora, e não no estacionamento coberto — conta ele, hesitante. — Ao que parece, não há câmeras no estacionamento externo, então não posso provar que não saí de lá.

Ela o encara por um longo tempo.

— Mas eles também não podem provar o contrário — continua Larry.

— Talvez esteja na hora de arranjarmos um advogado para você — sugere Becky, num tom monótono.

— Como assim? — retruca ele. — Você não acredita em mim?

— Acredito — responde ela de forma automática, mesmo não tendo certeza se acredita ou não.

Ele entra na sala e vai em direção ao bar.

— Preciso de uma bebida.

Becky observa o marido servir uma dose de uísque e muda de assunto.

— Fui falar com Robert Pierce enquanto você estava fora — diz, sua voz um sussurro rouco.

Ele se vira para a esposa, a garrafa na mão.

— O quê? Por que diabos você fez isso? Ele provavelmente matou a esposa!

Ela encara o vazio. Agora que já passou, mal consegue acreditar no que fez. Devia estar louca.

— Eu disse para ele que a polícia acha que você pode ter matado a Amanda.

— Meu Deus, Becky! Isso é loucura! Por que você disse isso?

Ela agora se concentra em Larry; ele parece ter ficado ligeiramente mais pálido.

— Eu queria ver o que ele ia dizer.

— E então?

— Ele falou que provavelmente o assassino é ele ou você.

Larry parece horrorizado.

— Becky... esse cara é perigoso. Quero que você me prometa que não vai chegar perto dele de novo. *Prometa*.

Ela faz que sim com a cabeça. Não quer nunca mais chegar perto de Robert Pierce.

* * *

O detetive Webb passa de carro pela ponte Aylesford, sobre o rio Hudson, e vira ao norte na estrada principal. Moen está a seu lado, no banco do carona. É segunda-feira de manhã, e faz exatamente uma semana que eles encontraram o carro de Amanda Pierce abandonado, o corpo violentamente golpeado dentro do porta-malas.

É um dia frio e seco, mas o sol está nascendo e a viagem é agradável. Inicialmente, o rio está à direita, mas logo eles seguem para oeste, adentrando as montanhas Catskill, na direção da cidadezinha de Springhill. A natureza selvagem se estende ao redor enquanto a estrada dá voltas e serpenteia através das montanhas. Em determinado momento, eles saem da rodovia e pegam uma série de estradas menores e sinuosas. No trajeto até o chalé dos Sharpe, passam pelo local onde o corpo de Amanda foi encontrado. Paul Sharpe deve conhecer essa região muito bem.

Por fim, eles entram em uma trilha de cascalho e param diante de um clássico chalé de madeira, um tanto desgastado, aninhado entre as árvores.

Webb vê um carro estacionado em frente ao chalé. Paul Sharpe chegou antes deles. Nenhuma surpresa.

Eles saem do carro. O ar ali é mais fresco e tem cheiro de terra, folhas molhadas e agulhas de pinheiro. A brisa farfalha por entre as folhas que ainda não caíram das árvores. É possível ver um pequeno lago mais abaixo e um píer projetando-se na água.

A porta do chalé se abre e Paul Sharpe aparece, com uma expressão desconfiada. Sua esposa, Olivia, está logo atrás dele.

* * *

Olivia decidiu vir junto porque não conseguia suportar a ideia de ficar em casa, preocupada com o que estaria acontecendo.

Ela passou a noite anterior se revirando na cama, sem conseguir dormir, pensando no chalé. Já não era mais a mesma coisa, agora que Raleigh tinha dezesseis anos. Ele ainda gostava de lá e adorava o lago, mas não ficava mais tão alegre e animado com a perspectiva de ir para o chalé como quando era pequeno. Agora, quando chegava o domingo à tarde, ele demonstrava sentir falta dos amigos e da internet, então eles costumavam voltar mais cedo do que quando o filho era pequeno, quando ela e Paul praticamente tinham de arrastá-lo até o carro para voltar para casa.

Olivia não notou nada de diferente no chalé em relação a dois fins de semana atrás, quando vieram para fechar tudo para o inverno. Teve um feriado no fim de semana depois do desaparecimento de Amanda, antes de eles receberem os Newell para jantar, quando Olivia descobriu que Raleigh andava arrombando casas. Tudo no chalé permanecia exatamente como da última vez que estiveram ali. Ela não entende o que diabos os detetives estão procurando.

Ela sempre adorou aquele pequeno chalé na floresta. Não é nada sofisticado — tem um cômodo grande que é em parte cozinha, em parte sala de estar, com vista para o lago nos fundos, e dois quartos e um banheiro pequeno na outra extremidade. Só isso. O piso é de linóleo, as paredes são revestidas de madeira, os sofás e as cadeiras não combinam, mas são confortáveis, e os eletrodomésticos são velhos, mas isso faz parte do charme do lugar. Ela espera que a visita dos detetives não estrague tudo. Eles não contaram a Raleigh que iam ao chalé naquele dia. Ele já tinha saído para a escola, para o treino de basquete. Toda essa história vai acabar em breve, e Raleigh jamais precisará saber que a polícia esteve ali.

Olivia sai do chalé atrás do marido e fica surpresa ao ver apenas Webb e Moen; esperava toda uma equipe. Isso a faz relaxar um pouco.

— Bom dia — diz ela. Olivia sabe que Paul será ríspido com eles; ele é assim. Ela deve tentar suavizar as coisas. — Aceitam um café?

— Seria ótimo, obrigado — responde Webb, dando um breve sorriso.

— Sim, seria ótimo mesmo — concorda Moen, calorosamente. — Que lindo chalé vocês têm.

Depois que todos entram, Olivia começa a se ocupar da velha e útil cafeteira e pega quatro xícaras azuis esmaltadas. Essas xícaras velhas e lascadas a confortam e a fazem se lembrar de tempos mais tranquilos e felizes. Café da manhã no deque, com a névoa saindo da água; chocolate quente para Raleigh quando ele era pequeno, embrulhado em um cobertor xadrez vermelho e preto para se proteger do frio. Ela olha para trás e vê os detetives pegando luvas azuis de látex, e na mesma hora todos os seus sentimentos felizes desaparecem.

VINTE E NOVE

Olivia leva o café para os detetives; eles o aceitam de bom grado. Ao ver aquelas luvas de látex envolvendo as xícaras, ela se sente desconfortável. Os detetives começam a trabalhar. Olivia e Paul estão sentados em silêncio à mesa da cozinha, tentando fingir que nada de mais está acontecendo, que não estão acompanhando cada movimento dos policiais.

Quando Webb e Moen deixam o cômodo principal do chalé e vão para os quartos, Paul se levanta e os acompanha, levando o café consigo. Olivia também se levanta. Os detetives abrem gavetas, olham embaixo dos colchões. Colocam tudo de volta do jeito que estava antes. Olivia não tem ideia do que eles esperam encontrar. Os policiais retornam à cozinha e a examinam metodicamente, em silêncio. Quanto mais tempo se passa, mais ansiosa Olivia fica. Ela observa enquanto Webb analisa as cortinas azul-marinho. Silenciosamente, o detetive acena para Moen se aproximar. Juntos, examinam as cortinas, de ambos os lados, com a ajuda de uma lanterna. O rosto de Webb parece ficar sombrio.

Por fim, Webb se vira para o marido de Olivia e pergunta:

— O senhor tem ferramentas aqui?

— Ferramentas? — repete Paul.

Olivia se pergunta se eles querem desmontar alguma coisa. Ela não vai permitir isso, e tem certeza de que Paul também não. Se eles quiserem começar a destruir as tábuas do piso, terão de arranjar um mandado.

Paul deve estar pensando o mesmo, porque pergunta:

— Para quê?

— Onde ficam guardadas? — indaga Webb, evitando a pergunta de Paul.

Sem responder, Paul os leva até um pequeno barracão do lado de fora, não muito longe do chalé. Há ali bastante lenha, cadeiras de plástico, um cortador de grama e outras quinquilharias amontoadas. Quando Paul abre a porta do barracão, Olivia olha ao redor e aponta para um canto. Webb pega a lanterna e a acende, iluminando o local. Há uma machadinha encostada na parede. A luz pousa em uma velha caixa de ferramentas vermelha, de metal. O detetive se agacha e a abre. Com o dedo indicador, tateia dentro da caixa, as luvas azuis extremamente limpas em contraste com o interior empoeirado. Olivia se pergunta o que diabos ele está procurando. Consegue perceber a tensão nos ombros de Paul.

— O senhor tem um martelo? — pergunta Webb.

— Tenho — responde Paul. — Deve estar aí dentro.

Ele se curva para examinar o interior da caixa.

— Parece que não está mais aqui — diz Webb, e volta sua atenção para Paul. — Quando foi a última vez que o viu?

— Não faço ideia — diz Paul. — Não me lembro.

Os dois homens se entreolham por um bom tempo.

Olivia sente um frio na barriga. Vinha dizendo a si mesma que os policiais estavam perdendo tempo, que não encontrariam nada e os deixariam em paz. Mas aqui está ela mais uma vez, a dúvida que insiste em permanecer em sua mente: *Será que os detetives sabem de alguma coisa que ela não sabe?*

Webb olha para a parceira e diz:

— Vamos precisar chamar os peritos.

— O senhor vai precisar de um mandado para isso — diz Paul, tomado pela raiva.

Olivia olha para o marido, o coração acelerado.

— Faço isso com um telefonema — informa Webb. — E trago uma equipe forense para cá em poucas horas.

* * *

Webb observa Paul Sharpe em pé junto ao barracão, com as mãos ao lado do corpo, sob a luz do sol que se infiltra por entre as árvores.

— O que está acontecendo? — pergunta Olivia de repente, o rosto pálido. — Paul não teve nada a ver com o assassinato da Amanda Pierce! Por que vocês não estão atrás do marido *dela*? Provavelmente foi ele quem a matou!

— Olivia, você não está ajudando — diz Paul. — Eles obviamente já tomaram uma decisão. Vamos deixá-los procurar. Não há nada a ser encontrado.

Enquanto esperam a chegada dos peritos, Webb e Moen exploram a área em torno do chalé. Os Sharpe permanecem em silêncio e apenas observam. Por fim, todos se viram quando chegam duas viaturas da polícia e uma van branca com a equipe forense.

Webb sabe que, se tiver ocorrido um crime no chalé, o local já foi comprometido. Mas, de qualquer maneira, precisam examiná-lo. Ele aponta para os técnicos as manchas suspeitas nas cortinas da cozinha — as que parecem ser de sangue. E, se aquilo realmente for sangue, eles vão conseguir obter o DNA. Webb e Moen observam silenciosamente enquanto os técnicos fecham todas as persianas e cortinas para escurecer o cômodo. Um técnico começa a borrifar luminol na cozinha. O chão se ilumina perto da janela dos fundos e aparece um caminho dali até a pia, do lado oposto do cômodo.

O técnico lança um olhar expressivo aos detetives.

— O que é isso? — pergunta Paul.

— As áreas iluminadas indicam a presença de sangue — explica Webb —, mesmo que ele tenha sido limpo e seja invisível a olho nu.

Ele olha então para o casal, parado no canto da cozinha. Webb não sabe dizer quem está com a cara pior. Olivia Sharpe parece prestes a desmaiar. Paul Sharpe está completamente imóvel, olhando para o chão, o rosto tomado pela incompreensão e pelo espanto.

O técnico então borrifa luminol na área ao redor da pia e ela também se ilumina. Mas, à medida que eles avançam, começa a ficar claro que a zona em que mais havia sangue era no chão nos fundos da cozinha, bem em frente às janelas que dão para o lago. Há evidências de respingos nas paredes e até no teto. A luminescência desaparece após alguns instantes, mas todos a viram.

Com a ajuda do produto químico, ficou evidente que Amanda Pierce — ou alguém — foi agredida na cozinha, perto das janelas, e que alguma coisa — provavelmente uma arma — foi carregada de onde o ataque ocorreu até a pia. A evidência de respingos nas paredes e no teto indica que ela foi atingida violenta e repetidamente com algo duro. O martelo desaparecido.

Webb dá um passo à frente e diz a Paul Sharpe:

— Você está preso pelo assassinato de Amanda Pierce. Tem o direito de permanecer em silêncio. Tudo o que disser poderá ser usado contra você em um tribunal. Tem direito a um advogado e de ter um advogado presente durante qualquer interrogatório. Se não puder pagar um, ele será providenciado pelo governo. Compreende seus direitos?

Olivia Sharpe desaba no chão antes que qualquer pessoa consiga correr para ajudá-la.

TRINTA

Olivia se sente tão desorientada que não consegue raciocinar. A verdade é que mal se lembra do caminho de volta para a cidade. O marido, algemado, foi levado para a delegacia no carro da polícia. Completamente entorpecida, ela o seguiu no banco detrás do carro dos detetives, com Webb na direção, enquanto Moen levava o carro dos Sharpe, e a equipe forense ficava para trás a fim de concluir a perícia no chalé.

Ela agora está sentada na delegacia, esperando que alguém saia e lhe diga o que está acontecendo e o que vai acontecer em seguida. Ela não conseguiu olhar o marido nos olhos quando ele foi preso. Continua vendo as áreas iluminadas pelo sangue no chalé e, ao pensar nisso, precisa se controlar para não vomitar. Aquelas manchas de sangue estavam lá, mas invisíveis, desde que Amanda foi assassinada. Olivia havia pisado ali apenas algumas semanas antes, na última vez em que estivera no chalé, enquanto contemplava o lago pela manhã com uma xícara de café na mão, pensando em como a vida era boa. O último fim de semana normal. O fim de semana anterior à descoberta de que Raleigh andava arrombando casas. O fim de semana anterior à descoberta do corpo de Amanda. Mas a vida não estava nada boa. Todas aquelas coisas já haviam acontecido, ela é que não sabia. Parece que foi há séculos. Olivia fica chocada com a própria ignorância. Não fazia ideia de que um assassinato havia acontecido no chão em que pisava. Ela não consegue apagar a imagem da cabeça, não consegue parar de vê-la: o piso da cozinha iluminado, os vestígios dos respingos de sangue que iam da parede até o teto. Ela pensa no martelo desaparecido — pesado e familiar, com o velho cabo de madeira com camadas de tinta branca. Amanda sabia que ia morrer? Ela deve ter gritado. Lá fora, ninguém a teria ouvido. Olivia imagina o martelo descendo com força sobre a mulher cujo rosto ela conhecia apenas de encontros esporádicos e pela fotografia que circula constantemente na internet. Ao fechar os olhos, Olivia vê a trilha que vai do local onde Amanda foi assassinada até a pia da cozinha. A pia na qual ela lavou louça dois fins de semana antes, enquanto Paul secava os pratos ao lado dela e jogava conversa fora, sabendo o tempo todo o que acontecera ali no fim de semana anterior, o que ele havia feito. E achando que tinha limpado tudo.

Ela se lembra do rosto do marido, branco como papel, quando o levaram preso. Ele lhe disse:

— Eu não fiz isso, Olivia! Você tem que acreditar em mim!

Ela quer muito acreditar. Mas como?

E o que vai dizer a Raleigh?

De repente, ela precisa ir ao banheiro, mas não dá tempo — ela vomita no próprio colo, na cadeira, no chão.

* * *

O detetive Webb se detém diante da porta da sala de interrogatório. Moen já está lá dentro, com Paul Sharpe. Webb está cansado e leva um instante para se preparar mentalmente. Em seguida, abre a porta.

Sharpe está afundado na cadeira, com as mãos algemadas sobre a mesa. Está com a cara péssima. Seus olhos estão marejados, como se ele estivesse tentando segurar as lágrimas.

O que Sharpe esperava?, pensa Webb. Por que eles sempre acham que podem se safar? O detetive se lembra de Paul Sharpe no início. Paul havia negado conhecer Amanda Pierce. Mais tarde, admitiu ter estado no carro com ela, mas só depois de saber que tinha sido visto. A história a respeito de Larry Harris soava verdadeira porque era mesmo verdade; eles confirmaram logo em seguida que Larry estava *de fato* tendo um caso com Amanda. Mas por que Paul Sharpe a advertira a se afastar de Larry, como havia alegado? Talvez não porque estivesse tentando proteger um amigo, mas por ciúmes. Talvez ele próprio estivesse envolvido com Amanda. Ele discutira com ela naquela noite, cerca de uma semana antes do desaparecimento. O que aconteceu naquela sexta? Não conseguiram confirmar que Paul visitara a tia. Ele pode ter ido ao chalé. Pode ter se encontrado com Amanda lá e a assassinado, usando o martelo que estava desaparecido, e jogado a arma do crime no lago. Pode ter levado o carro dela para aquele outro lago, próximo dali, o afundado e voltado a pé até o próprio carro, no chalé. A caminhada levaria pouco mais de uma hora. Tudo isso é perfeitamente possível. Não se sabe a que horas ele voltou para casa naquela noite.

Webb senta-se diante de Paul Sharpe e olha para ele por um momento.

— O senhor está bem ferrado — diz.

Paul levanta o olhar e sua expressão é de puro medo.

— Quero um advogado — diz Paul. — Não vou falar com vocês sem a presença de um advogado.

— Tudo bem — concorda Webb, voltando a se levantar.

Ele não esperava outra coisa.

* * *

Glenda ouve o bipe, olha para baixo e vê a mensagem no celular. *Estou na delegacia. Por favor, venha.* É de Olivia.

O que Olivia está fazendo na delegacia? Glenda não diz a Adam — que acabou de chegar da escola — aonde está indo, apenas que vai se encontrar com Olivia.

Ela estaciona o carro e sobe correndo os degraus da entrada da delegacia. Pergunta por Olivia e lhe indicam uma pequena área de espera. É então acometida pelo cheiro de vômito e vê imediatamente que Olivia passou mal e que alguém tentou limpá-la.

— Meu Deus, Olivia, o que aconteceu?

Aos prantos, Olivia começa a lhe contar tudo, e Glenda consegue entender o principal, sentindo o corpo ficar cada vez mais gelado à medida que vai juntando as peças do relato da amiga, feito aos soluços. As notícias são as piores possíveis. Ela está atordoada. Paul, preso pelo assassinato de Amanda Pierce. Evidências de sangue encontradas no chalé. Olivia está com o rosto enterrado no ombro de Glenda, que, por sua vez, sente-se grata por nesse momento, pelo menos, Olivia não poder ver sua expressão horrorizada. Glenda precisa se recompor; a amiga precisa dela.

Por fim, ela afasta Olivia delicadamente e olha para a amiga.

— Olivia, estou aqui com você, para o que precisar — diz Glenda. A amiga olha para Glenda como se ela fosse a única coisa capaz de impedi-la de desmoronar. — Está bem?

Olivia assente em silêncio.

— Você precisa contratar um advogado para o Paul. O melhor que conseguirmos encontrar.

Olivia assente mais uma vez, quase distraidamente, e sussurra:

— O que vou dizer ao Raleigh?

Não sei, pensa Glenda. Não será possível esconder isso dele.

— Nós vamos dar um jeito — diz ela. — Vamos contar a ele juntas. Vamos lá, vamos para casa.

— Espere um pouco — pede Olivia.

— O que foi?

Olivia olha para a amiga em desespero e sussurra:
— Eu digo ao Raleigh que o pai dele é inocente?
Glenda não sabe como responder. Por fim, pergunta:
— O que foi que o Paul disse?
Olivia desvia o olhar.
— Falou que não foi ele.
— Então é isso que você vai dizer ao Raleigh — sugere Glenda.

Ela conduz Olivia até seu carro e a leva para casa. O carro de Paul pode passar a noite na delegacia — ela voltará para buscá-lo pela manhã. Quando chegam, Glenda olha para a casa que lhe é tão familiar e sente um aperto no coração. Ela teme o que está por vir. Mas vai se manter ao lado de Olivia, não importa o que aconteça. Por pior que as coisas fiquem. É para isso que servem os amigos.

* * *

Raleigh deve estar se perguntando onde ela esteve o dia todo, Olivia pensa, sem forças. Ela deu um jeito de enviar ao filho uma mensagem da delegacia, dizendo que logo estaria em casa. Olivia não sabe como reunir coragem para contar a ele. Como se diz a um filho que o pai foi preso por assassinato?

Olivia quer acreditar que tudo não passa de um terrível engano. A polícia comete erros o tempo todo. Mas então ela se lembra das manchas de sangue. Não consegue esquecê-las.

Ao abrir a porta, Olivia ouve os passos de Raleigh descendo as escadas correndo para encontrá-la. Ele de repente parece decepcionado ao ver a mãe com Glenda; pois percebe que há alguma coisa errada.

— Onde você esteve esse tempo todo, mãe? — pergunta ele.

Olivia deseja protegê-lo. Mas não é possível protegê-lo disso. Todos vão ficar sabendo. Ela não pode esconder o fato do filho. A vida de Raleigh será destruída nos próximos minutos. Você se esforça tanto para fazer as coisas direito, e depois...

De repente, Olivia se sente tão cansada que mal consegue ficar de pé.

— Vamos nos sentar — sugere Glenda, levando Olivia até a sala, conduzindo-a pelo cotovelo até que ela desaba no sofá.

— O que aconteceu? — pergunta Raleigh, com a voz fraca. — Cadê o papai?

— Seu pai está na delegacia — responde Olivia por fim, tentando não desmoronar.

Ele apenas olha para ela, com um ar de quem não entendeu nada. Mas então parece compreender; Olivia consegue ver o terror surgindo no rosto do filho.

— Ele foi preso — continua ela.

— O quê? — pergunta Raleigh. — Pelo quê?

— Pelo assassinato da Amanda Pierce — diz Olivia, com a voz embargada.

Todos ficam em silêncio, atordoados.

— Isso é loucura! — protesta Raleigh depois de um tempo. — Por quê? Por que eles o prenderam?

Isso é muito difícil. Ela precisa contar a ele.

— Eles revistaram o nosso chalé hoje. E encontraram... provas.

— Que provas? — Raleigh exige saber, o rosto cheio de preocupação. — Papai não a matou! Ele nem a conhecia direito, né? Só viu uma coisa e tentou proteger alguém, só isso. Foi o que ele disse.

É doloroso olhar para o filho sofrendo com essa situação. O que Olivia tem de lhe dizer agora é terrível.

— Eles encontraram manchas de sangue no chalé. Agora vão fazer alguns testes e ver se é de Amanda Pierce — explica ela, com a voz falhando.

— Como eles podem prender o papai se nem sabem se o sangue é dela? — pergunta Raleigh, desesperado. — Eles precisam de mais do que isso.

— Nosso martelo desapareceu. — Fazem então outro longo silêncio, e, por fim, Olivia diz: — Seu pai disse a eles que não fez nada.

— Claro que não!

Há lágrimas nos olhos de Raleigh.

Olivia acrescenta, com o corpo fraco:

— A polícia precisa colher nossas digitais amanhã. As de Keith e Adam também, porque estivemos todos no chalé. Eles querem saber se há outras digitais lá que não conseguem identificar.

* * *

Olivia está deitada na cama, o corpo rígido, os olhos arregalados e o olhar vazio para o teto, pensando no marido em uma cela. Glenda está dormindo no cômodo ao lado, para dar o apoio que for necessário. Ela fez Olivia tomar um banho, jogou suas roupas sujas e fedorentas na máquina de lavar e preparou para eles uma sopa com torradas, que permaneceu praticamente intocada.

Olivia olha para o relógio digital na mesa de cabeceira. São três e trinta e um da madrugada. Sua mente fica dando voltas, num ciclo interminável de horror e incredulidade. Paul ligou do trabalho naquele dia dizendo que ia ver a tia. Será que estava mentindo? Ela não deu muita importância na época, e viu um filme sozinha — um que ele com certeza não gostaria de ver. Paul chegou sem fazer barulho tarde da noite, quando Olivia já estava dormindo — ela não faz ideia de a que horas o marido voltou para casa. É isso o que a confiança faz. Você não percebe essas coisas, não as questiona, porque acha que não tem motivo para isso. Agora ela gostaria de ter confiado menos; gostaria de ter prestado atenção.

O que ele estava usando quando voltou para casa? Ela não faz ideia, porque estava dormindo. Será que ainda estava com as roupas de trabalho? Olivia certamente não notou nada parecido com manchas de sangue nas roupas de Paul no dia seguinte — apesar da confiança depositada nele, isso ela teria notado, e sem dúvida se lembraria. Se ele havia matado Amanda, tinha dado um jeito de se livrar das roupas.

Ela se levanta, acende o abajur na mesinha de cabeceira e começa a procurar dentro do armário dele, revirando suas gavetas. Todos os ternos de Paul parecem estar ali. Mas o marido tem muitas roupas, sobretudo jeans velhos e camisetas. Olivia não consegue pensar em nada que esteja faltando. Mas ele também tem roupas no chalé. Algo poderia estar faltando e ela não necessariamente saberia.

Paul devia estar tendo um caso com Amanda. Olivia se lembra bem de todos os homens terem ficado aos pés dela durante a festa do bairro. Alguns vizinhos obtiveram permissão para fazer churrasco no parque. Cada família desembolsou vinte dólares para comprar cachorros-quentes, hambúrgueres, refrigerantes e cerveja, e a maioria levou saladas ou algum outro prato. Havia um castelo inflável para as crianças mais novas e alguns balões, mas a maioria dos adolescentes não se deu ao trabalho de aparecer. Olivia estava arrumando os potes de ketchup e mostarda, olhando de vez em quando para o semicírculo de pessoas conversando e rindo sentadas nas cadeiras de plástico branco reunidas para a ocasião, quando viu a nova vizinha, Amanda alguma coisa, que havia se mudado recentemente para a rua onde moravam. Ela era simplesmente linda, e tinha plena consciência disso. Por que estava se dando ao trabalho de flertar com os maridos das outras mulheres, todos muito mais velhos? Ela tinha um marido lindo sentado a seu lado.

Nenhuma mulher gostou dela.

De repente, Glenda apareceu do lado de Olivia, seguindo o olhar da amiga, observando incrédula enquanto Amanda — com suas longas unhas vermelhas — pousava a mão no antebraço de Keith.

— Quem ela pensa que é? — perguntou Glenda.

Então Becky apareceu do outro lado de Olivia, e as três ficaram observando os maridos, claramente hipnotizados pela nova vizinha.

Todas elas deviam ter prestado mais atenção, Olivia pensa, voltando ao presente. Talvez os instintos de Becky estivessem certos, afinal, e Paul e Amanda tivessem se tornado amantes. Será que eles se encontraram no chalé naquela noite? Será que Paul a espancou até a morte com o martelo? Enfiou o corpo de Amanda no porta-malas e afundou o carro? E depois limpou o chalé, voltou para casa e agiu como se nada tivesse acontecido? Que outra explicação poderia haver?

Olivia se levanta da cama e anda pelo corredor em silêncio, passando pelo quarto de hóspedes com todo o cuidado para não acordar Glenda, que ressona de leve. Ela chega ao quarto de Raleigh e empurra a porta ligeiramente, sem fazer barulho. Observa o filho enquanto dorme, completamente alheio à sua presença. Por ora, pelo menos, ele está em paz.

Ela se aproxima e olha para Raleigh. Seu rosto jovem tem traços angulosos, e ultimamente está em mudança constante. Seu bigode está crescendo. Ela adora aquele rosto. Faria qualquer coisa para protegê-lo. Olivia gostaria de se sentar na cama ao lado dele e acariciar-lhe os cabelos, como costumava fazer quando o filho era pequeno. Mas Raleigh não quer mais a mãe acariciando seus cabelos, não do mesmo jeito que fazia quando era pequeno. Não quer mais os abraços e beijos de Olivia; já é quase um adulto. E esconde coisas. Ele nunca fez isso quando era pequeno, contava tudo a ela. Mas agora tem segredos. Assim como o pai. Os dois estão cheios de segredos.

Olivia é a única na casa que não tem nada a esconder.

TRINTA E UM

Becky Harris está parada em pé, encarando o jornal que tem nas mãos. A manchete está impressa em letras garrafais: PRISÃO NO CASO DO ASSASSINATO DE AMANDA PIERCE. Ela a princípio pensa: *Prenderam Robert*. E sente um imenso alívio. Mas então, à medida que lê, pensa: *Ah, não*.

Becky não consegue acreditar naquilo. Pensa em Olivia. Imagina muito bem o que a amiga está passando, porque nos últimos tempos tem se visto na mesma situação.

Ela leva o jornal para a cozinha. Está sozinha em casa; Larry já saiu para o trabalho.

As provas, tanto quanto o artigo revela, parecem irrefutáveis. Sangue no chalé dos Sharpe, agora considerado a cena do crime. Um martelo desaparecido, a possível arma do crime, ainda falta ser encontrado. E o carro com o corpo de Amanda localizado não muito longe dali, em uma rota familiar a Paul Sharpe. Atordoada e sem acreditar, Becky relembra o dia em que viu Paul e Amanda no carro. Será que ela tinha razão? Será que eles eram amantes, afinal? Será que Paul estava com ciúmes dela com Larry? Talvez tenha sido por isso que disse a Amanda que se afastasse dele, e não por estar preocupado com o emprego de Larry.

Becky nunca havia pensado que Paul fosse capaz de ferir uma pessoa, mas podia dizer o mesmo de Larry. Becky imagina como deve ter acontecido. Eles discutiram no chalé e Paul a agrediu. Talvez o martelo estivesse por perto e ele tenha agido por impulso. Paul provavelmente ficou horrorizado com o que fez e se arrependeu na mesma hora. Mas logo em seguida tentou encobrir os rastros. Colocou o corpo de Amanda no porta-malas e afundou o carro. Como deve ter sido a vida dele depois disso? Especialmente depois que o corpo foi encontrado? Deve ter sido um inferno.

Haverá um julgamento. Larry terá de falar sobre seu caso com Amanda — seus encontros sórdidos naquele hotel asqueroso. Só de pensar em tudo isso vindo à tona, Becky sente-se nauseada. Vai ser horrível para ela e para as crianças.

Mas vai ser ainda pior para Olivia e Raleigh.

Ela relê a matéria do jornal. As coisas parecem muito complicadas para Paul. Mas pelo menos agora ela sabe que seu marido, apesar de todos os erros que cometeu, não matou Amanda Pierce. Até então, ela não tinha certeza de nada.

* * *

Carmine Torres fica chocada com o que lê no jornal na terça de manhã. A polícia prendeu Paul Sharpe pelo assassinato de Amanda Pierce.

Ela pensa na pobre mulher com quem falou à porta de casa — a esposa de Paul Sharpe — e em como ela parecia mal naquele dia. Talvez ela soubesse. Talvez não fosse apenas o filho que a preocupasse.

* * *

Paul Sharpe contratou um advogado, mas Webb ainda espera conseguir alguma coisa dele naquele dia de manhã, quando forem interrogá-lo na presença do advogado. Na noite passada, o advogado não estava disponível, mas, agora que Paul Sharpe passou uma noite preso refletindo sobre sua situação, talvez coopere mais.

Ao entrar na sala, ele vê Sharpe sentado, já sem algemas, ao lado do advogado. Sharpe parece não ter dormido. Deve estar se borrando de medo. Ótimo. Talvez ele finalmente solte alguma coisa.

Ao lado de Sharpe está Emilio Gallo, um conhecido advogado criminalista de uma firma respeitada. Webb o conhece de outros casos. Ele é bom. Caro. Gallo é capaz de qualquer coisa para ajudar um cliente, contanto que seja dentro da legalidade. O terno escuro perfeitamente ajustado, a camisa bem passada e a elegante gravata de seda que ele usa fazem um forte contraste com o jeans amarrotado e a camisa amassada de seu cliente. Sharpe está cansado e desalinhado. Webb consegue sentir o cheiro de suor e medo que emana dele. Gallo está bem descansado e bem-vestido, exalando levemente uma loção pós-barba cara.

Webb e Moen se sentam. O gravador é ligado.

— Por favor, diga o seu nome para os registros — pede Webb.

— Paul Sharpe — fala ele, com a voz trêmula.

— Também estão presentes Emilio Gallo, advogado de Paul Sharpe, o detetive Webb e a detetive Moen, da polícia de Aylesford — começa Webb, e continua, sem medir as palavras: — Seu cliente vai ser acusado de homicídio — diz o detetive, olhando diretamente para Gallo.

— Boa sorte para vocês — rebate Gallo, tranquilo. — Meu cliente é inocente.

Webb volta a olhar para Paul Sharpe e espera até que Paul olhe em sua direção.

— Quero ouvir isso dele.

— Eu sou inocente — diz Paul.

— As provas contra o senhor são bem convincentes — diz Webb.

— É tudo circunstancial — afirma o advogado. — Um martelo desaparecido? Sangue no chão? Vocês nem sequer confirmaram se o sangue pertence à vítima.

— Quando confirmarmos, talvez o senhor veja as coisas de outra forma — diz Webb.

— Acredito que não — reage Gallo. — Qualquer um pode ter ido àquele chalé, qualquer um pode ter encontrado o martelo no barracão e o usado. O senhor não tem nada contra o meu cliente a não ser o fato de que ele não estava em casa naquela noite. E há uma explicação perfeitamente razoável para isso.

— Mas que não pode ser provada — diz Webb. — E ele foi visto discutindo com a vítima antes de seu desaparecimento.

— E ele também tem uma excelente explicação para isso — rebate o advogado, tranquilo.

— Talvez não acreditemos nele.

— Não importa no que vocês acreditam — diz Gallo. — O que importa é o que vai acontecer no tribunal. — Agora o advogado se aproxima um pouco mais e diz: — Acho que nós dois sabemos que vai ser difícil condená-lo. Existem outros suspeitos bastante óbvios nesse caso: o marido, que talvez soubesse da infidelidade da esposa, e o amante dela. Não é verdade que havia um amante? Meu cliente nega ter tido qualquer tipo de relacionamento com a vítima. São muitas dúvidas razoáveis, se o senhor quer saber a minha opinião. Vai ser difícil sustentar a sua teoria.

Webb se recosta na cadeira, levanta o queixo para Paul Sharpe e diz:

— Ela foi assassinada no chalé *dele*.

— E qualquer um poderia tê-la matado lá. — O advogado se levanta, indicando que o interrogatório terminou. — O senhor precisa fazer uma acusação formal contra o meu cliente ou liberá-lo.

Webb desliga o gravador.

— Podemos segurá-lo um pouco mais — diz.

Depois que Sharpe foi levado de volta para sua cela e o advogado foi embora, Moen comenta com o parceiro:

— Com Gallo na defesa, ele jamais vai confessar.

— Então temos que construir um caso — diz Webb. — Temos trabalho a fazer.

* * *

Olivia olha para o marido. Ele está sentado à sua frente em uma pequena sala na delegacia. Há um guarda ali perto. Ela olha para Paul, que está com as mesmas roupas amarrotadas do dia anterior. Seu marido está praticamente irreconhecível. É ele mesmo ou outra pessoa? Olivia não confia mais no próprio julgamento, nos próprios sentidos.

— Gallo acha que pode me tirar daqui — diz Paul.

Ela não consegue falar.

— Olivia... diga alguma coisa — pede ele.

Paul está perturbado. Seus olhos estão vermelhos e ele cheira mal: à cela, ao medo e ao desespero. Olivia não consegue parar de encará-lo. Paul está tão diferente. Já se parece mais com um presidiário do que com o marido de uma semana atrás, saindo para trabalhar com um bom terno e a camisa passada. O mundo saiu do eixo, e ela não consegue reencontrar o equilíbrio.

— O que o advogado disse? — pergunta Olivia, por fim.

— Que vai ser difícil me condenarem.

Paul parece desesperado e esperançoso ao mesmo tempo. Um homem se afogando em busca de um bote salva-vidas. *Será que ela estende o braço e o ajuda ou o empurra?*

— Por que ele disse isso? — pergunta ela.

Olivia se sente e soa como um autômato. Gallo com certeza está errado, pensa. Por que diria a um cliente uma mentira tão deslavada? Em algum lugar no fundo da mente, ela também está pensando que o advogado vai lhes custar uma fortuna. Provavelmente tudo o que eles têm. Se Paul for culpado, talvez seja melhor para todo mundo que ele apenas confesse, pensa Olivia.

— Nós sabemos que não fui *eu* quem a matou — diz Paul. — O que quer dizer que outra pessoa fez isso.

Olivia olha para o marido, desejando acreditar no que ele diz. Prefeririria que ele tivesse sido acusado injustamente, ter *certeza* de sua inocência, ficar ao seu lado e defendê-lo com unhas e dentes até que tudo se resolvesse. Mas ela não tem certeza. Precisa ser convencida. Olivia *quer* ser convencida; quer acreditar nele.

— O que Gallo disse, exatamente? — pergunta, ousando esperar que Paul tenha boas notícias.

— Que existem outros suspeitos, muito mais prováveis que eu. O marido dela. Larry, que provavelmente *estava* tendo um caso com Amanda. Eles precisam provar que sou culpado além de qualquer dúvida razoável, e nesse caso há muitas dúvidas.

Ela estava esperando algo mais conclusivo. Algo que o eximisse, que o inocentasse de uma vez por todas. Ela não quer que Paul apenas *se safe*. Se ele tiver feito isso — se estava mesmo dormindo com a Amanda e a matou num acesso de fúria para depois tentar acobertar o crime —, Olivia quer que ele vá para a prisão pelo resto da vida. Jamais o perdoará. Se Paul tiver feito isso, nunca mais vai querer vê-lo.

— Gallo disse que qualquer um poderia ter usado o chalé — continua Paul. — Qualquer um poderia ter pegado o martelo, matado a Amanda e limpado tudo, sem que nunca soubéssemos.

— Mas o chalé estava trancado — rebate Olivia.

— Alguém pode tê-lo invadido. Ou encontrado a chave escondida. — Ele abaixa a voz para um sussurro, e um olhar suplicante surge em seu rosto. — Poderíamos dizer que já invadiram o chalé antes, mas que, como não levaram nada, nunca prestamos queixa.

Ela sussurra para ele:

— Isso seria mentira.

— Só uma mentirinha — continua ele em voz baixa. — Eu sou *inocente*, Olivia. E minha vida está ameaçada.

Ela olha para o marido, cada vez mais apavorada, e começa a balançar a cabeça.

— Não, não podemos fazer isso. Raleigh saberia que é mentira.

Ele afunda na cadeira e olha para a mesa, subitamente derrotado.

— É, você tem razão. Esquece. — Por fim, ele ergue o rosto, completamente exausto, e pergunta, cheio de tristeza: — Como está Raleigh?

— Nada bem. Nada bem mesmo.

Ele não pergunta como ela está.

* * *

Robert Pierce está na cozinha, esperando o momento propício. Quando pegou o jornal à porta de casa pela manhã, já havia ali em frente uma multidão de repórteres. Eles o viram e começaram a se aproximar, mas Robert entrou em casa rápido e bateu a porta. Deu então uma olhada na primeira página do *Aylesford Record*.

Enquanto lia, um sorriso começou a surgir lentamente em seu rosto. A polícia havia prendido alguém. E não era ele.

As notícias o deixaram de muito bom humor. Talvez ele agora consiga relaxar. Talvez consiga voltar ao trabalho. Tudo tem sido muito cansativo, a polícia sempre à sua porta, sempre o observando, como se fosse apenas uma questão de tempo até que ele pusesse tudo a perder. Mas agora eles haviam prendido Paul Sharpe. Toda a atenção estará focada nele. Robert pode voltar a viver sua vida, deixar tudo isso para trás.

Ele olha pela janela e vê que os repórteres ainda estão lá fora. Sabe que vão esperar o dia todo até conseguirem uma declaração dele. Robert é uma espécie de celebridade. Ele sobe até o quarto e se veste cuidadosamente. Coloca uma bela calça e uma camisa social. Penteia os cabelos e se admira no espelho. Então desce as escadas, abre a porta da frente e sai.

Os flashes estouram um atrás do outro. Robert mantém uma expressão séria, apropriada para o momento: a de um marido enlutado, agradecido pelo fato de enfim terem prendido o assassino de sua esposa.

TRINTA E DOIS

Um policial enfia a cabeça pelo vão da porta da sala de Webb e diz:
— Coletamos as digitais dos Sharpe e dos Newell hoje de manhã, senhor. E descobrimos uma coisa muito interessante.

Webb olha para o relatório. *Que diabos o filho de Paul Sharpe estava fazendo na casa de Amanda Pierce?*

* * *

Olivia se senta na cama e se olha no espelho da penteadeira. Está lívida. Os detetives ligaram, queriam falar com ela novamente. Pediram a ela que levasse Raleigh também.

Raleigh está no quarto, não foi à escola. Glenda está dando apoio aos dois e mostrando isso a todos. Olivia se sente melhor com a presença da amiga. Ela se lembra de poucos dias antes, de pessoas plantadas na frente da casa de Robert Pierce, achando que ele havia matado a esposa. E agora há pessoas na frente da casa dela, achando que Paul é um assassino.

Ao chegar à delegacia com Raleigh, Olivia é conduzida até uma sala de interrogatório, e pedem a Raleigh que aguarde do lado de fora. Webb e Moen estão lá dentro, à espera dela. Olivia chega no meio de uma conversa, que eles interrompem abruptamente.

— Sra. Sharpe — diz Webb. — Obrigado por ter vindo. Apenas para que fique claro, este interrogatório é puramente voluntário; a senhora pode ir embora a qualquer momento.

A detetive Moen lhe traz um copo de água e olha para ela de maneira solidária. *Os homens às vezes são uns merdas.*

Olivia está com a boca seca. Toma um gole da água. Em todo caso, não há absolutamente nada que possa dizer a eles. Ela não sabe de nada. Nada do que acontecer neste interrogatório vai mudar o que quer que seja. Olivia deve apenas cooperar.

— Os resultados do laboratório confirmaram que o sangue encontrado no chalé é de Amanda Pierce — começa Webb.

A cabeça de Olivia gira quando ouve a notícia, mas ela já esperava por isso. De quem mais poderia ser? Webb espera até que ela diga alguma coisa.

— Eu não sei nada sobre isso.

— A senhora deve ter pensado no assunto. — Webb a provoca.

— Acho que outra pessoa deve ter entrado no nosso chalé e a matado.

— Quem a senhora acha que pode ter sido?

— Não sei. — Ela faz uma pausa e continua: — O marido dela, talvez.

— O que o marido dela estaria fazendo no seu chalé?

— Não sei.

Olivia tem vontade de chorar, mas segura as lágrimas. Não tem uma explicação para isso. Não tem uma explicação para nada disso. Por que eles não a deixam em paz? Os detetives sabem que o pegaram. Para que torturá-la desse jeito? Ela não pode ajudá-los. Será que eles não veem que ela já está sofrendo demais?

— Mais alguém, que não seja de nosso conhecimento, poderia ter tido acesso ao chalé? — pergunta Webb.

— Não.

— Os Harris já estiveram lá?

— Não, nunca.

— A senhora alguma vez lhes disse onde ficava o chalé exatamente?

— Não.

— A alguma outra pessoa?

— Não.

— Bem, obrigado. Por enquanto é isso. Gostaríamos de falar com o seu filho. A senhora pode ficar, se quiser.

Eles trazem Raleigh. Ele parece ansioso e muito jovem. Senta-se ao lado da mãe, e Olivia tenta lhe transmitir um olhar tranquilizador. Tem vontade de dar um forte abraço nele, mas imagina que o garoto não gostaria disso.

— Raleigh, sou o detetive Webb e esta é a detetive Moen. Gostaríamos de fazer algumas perguntas, se você não se importar.

Raleigh olha para ele, pouco à vontade.

— Tudo bem.

— É o seguinte, Raleigh. Encontramos as suas digitais na casa dos Pierce. Você tem uma explicação para isso?

Olivia fica paralisada com este segundo golpe. Raleigh olha para ela, assustado. Ninguém diz nada por um bom tempo.

Por fim, Raleigh pergunta:

— Preciso de um advogado?

— Eu não sei, precisa? — questiona Webb.

— Quero um advogado — diz Raleigh, com a voz falhando.

— Vamos arranjar um para você — diz Webb, levantando-se.

— Espere aqui.

* * *

Raleigh teve uma conversa particular com o advogado — um jovem chamado Dale Abbot — e com a mãe, e eles escolheram um plano de ação. Raleigh está petrificado. O interrogatório recomeça, Webb e Moen de um lado da mesa, Raleigh, o advogado e Olivia do outro.

— Então, Raleigh — começa Webb —, você vai nos contar por que há digitais suas na casa dos Pierce?

Raleigh olha para o advogado, que o incentiva, assentindo com a cabeça. Então, ele responde:

— Entrei escondido na casa deles.
— Quando foi isso?
— Acho que no começo de outubro. Não sei o dia, exatamente.
— Antes de o corpo de Amanda Pierce ser descoberto?
— Sim.
— Como você entrou?
— Por uma janela no porão. Não estava trancada.
— E por que você fez isso?
— Só... por diversão.

Raleigh vai tentar não falar nada sobre ter hackeado computadores. Agora a questão é conter os danos.

— Entendo. — Webb se recosta na cadeira e olha para o advogado. — Isso é invasão de propriedade privada, Raleigh.

Ele assente.

— Você pegou alguma coisa?

Raleigh balança a cabeça.

— Não.
— O que você estava fazendo lá?
— Só... dando uma olhada.

Webb assente novamente, pensativo.

— Dando uma olhada... E você viu alguma coisa interessante?

Raleigh olha para ele.

— Na verdade, não.
— Por acaso viu um celular em algum lugar? — pergunta Webb.

Raleigh faz que sim com a cabeça.

— Vi. Na última gaveta da escrivaninha do escritório. Um desses telefones pré-pagos. Vocês devem ter achado quando revistaram a casa.

— Não, não achamos.

— Eu não peguei, juro!

— E você mexeu no celular, Raleigh?

— Não, não fiquei muito interessado.

— Tudo bem se você tiver dado uma olhada, Raleigh.

— Eu não olhei.

— Tudo bem. — Webb volta a se recostar na cadeira, parecendo decepcionado. Em seguida, pergunta: — Você matou Amanda Pierce?

Raleigh recua, assustado.

— Não! Eu só entrei na casa deles, dei uma olhada e saí.

Webb o encara. Por fim, diz:

— Receio que tenhamos de acusá-lo por invasão de propriedade.

Raleigh se recosta na cadeira. Na verdade, está aliviado. Mal consegue acreditar no tamanho do alívio que sente. A sensação é tão boa que, de repente, ele solta:

— Invadi outra casa também. No número trinta e dois da rua Finch.

Ele não quer mais ter de se preocupar com Carmine. Vai confessar essas duas invasões. Eles não podem provar a última invasão — a polícia a essa altura já deve ter ficado sabendo, mas ele estava usando luvas. Não vai confessar nada além do necessário.

* * *

Glenda prepara uma refeição afetiva para o jantar. Macarrão com queijo. Mas os três mal tocam na comida. Glenda olha para Olivia e Raleigh com preocupação. Ela também não está com fome. Olivia e Raleigh estão sentados em silêncio, pálidos, cada um perdido em seu inferno particular. Nenhum dos dois falou sobre o que aconteceu na delegacia, e, embora esteja morrendo de curiosidade, Glenda não se atreve a perguntar.

— Mãe, talvez seja melhor você ir se deitar — diz Raleigh.

— Boa ideia — concorda Glenda. Olivia parece à beira de um colapso nervoso. — Por que você não se deita um pouco na sala? Pode deixar que eu cuido da louça.

Ela coloca um cobertor em cima de Olivia no sofá e olha pela janela para a rua. Foram todos embora. Glenda imagina que vão voltar amanhã. Um assassinato é sempre uma grande notícia.

Por que Robert e Amanda Pierce tinham de se mudar para cá?, ela pensa amargamente.

Olivia adormece no sofá. Enfim, por volta das nove, Glenda decide ir embora. Não pode ficar na casa dos Sharpe para sempre; Adam precisa dela. Ela deixa um bilhete dizendo que estará de volta de manhã e retorna para casa no escuro, seus passos ecoando na calçada.

Ao chegar à sua casa, Adam lhe diz que estão sem pão e leite.

— Tudo bem — diz Glenda, sem nem sequer tirar o casaco. — Então vamos comigo comprar?

Adam veste o casaco e sai com a mãe.

— Como eles estão? — pergunta Adam, nitidamente preocupado.

— Eles vão ficar bem. Vai ficar tudo bem — afirma Glenda, sem saber mais o que dizer.

Eles fazem o restante do caminho em silêncio.

O sino da porta toca quando eles entram na loja de conveniência. Glenda está exausta, só quer pegar as coisas e voltar para casa. Quando se afasta da geladeira com o leite, seguida por Adam, vê Carmine no corredor à frente. *Merda.* A última coisa que ela quer é falar com aquela mulher. Carmine é uma grande enxerida, e Glenda não está com disposição para aturá-la hoje. Não gostou nada da maneira como ela andou pela vizinhança alardeando sobre a invasão em sua casa, perseguindo Olivia. Gostaria que ela deixasse Raleigh em paz. E não quer mesmo conversar com Carmine sobre a prisão de Paul; ela certamente estaria muito interessada no assunto. Por um momento, Glenda cogita deixar o leite discretamente no chão e sair logo dali. Mas é tarde demais — nesse exato instante, Carmine vira a cabeça e os vê. Um sorriso de reconhecimento ilumina seu rosto. *Merda.*

— Glenda, não é? — pergunta ela, se aproximando.

— Sim — responde Glenda, andando depressa até a parte da frente da loja, onde fica o pão, e evitando olhar para a mulher.

Mas Carmine a segue. Ela é realmente sem noção, pensa Glenda.

— Oi, Adam — diz Carmine.

Glenda repara que o filho também está tentando evitá-la.

— Sabia que você me lembra um pouco o meu filho? — diz Carmine a Adam. — Vocês têm o cabelo parecido e os mesmos olhos escuros.

Adam parece querer sumir dali, e Glenda tem vontade de dizer a Carmine que os deixe em paz.

— Meu Luke deu um baita trabalho. Estava sempre metido em confusão. Bebendo, pegando o meu carro escondido.

Glenda a encara, mas Carmine se concentra em Adam e diz:

— Você contou à sua mãe sobre a outra noite?

— Do que a senhora está falando? — pergunta Glenda.

— Ah, não é nada. Melhor deixar pra lá — diz ela, como se finalmente tivesse alguma noção. — Tenham uma boa noite — acrescenta, seguindo para outro corredor.

Glenda termina de fazer as compras, ansiosa para fugir daquela mulher.

* * *

Tarde da noite, Olivia anda pelo corredor acarpetado, na ponta dos pés, até o quarto de Raleigh, para dar uma olhada nele. Empurra silenciosamente a porta, parando por um momento no escuro, observando a cama. Então, assustada, acende a luz. Raleigh não está ali.

Seu coração começa a bater forte, e ela sai do quarto e desce as escadas. As luzes da cozinha e da sala estão apagadas. O filho também não está ali, sentado sozinho, pensando, no escuro — ela acende as luzes para ter certeza. Olivia volta para a cozinha e abre a porta que dá para a garagem. A bicicleta de Raleigh está no lugar de sempre, com o capacete pendurado no guidão.

Olivia volta para o andar de cima e vai silenciosamente até o único cômodo que não conferiu — o escritório no fim do corredor. O escritório está completamente escuro, exceto pelo leve brilho que emana do computador. É o computador de Paul, e Raleigh está absorto em seu conteúdo.

— Raleigh, o que você está fazendo? — pergunta ela.

TRINTA E TRÊS

Webb chega bem cedo à delegacia na manhã seguinte, após uma péssima noite de sono. Pega uma xícara de café e vai para a sua sala, então se senta, recostando-se na cadeira, e encara a parede, pensativo.

Eles não podem manter Paul Sharpe sob custódia por muito mais tempo. O promotor precisa acusá-lo ou liberá-lo. O sangue no chalé é de Amanda Pierce, e o martelo de Paul sumiu. Sharpe foi visto discutindo com a vítima pouco antes de seu desaparecimento, mas a história que ele contou, de que estava lhe pedindo que se afastasse de Larry Harris, é plausível, de certa forma — eles sabem que Larry estava tendo um caso com Amanda.

Olivia Sharpe disse que Larry Harris nunca esteve no chalé. Será que ela pode estar errada? É possível que Harris tenha combinado de se encontrar com Amanda no chalé dos Sharpe naquele fim de semana, enquanto estava na conferência? Talvez ele a tenha matado. Ele deixou o carro no estacionamento externo do resort e tinha o discurso pronto para a polícia de que estava trabalhando no quarto e acabou dormindo. Ninguém pareceu se importar com o fato de ele ter perdido a maior parte do evento de abertura —

até ele virar suspeito em uma investigação de homicídio. A única coisa que não correu conforme os planos foi o fato de que o carro de Amanda foi encontrado — com o corpo dela no porta-malas. Ela havia contado uma mentira conveniente ao marido, de modo que tudo parecia indicar que ela havia planejado o próprio desaparecimento. Paul Sharpe era o único que sabia do caso entre os dois, e não diria nada, especialmente se não soubesse que eles haviam estado em seu chalé.

É possível. Mas Paul Sharpe poderia ter dito alguma coisa. Quando ela desapareceu, os funcionários do hotel poderiam ter falado que os viram juntos, então todos ficariam de olho em Harris. Ainda assim, sem evidências concretas — e especialmente sem um corpo —, poderia parecer que uma esposa infeliz e infiel havia fugido da vida que tinha.

Ou talvez o assassino seja Robert Pierce. Pierce talvez venha mentindo para eles. Segundo Harris, ele tinha acesso ao celular de Amanda e sabia sobre o caso dos dois. E Raleigh Sharpe viu o telefone na escrivaninha de Pierce *depois* que Amanda desapareceu. Mas o aparelho não estava lá quando eles revistaram a casa. Pierce deve ter se livrado do celular. Talvez a estivesse observando. Parecia mesmo ser esse tipo de homem. Talvez soubesse aonde ela estava indo naquela noite. Talvez tenha dirigido até o chalé e a visto com o amante — Larry Harris ou Paul Sharpe? Então, pode ter esperado até que Amanda estivesse sozinha para esmagar sua cabeça com o martelo. Pierce também não tem um álibi.

Ele vai conversar com o promotor. Eles vão liberar Paul Sharpe por enquanto e ver como todos reagem. Webb tem tempo. Tem bastante tempo para deixar todos eles nervosos. Ali, homicídio não prescreve.

* * *

Olivia se assusta com o toque do telefone da cozinha numa quarta-feira de manhã, bem cedo. É o detetive Webb, dizendo que vão liberar seu marido sem fazer uma acusação formal. Ela desliga e fica um tempo parada na cozinha. O trajeto até a delegacia é como um borrão. Ela se sente entorpecida.

Olivia está sentada na sala de espera da delegacia, esperando Paul aparecer. Dividida entre o alívio e o pavor, gostaria de poder adiar o momento. Mas ele chega; ela ouve passos e se levanta. Então, vê o marido. Olivia se aproxima e o abraça, como já fez mil vezes antes, mas desta vez é diferente. Ela não tem certeza nenhuma em relação ao marido. Consegue sentir o coração dos dois batendo. Depois de um tempo, ela se afasta.

Paul olha para ela, cauteloso.

— Vamos para casa — diz Olivia e vira o rosto, para que ele não veja a dúvida em seus olhos.

Ela já havia mandado uma mensagem a Glenda para dar a notícia e dizer que a amiga não precisava aparecer.

* * *

Raleigh espera ansiosamente que a mãe volte para casa com o pai. Olivia lhe disse que iria buscá-lo. Raleigh não vai à escola hoje de novo.

Seu pai é inocente, ele diz a si mesmo. Ele está sendo liberado. Mas seu alívio é permeado de inquietação. Raleigh percebe que a mãe tem dúvidas. E ele também tem. Não tem mais certeza de nada. Não encontrou nada revelador no computador do pai, mas sabe de algo que eles não sabem. E vai ter de contar aos dois.

Quando os pais chegam, é tudo muito estranho. Sua mãe sorri para ele como se estivesse tudo bem, mas dá para perceber pela sua expressão que tudo está longe de estar bem. Seu pai parece péssimo e, pelo cheiro, definitivamente precisa de um banho. Raleigh sente a tensão que emana dos dois.

Os três vão para a cozinha, e sua mãe diz:

— Contei ao seu pai que você vai ser acusado.

— Vai ficar tudo bem, filho — diz Paul, puxando-o para um abraço.

Raleigh assente e engole em seco. Mas não é consigo que está preocupado agora, e sim com o pai. Ele tem de fazer uma confissão e está morrendo de medo. Mas precisa dizer a verdade.

O começo é difícil.

— Há uma coisa que preciso contar a vocês — diz Raleigh.

Ele pode ver, pela expressão no rosto perturbado da mãe, que ela não quer ouvir. Já tem problemas demais. Raleigh odeia ter de magoá-la mais do que já magoou, mas é necessário. Tem dificuldade para encontrar as palavras.

— O que foi, Raleigh? — pergunta seu pai, exausto.

É evidente que os últimos dias o deixaram mais humilde. Ele desceu do pedestal, pensa Raleigh.

— Menti pra vocês — diz ele. — Menti pra vocês dois. Sobre as invasões.

Sua mãe parece mais angustiada do que nunca; seu pai parece profundamente cansado.

— Eu falei pra vocês e pro advogado que só invadi duas casas, mas foram mais. — Ele vê o pai franzir o cenho. — Foram na verdade umas nove ou dez — confessa.

Seu pai olha para ele de um jeito duro; a mãe parece horrorizada.

— Tem mais uma coisa que preciso contar pra vocês — prossegue Raleigh, desconfortável. — Eu não queria que vocês soubessem, mas... eu entrei na casa dos Newell.

— O quê? Quando? — pergunta seu pai.

Raleigh engole em seco.

— Na noite em que eles vieram jantar aqui. Eu sabia que o Adam também não estaria em casa.

Olivia arfa de susto.

— Você invadiu a casa dos nossos melhores amigos enquanto eles estavam aqui jantando com a gente? — Ela se sente completamente traída pelo filho. — Como você *foi capaz* de fazer uma coisa dessas? Por quê?

Raleigh sente-se enrubescer. Ele dá de ombros, impotente.

— Eu estava hackeando computadores, e levando isso a sério... É uma habilidade que requer prática. Então eu entrava na casa das pessoas quando elas não estavam e hackeava o computador. — Ele arrisca outro olhar para os pais. Eles apenas o encaram, incrédulos. — Eu estava ficando muito bom, mas não vou mais fazer isso. — Eles ainda estão encarando o filho, horrorizados. Há um silêncio significativo. — Eu sabia que vocês não aprovariam. Mas nunca fiz mal a ninguém. Nunca roubei nem compartilhei dados de ninguém, nem instalei nada nos computadores, nem contei pros outros o que vi — protesta Raleigh. — Nunca fiz chantagem com ninguém — conclui ele em sua defesa.

— Chantagem! — repete Olivia, com a mão na garganta.

— Mãe, relaxa, nunca fiz nada disso! Era mais para... ganhar experiência.

— Experiência... é assim que você chama? — pergunta Paul.

Raleigh não gosta do tom do pai. É aquele velho tom dele, e isso o deixa irritado.

— Bem, talvez vocês devessem me ouvir dessa vez, para variar um pouco — diz Raleigh rispidamente.

— Do que você está falando? — pergunta a mãe dele.

— Eu sei de coisas sobre os seus queridos amigos — diz Raleigh.

* * *

Olivia sente o sangue gelar. Ela olha para o filho, sem saber muito bem se quer ou não ouvir o que ele tem a dizer. Sente-se tonta, atordoada. Que segredos Glenda e Keith poderiam ter? Ela olha para o marido, mas ele está encarando Raleigh atentamente, como se o filho tivesse atingido um ponto sensível.

— Aonde você quer chegar com isso, Raleigh? — pergunta Paul.

— Vi coisas no computador deles.

— Já entendemos isso — rebate Paul, tenso. — O que foi que você viu?

— Keith é um babaca! — explode Raleigh.

— Não diga isso — repreende Olivia.

— Por que não? É verdade! Vocês deviam ver o computador dele! Eu vi os e-mails... ele estava traindo a Glenda, saindo com outra mulher. Eu não falei nada porque eles são seus amigos.

Olivia sente náuseas; não consegue dizer nada.

— Quando foi isso? — pergunta Paul.

— Eu já falei. Foi naquela noite em que eles vieram aqui jantar, um dia antes da mamãe ver as mensagens no meu celular e descobrir o que eu andava fazendo — diz Raleigh, com tristeza.

Olivia tenta se concentrar. Keith está traindo Glenda, e ela não faz ideia. Olivia tem certeza que não. E agora? Deve contar à amiga ou deixar as coisas como estão? Olivia olha para o marido e se lembra de quando Becky apareceu para lhe contar sobre suas suspeitas a respeito de Paul. Ela se dá conta, com dor no coração, que vai ter de falar com Glenda.

— Você tem certeza? — pergunta Paul.

— É claro que tenho. Vi com os meus próprios olhos. Não tem como não entender o que ele escreveu. Até mandei uns e-mails para a namorada dele, e eles não foram muito legais.

Olivia observa o filho, estupefata.

— Agora, pelo menos, ele deve saber que alguém mexeu no computador dele e que sabe o que ele andou fazendo — diz Raleigh e solta um riso irônico. — Espero que nem esteja conseguindo dormir por causa disso. Talvez ele ache que foi o Adam. Por que vocês acham que o Adam bebe tanto? Ele bebe pra esquecer que o pai é um cuzão.

— Raleigh — começa Paul, parecendo nervoso. — Você não pode brincar assim com a vida das pessoas.

— Mas ele é um cuzão. Mereceu.

Olivia se pergunta se Glenda contou a Keith que Raleigh andava invadindo casas, mesmo tendo prometido a ela que não diria nada. Às vezes, Olivia deixa escapar coisas a Paul, mesmo tendo dito que não contaria.

— Os e-mails estavam escondidos — continua Raleigh. — Não dava para saber que eles estavam ali sem estar procurando, como eu estava.

— E como você os encontrou? — pergunta Paul.

— É fácil se você sabe o que está fazendo. Consigo entrar em um computador desligado em cerca de três minutos. Preciso só de um pendrive; a maioria dos computadores permite a inicialização a partir de um pendrive, e desse jeito é possível contornar a segurança interna. Depois, com alguns comandos, consigo criar uma porta de acesso e pronto. Assim que entrei no computador do Keith, percebi que ele estava tentando esconder alguma coisa, porque costumava excluir o histórico de navegação. Mas ele não excluiu os cookies, então consegui encontrar o nome de usuário e a senha da conta de e-mail secreta dele. E aí pude ver todos os e-mails, fingir ser ele, enviar mensagens.

Olivia não sabe se fica horrorizada ou impressionada.

— Você sabe quem era a mulher? — pergunta ela.

— Não. Era um nome bobo, fake.

— Meu Deus, Raleigh. Você não devia ter feito isso — diz Paul.

Raleigh olha para o pai com uma expressão desafiadora.

— Você acha que ele poderia estar saindo com a mulher que foi assassinada?

Olivia observa os dois, atordoada e sem palavras.

— Não, é claro que não! — diz Paul. — Isso é... ridículo.

— Ele conhece o nosso chalé — diz Raleigh.

— Você está sugerindo que *Keith* a matou? — pergunta Paul, visivelmente horrorizado com a ideia. — Não é possível que ele esteja envolvido nessa história. Não é possível que seja um assassino. Ele é meu melhor amigo.

TRINTA E QUATRO

Becky dá um salto quando a porta se abre e o marido entra. Ele estava chateado demais para ir trabalhar hoje de manhã, e acabou que os detetives o chamaram à delegacia para responder a mais algumas perguntas. Becky nota que Larry está abalado. Mas ele acabou de chegar da delegacia. Não foi preso.

— O que aconteceu? — pergunta ela.

— Eles queriam saber se eu já estive no chalé dos Sharpe. — Larry afunda no sofá da sala, nitidamente exausto. — Eles continuam agindo como se achassem que a matei. Por que acham isso, Becky? Eu tive um caso com ela, mas juro que não fiz nada com ela.

Ele olha para a mulher, preocupado. Ela se senta ao seu lado.

— Somos só nós dois agora, Larry. Diga a verdade. Você nunca esteve naquele chalé, não é?

— Não! Claro que não. Eu juro, nem sei onde fica.

Mas ele já tinha mentido para Becky antes. Poderia saber do chalé dos Sharpe de alguma forma.

Ela havia lido na internet, naquela manhã, que Paul Sharpe foi liberado sem ser acusado formalmente. Ela não pode ser a única que achou isso estranho. Então a polícia, obviamente, não acredita que foi ele. Devem pensar que outra pessoa cometeu o assassinato no chalé. E os suspeitos mais óbvios são Robert Pierce e seu marido, Larry.

De volta à estaca zero. Qual deles é o assassino? Becky não sabe dizer.

* * *

Robert Pierce não consegue acreditar. Ontem, ele estava livre — deu uma coletiva de imprensa e comemorou sozinho bebendo umas cervejas; hoje, fica sabendo que Paul Sharpe foi liberado sem ser acusado. Robert mal tinha acabado de ver a notícia e os malditos detetives brotaram à sua porta na hora do almoço.

— Sr. Pierce — começou Webb. — Gostaríamos de ter outra conversinha com o senhor.

— Sobre o quê? — perguntou Robert, desconfiado.

— Sobre a sua esposa.

— Pensei que vocês tivessem pegado o culpado — disse Robert. — Bom trabalho, a propósito. O que vocês querem comigo?

— Bem, nós tivemos que liberá-lo. Não havia provas suficientes.

— Vocês só podem estar de brincadeira — reagiu Robert, o coração batendo acelerado. — O sangue da minha esposa no chão do chalé dele não é suficiente para vocês?

— Por mais estranho que isso pareça, tenho que dizer que não — respondeu Webb. — Gostaríamos que o senhor viesse à delegacia.

— Agora?

— Sim.

E aqui está ele, de volta a esta sala claustrofóbica, mas desta vez leram seus direitos, e o interrogatório está sendo gravado. Os detetives liberaram Sharpe. Então agora vão ficar atrás dele, o marido da vítima. O marido é sempre suspeito.

— Acreditamos que o senhor sabia que sua esposa estava tendo um caso — começa Webb.

Robert não diz nada.

— Sabemos que ela tinha um celular pré-pago. Não conseguimos encontrá-lo, mas sabemos que ela tinha um.

Robert mantém um silêncio cauteloso.

— O senhor sabe onde ele está? — pressiona Webb.

Ainda assim, ele continua sem dizer nada.

— Sabemos que ela tinha — continua Webb — porque Larry Harris nos contou.

Robert não vai morder a isca. Webb olha bem nos olhos dele e diz:

— Sabemos que o senhor estava com o celular dela porque o Sr. Harris nos disse que recebeu uma ligação sua desse telefone. Na manhã de sexta-feira, vinte e nove de setembro, o dia em que sua esposa desapareceu.

Robert dá de ombros.

— Isso não é verdade. Vocês só têm a palavra dele, e Larry estava transando com Amanda. Ele pode querer dizer qualquer coisa.

— Não temos apenas a palavra dele. Temos uma testemunha.

— Do que vocês estão falando?

— Um garoto invadiu a sua casa e encontrou o celular pré-pago na gaveta da sua escrivaninha depois que Amanda desapareceu. Mas o celular não estava lá quando revistamos a casa alguns dias depois. O que você fez com o telefone, Robert?

Ele não responde. Seu coração bate acelerado. Em vez disso, ele diz:

— Que garoto?

Mas o detetive ignora a pergunta.

— Nós sabemos que você mentiu para nós, que sabia muito bem que a sua esposa estava tendo um caso com Larry. Ela estava tendo um caso com Paul Sharpe também? Você sabia disso? Quantos números havia naquele telefone? Amanda estava dormindo com os dois? Isso deve ter sido um golpe e tanto. Sabemos que você estava com o telefone dela, e que provavelmente sabia que sua esposa planejava encontrar alguém no chalé naquele fim de semana. Qual dos dois era? Então você foi até lá e os viu juntos, e, assim que ela ficou sozinha, esmagou a cabeça dela com um martelo.

Robert não diz nada, mas seu coração parece a ponto de saltar do peito.

— Talvez o celular esteja no fundo de um lago em algum lugar, junto com o martelo — sugere Webb.

— Quero ligar para o meu advogado — diz Robert.

* * *

— Olivia — diz Paul, perturbado, quando eles vão para a cama naquela noite. — E se Keith estivesse *mesmo* tendo um caso com Amanda?

Ela também passou o dia inteiro pensando nisso. Por um lado, considera a ideia improvável. Certamente Keith não a conhecia direito. Tinha estado com ela na festa do bairro, como todo mundo, mas ele não trabalhava na mesma empresa que Paul e Larry, para a qual ela às vezes prestava serviços. A probabilidade de que estivesse saindo com Amanda parece improvável. Glenda nunca dera nenhuma pista de que suspeitava de um caso extraconjugal. Por outro lado... Ela fala em voz baixa:

— Você acha que é possível?

— Não sei. Acho que eles nunca se conheceram, tirando terem se visto na festa no ano passado. O que posso dizer com toda a certeza é que ele nunca me falou dela. Nunca achei que ele fosse do tipo que tem casos extraconjugais.

— Os dois podem ter se conhecido pela internet — sugere Olivia.

— Podem ter se conhecido em qualquer lugar.

Paul olha para a mulher, irradiando tensão.

— Olivia, Amanda Pierce foi assassinada no nosso chalé. E eu não a matei. Quem mais *sabemos* que já foi até lá?

É por isso que ela não tem certeza. Glenda e Keith costumam ir ao chalé todos os verões, pelo menos um ou dois fins de semana.

Eles conheciam bem o lugar. Suas digitais estão por toda parte e são perfeitamente explicáveis. Keith poderia ter encontrado Amanda lá sem que ninguém soubesse. Porque Keith provavelmente saberia que eles não o estariam usando naquele fim de semana.

— Mas como ele teria entrado? — pergunta Olivia.

— Keith sabe onde fica a chave reserva — revela Paul.

— Sabe?

Paul faz que sim com a cabeça, mordendo o lábio.

— Contei a ele sobre aquela vez que fomos até lá e esquecemos a chave, e que depois disso escondemos uma cópia no barracão, debaixo da lata de óleo.

Eles se entreolham, cheios de medo e inquietação. Poderia ter sido Keith, pensa Olivia, e não o marido de Amanda, ou Larry, *ou Paul*, afinal de contas?

— O que devemos fazer? — pergunta Olivia.

— Temos que contar à polícia — diz Paul. — Eles é que têm que investigar. Eles podem apreender o computador de Keith.

Ela seria capaz de fazer isso com Glenda? Provavelmente Keith não estava tendo um caso com Amanda. Mas estava tendo um caso com alguém. Olivia olha para o marido, que sem dúvida ainda deve ser suspeito, e constata que precisam fazer isso.

— Se você for à polícia — diz ela —, terá que contar a eles como sabe disso. Terá que dizer a eles que Raleigh invadiu a casa dos Newell também e que mexeu no computador deles.

— Não. Não vou dizer a eles como eu sei.

— Que ingenuidade, Paul. Se eles apreenderem o computador de Keith e descobrirem que ele estava saindo com Amanda, ele se tornará suspeito na investigação. *Tudo* virá à tona.

— Lidaremos com isso quando chegar o momento — diz Paul, sem rodeios.

Enquanto se ajeita sob as cobertas e tenta dormir, Olivia não consegue parar de pensar que, se Keith matou Amanda, estava disposto a deixar o melhor amigo levar a culpa por isso. Sente então um profundo calafrio, sem saber se um dia conseguirá se livrar dessa sensação. Puxa as cobertas com mais força e fica ali deitada no escuro, de olhos bem abertos.

* * *

Já é bem tarde. Carmine está lendo na cama quando ouve uma batida na porta. Que estranho. Ela ouve mais uma vez. Definitivamente, há alguém ali. Ela se levanta e veste o roupão felpudo, amarrando a faixa na cintura enquanto desce as escadas. Quando chega ao térreo, acende a luz. Ela espia pela janela e, hesitante, abre uma fresta da porta.

— Oi — diz, com um sorriso vacilante.

— Desculpe incomodar a senhora tão tarde, mas vi que as suas luzes ainda estavam acesas.

— Sem problema. O que posso fazer por você?

— Podemos conversar?

— Tudo bem — responde ela.

Carmine dá um passo para trás e deixa a visita entrar. Então, ela se vira de costas para fechar a porta. Tudo acontece em uma fração de segundo. Há um movimento repentino atrás dela, então Carmine sente algo em torno do pescoço puxando com força. É tudo tão rápido que ela não tem chance de gritar. Não consegue respirar, e a dor na garganta é insuportável. Ela sente os olhos se esbugalhando, a visão começando a embaçar enquanto tenta, desesperadamente, agarrar a corda em volta do pescoço. Mas seus joelhos estão cedendo, e agora ela começa a tombar para a frente, o peso do próprio corpo trabalhando contra ela. É com surpresa que se dá conta de que está morrendo. Ninguém pensa que é assim que vai morrer. Então ela não vê mais nada.

TRINTA E CINCO

Glenda fica surpresa ao encontrar Olivia à sua porta na manhã seguinte.

— O que foi? — Glenda se apressa em perguntar. — O que aconteceu?

Olivia sempre liga antes, não costuma aparecer assim, sem avisar. Ela enviara uma mensagem no dia anterior, dizendo que Paul havia sido liberado e que Glenda não precisava ir à sua casa. Paul foi liberado sem ser acusado — por que ela parece tão perturbada?

— Você está sozinha? — pergunta Olivia, nervosa.

— Estou, eles já saíram. Entre — diz Glenda.

— Preciso falar com você sobre uma coisa — prossegue Olivia, sem olhar a amiga nos olhos.

Glenda começa a ficar apreensiva.

— Tudo bem.

Elas se sentam na cozinha.

— Aceita um café? — pergunta Glenda.

— Não, obrigada.

— O que foi, Olivia? Estou ficando assustada.

— Os detetives coletaram as digitais de Raleigh e descobriram que ele esteve na casa dos Pierce — conta Olivia. — Ele foi acusado de invasão de propriedade privada.

— Ah, não — diz Glenda.

— Mas não é por isso que estou aqui — continua Olivia. — Raleigh nos contou algumas coisas ontem. — Ela hesita por um momento e então fala de uma vez: — Ele nos disse que invadiu a sua casa. Na noite em que você e Keith foram jantar com a gente.

Glenda está perplexa. De repente, seu humor muda.

— Por que ele faria isso? — pergunta.

— Sinto muito, muito mesmo, Glenda.

Tudo em Olivia implora por perdão. Ela está visivelmente arrasada. Mas Glenda se sente traída, violada. Nunca imaginou que Raleigh pudesse ter invadido a casa *deles*. Isso é diferente. Todas as suas palavras reconfortantes e tranquilizadoras desaparecem. Agora, o que ela está pensando é: *Como ele foi capaz de fazer isso?* Ela não diz: *Ah, tudo bem, Olivia. Imagino como você deve estar chateada. Por favor, não se preocupe com isso.* Ela não tenta melhorar as coisas, apenas fica em silêncio, de braços cruzados, sem se dar conta de que parece estar na defensiva.

— Não sei por que ele fez isso — diz Olivia. — Acho que foi só uma idiotice de adolescente... você mesma disse. Adolescentes fazem coisas estúpidas.

Elas estão sentadas à mesa da cozinha, frente a frente. O clima é estranho, embora já tenham estado ali centenas de vezes antes.

— Tá, obrigada por me contar — diz Glenda, por fim. — Acho que no fim das contas ninguém se machucou, não é?

Diz isso cheia de rancor, segura de que Olivia sabe como ela realmente se sente.

Mas alguma coisa na expressão de Olivia diz a Glenda que há algo mais por vir. O que ela está com medo de lhe contar? Olivia parece apavorada.

— Tem mais coisa, não tem? — pergunta Glenda.

Olivia assente. Seu rosto está pálido, com os lábios trêmulos, e ela parece tão desolada que Glenda quase a perdoa antes de saber o que a amiga tem a dizer. Seja o que for, não pode ser tão ruim assim, pensa.

— Você sabe que Raleigh andava bisbilhotando os computadores dos outros, não é? — começa ela.

Glenda tem certeza de que não há nada em seu computador com o que precise se preocupar. Ela e Keith usam o mesmo, inclusive. Aonde Olivia quer chegar?

— Ele encontrou uns e-mails no seu computador...

— Que e-mails? — pergunta Glenda, ríspida.

— E-mails que mostram que Keith estava tendo um caso.

Glenda tem a sensação de que levou um soco no estômago. Por um momento, mal consegue respirar.

— Não, Raleigh está mentindo — diz ela. — Esses e-mails não existem. Por que ele diria uma coisa dessas?

— Não acho que ele esteja mentindo — rebate Olivia, com cautela.

— Você *sabe* que ele é um mentiroso — argumenta Glenda. — Raleigh disse que foi ao cinema quando, na verdade, estava invadindo casas. Por que você ainda acredita nele?

— Por que ele mentiria sobre isso? — pergunta Olivia. — Ele não está dizendo isso para se livrar de problemas. Por que inventaria uma coisa dessa?

— Não sei — diz Glenda, atordoada. — Mas eu uso o computador o tempo todo, e até admito que às vezes olho os e-mails do Keith. E é tudo assunto de trabalho. Não há mensagens para nenhuma outra mulher. Se houvesse, eu saberia.

Olivia parece ainda mais desconfortável.

— Raleigh me disse que eles estavam escondidos. Você precisa saber como procurar, e ele sabe.

De repente, Glenda se dá conta de que a amiga pode estar certa. Arquivos ocultos. Como ela pôde ter sido tão burra, tão cega? Ela balança a cabeça, não consegue dizer nada. Tem vontade de matar o marido.

— Sinto muito, Glenda, mas achei que você devia saber — diz Olivia.

Por fim, Glenda quebra o silêncio.

— Quem é ela? Alguém que a gente conhece?

Agora é Olivia quem balança a cabeça.

— Eu não sei. Raleigh disse que era um nome fake.

— Aquele filho da puta — solta Glenda.

— Você acha — pergunta Olivia, com todo o cuidado, pisando em ovos — que Keith poderia estar tendo um caso com Amanda?

Glenda olha para ela com frieza.

— Amanda? Por que você está perguntando isso?

— Não sei — Olivia se apressa a dizer. — Ele provavelmente mal a conhecia.

— Então por que mencionou o nome dela?

Olivia balança a cabeça e decide recuar.

— Peço desculpas, não devia ter dito isso.

— Acho melhor você ir embora, Olivia — diz Glenda.

— Não me odeie, Glenda, por favor — implora Olivia. — Eu não queria falar nada, mas achei que, se fosse comigo, eu ia querer saber.

Glenda responde acidamente:

— Ou talvez você tenha achado que poderia desviar a atenção de Paul, não é? Mais um possível suspeito. Você vai contar isso à polícia? — Ela olha para Olivia. — Meu Deus, você *vai* contar à polícia!

Olivia, ainda sentada, morde os lábios.

— Saia daqui — diz Glenda.

Olivia se levanta, mas Glenda permanece sentada à mesa, imóvel. Olivia se vira e vai embora. Glenda ouve a porta se fechar, e a casa fica em silêncio. Ela se sente terrivelmente sozinha.

Durante muito tempo, Glenda fica ali parada. Então, dá um pulo da cadeira e sobe as escadas até o quarto de hóspedes que eles usam como escritório. Senta-se à mesa e liga o computador. Tenta tudo em que pode pensar, o que não é muito. Ela não consegue localizar os e-mails ocultos. Mas acredita que eles estejam ali. E, embora preferisse pensar que é mentira, acredita que Raleigh está dizendo a verdade.

Por fim, lutando contra as lágrimas de frustração, ela desiste e cai na cama encostada na parede. Em seguida, pega o telefone para ligar para o marido.

* * *

Webb ouve uma batida na porta da sua sala. Logo vê a cabeça de um policial.

— Paul Sharpe está aqui para falar com o senhor.

— Leve-o para uma sala de interrogatório — orienta Webb, surpreso. — Eu já vou.

No caminho, ele encontra Moen, que vem pelo corredor em sua direção.

— Paul Sharpe está aqui. Vamos lá.

Moen dá meia-volta e acompanha o parceiro. Quando os dois entram na sala de interrogatório, Webb está torcendo para que Sharpe tenha alguma informação nova que faça o caso avançar. Sente que Moen tem a mesma expectativa.

— Sr. Sharpe — diz ele, lembrando-o de seus direitos e ligando o gravador. — Há algo de novo que queira nos contar?

— Sim.

Webb olha para ele meio surpreso e aguarda. Ele não parece alguém prestes a confessar um homicídio. E não está acompanhado de um advogado.

— Posso estar completamente enganado sobre isso — começa Paul —, mas achei que devia compartilhar isso. Descobri que um amigo andou traindo a esposa. E acho que ele podia estar tendo um caso com Amanda Pierce.

— E por que está nos contando isso agora?

— Acabei de descobrir.

— E como foi que você descobriu?

Sharpe parece desconfortável.

— Prefiro não dizer.

Webb olha para ele um pouco irritado e respira fundo.

— Por que está me fazendo perder o meu precioso tempo, Sr. Sharpe?

Ele não responde, apenas se mantém firme.

— O que o faz pensar que esse homem estava tendo um caso com Amanda Pierce?

— Ele conhece o nosso chalé. Esteve lá muitas vezes — diz Sharpe, nervoso.

— De quem estamos falando?

— Keith Newell.

O nome é familiar.

— Certo, as digitais dele estavam no chalé; nós o descartamos.

Sharpe assente.

— Ele e a esposa nos visitam lá todos os anos.

— E agora o senhor acha que ele estava tendo um caso com Amanda, mas não vai nos dizer por que acha isso?

— Não *sei* se ele estava tendo um caso com Amanda, mas *estava* tendo um caso com alguém. E sabe onde guardamos a chave reserva. Eu lhe contei no verão passado, quando estivemos lá.

Webb morde o interior da bochecha.

— Entendo.

— Verifique o computador da casa dele — sugere Sharpe. — Procure os e-mails para a amante. Talvez vocês descubram se era ela.

— E como o senhor sabe sobre esses e-mails? Ele falou alguma coisa sobre eles?

— Não. — Paul Sharpe desvia o olhar. — Mas eu sei que eles estão lá.

* * *

— Keith — diz Glenda ao telefone, lacônica. — Acho melhor você vir para casa.

— O quê? Por quê? Estou entrando em uma reunião.

— Olivia esteve aqui hoje de manhã. Disse que Raleigh invadiu a nossa casa. E o nosso computador.

— O quê? Do que diabos você está falando? Por que Raleigh faria isso?

Ela percebe que há medo na voz normalmente calma do marido e ignora a pergunta.

— O que você está escondendo no computador? E-mails para outra mulher? Para Amanda *Pierce*? — Seu tom de voz sobe.

O silêncio atordoado do outro lado da linha lhe diz tudo o que Glenda precisa saber. Ela poderia matá-lo.

— Vou para casa agora — diz Keith, em pânico.

TRINTA E SEIS

O detetive Webb bate à porta, decidido. Obteve um mandado para apreender o computador de Keith Newell. Os dois homens que estão com ele e Moen são especialistas em T.I.; vão levar o computador dele e outros dispositivos eletrônicos.

Uma mulher atende à porta.

— Sra. Newell? — pergunta Webb, mostrando seu distintivo.

Ele repara na palidez da mulher; é visível que ela andou chorando.

— Sim — responde ela.

— Seu marido está em casa?

Eles já ligaram para o escritório onde Keith trabalha — com a intenção de interrogá-lo —, mas foram informados de que ele tinha voltado correndo para casa. Webb nota a relutância da mulher em responder.

Por fim, ela diz:

— Sim, está.

— Gostaríamos de falar com ele.

Ela parece saber do que se trata. Abre a porta sem dizer mais nada.

Webb entra por um corredor e ela acompanha o grupo até a sala.

— Vou chamá-lo — diz ela.

Webb se pergunta se Keith Newell está no computador, excluindo arquivos apressadamente. Não importa. Eles podem recuperar praticamente qualquer coisa.

Alguns instantes depois, Keith Newell desce as escadas, parecendo nervoso.

Webb faz as apresentações.

— Sou o detetive Webb e esta é a detetive Moen. Gostaríamos que o senhor viesse à delegacia conosco para responder a algumas perguntas.

— Do que se trata? Quem são eles? — pergunta Keith, indicando os dois técnicos, que permanecem em silêncio.

— Esses são os técnicos que vieram apreender seus computadores, laptops, tablets, smartphones e outros dispositivos eletrônicos.

— Vocês não podem fazer isso.

— Na verdade, podemos, sim. Tenho um mandado.

Webb levanta o papel e vê o medo nos olhos do homem.

Keith Newell olha de Webb para a esposa, obviamente se sentindo encurralado.

Eles deixam os técnicos na casa, com a mulher de Newell, e o levam para a delegacia. Lá, ele é conduzido a uma sala de interrogatório e ouve seus direitos. Ele diz que não precisa de um advogado porque não fez nada de errado.

— Então — começa Webb. — O senhor conhecia Amanda Pierce?

Newell olha para eles, cauteloso.

— Sim, eu a conhecia.

— E estava tendo um caso com ela?

Newell parece à beira de um precipício. O pânico em seu rosto revela a Webb a verdade, não importa o que ele diga em seguida. Mas Newell responde:

— Sim, eu estava tendo um caso com ela. Mas não a matei.

— Fale mais sobre isso.

— Nós não queríamos que ninguém soubesse. O marido dela era muito ciumento. Ele muitas vezes tornava a vida dela insuportável. Ela queria deixá-lo.

— O senhor alguma vez a encontrou no chalé dos Sharpe?

Ele faz que sim com a cabeça e respira fundo.

— Só uma vez. No fim de semana em que ela desapareceu.

Ele se detém por um momento, como se fosse incapaz de continuar. Suas mãos tremem.

— O que aconteceu, Sr. Newell? — pergunta Moen, tranquilamente.

— Eu sabia que o chalé estaria vazio naquele fim de semana, que os Sharpe não iriam para lá. E sabia onde eles guardavam a chave reserva. Amanda e eu queríamos nos ver, e eu não queria ir a nenhum lugar onde pudéssemos ser reconhecidos. Então pensei no chalé.

Ele pigarreia e toma um gole de água. A mão não para de tremer.

— Ela me disse que conseguiria dar uma escapulida no fim de semana, que diria ao marido que ia viajar com uma amiga, Caroline, para fazer compras. Então ela arrumou uma pequena mala e eu lhe dei as instruções de como chegar ao chalé. Amanda sabia que eu não podia ficar o fim de semana todo. Eu avisei a ela. Disse que podia ficar um pouco no final da tarde de sexta, mas que teria que voltar para casa, e que retornaria no dia seguinte para ficar a maior parte do sábado. Mas não podia simplesmente abandonar a minha família o fim de semana todo, porque isso levantaria suspeitas. Ela não se opôs, estava feliz em passar um tempo comigo, mas também gostava de ficar sozinha. Gostava de passar um tempo longe do marido.

"Então eu fui para lá na sexta à tarde, por volta das cinco. Amanda chegou meia hora depois. Fiquei um tempo com ela, mas não até muito tarde. Saí por volta das oito. Quando a deixei, estava tudo bem. Fui para casa. No dia seguinte, eu disse à minha esposa que ia jogar golfe e fui para o chalé. A primeira coisa que notei foi que o carro de Amanda não estava lá. Achei aquilo um pouco estranho, porque eu havia levado tudo de que precisávamos. Pensei que ela talvez tivesse ido dar uma volta. Fiquei um pouco irritado, porque a viagem até lá é longa e eu não podia ficar muito tempo. A porta do chalé não estava trancada. Entrei e estava tudo arrumado. Não tinha mais nada dela lá. Ela tinha sumido. Encontrei a chave na bancada. Não dava para dizer que ela havia estado lá.

"Não havia nenhum bilhete dela, nada. Chequei o celular e não vi mensagens, mas ela já tinha me avisado que o marido encontrara seu celular pré-pago. Fiquei pensando se ela tinha mudado de ideia sobre o fim de semana, ou talvez sobre mim. Ou talvez tivesse acontecido algo em casa. Enfim, esperei por muito tempo, até minha hora de ir embora... na expectativa de que ela voltasse, acho. Mas Amanda não voltou. Então tranquei o chalé, coloquei a chave de volta embaixo da lata de óleo e fui para casa. Não sabia mais o que fazer. E não podia contar nada a ninguém.

"No caminho de volta, passei pela casa de Amanda para ver se o carro dela estava lá, mas não estava. No dia seguinte, passei lá de novo e mais uma vez não vi o carro, porém a porta da garagem estava fechada e pensei que ele podia estar lá dentro.

"Eu não tinha como me comunicar com Amanda. Minhas mensagens e meus e-mails iam para o celular dela, que estava com o marido. Eu não sabia o que fazer. Estava perturbado, mas tive que fingir que estava tudo bem. Então, alguns dias depois, ouvi dizer que o marido havia informado o desaparecimento dela."

Ele olha para Webb com uma expressão abatida.

— Foi ele quem a matou, tenho certeza. Na época, disseram que Amanda o havia abandonado, porque tinha dito ao marido que ia viajar com uma amiga e ele descobriu que era mentira. Mas eu sei que ela mentiu para ele para me encontrar. Hoje, acho que ele sabia, por isso a matou. Mas, na época, pensei que Amanda realmente o havia abandonado, esperava que sim. Depois que encontraram o corpo dela...

Ele apoia a cabeça nas mãos.

— Depois que encontraram o corpo dela, você não veio à delegacia nos contar nada disso — diz Webb, sem se preocupar em esconder seu desprezo pelo homem.

Newell balança a cabeça, parecendo arrependido.

— Eu sei. Não me orgulho disso. — Ele respira profundamente, estremecendo. — Deve ter sido o marido quem a matou. Amanda me contou algumas vezes que considerava o marido um psicopata. Não era o homem com quem ela pensava que tinha se casado. Manipulador, gostava de joguinhos. Ela queria deixá-lo. — Newell passa a mão pelos cabelos, nervoso. — Amanda me mandava mensagens falando do casamento deles. Era... não era normal.

— O que vamos encontrar no seu computador? — pergunta Webb depois de um momento.

— E-mails para Amanda.

— Você os escondeu.

— É claro. Eu costumava usar um telefone pré-pago para falar com Amanda, mas às vezes enviava e-mails para ela do meu laptop. Não queria que minha esposa visse. Se não fosse por Raleigh, ninguém jamais saberia.

— Raleigh Sharpe? — pergunta Webb.

Keith solta um riso irônico.

— Ele invadiu a nossa casa, encontrou os e-mails e contou aos pais, que obviamente contaram a vocês. Aquele bostinha.

— Entendo — diz Webb. — E o que aconteceu com o seu celular?

— Eu o despedacei e o joguei em um caminhão de lixo que estava passando pela rua.

Após uma breve pausa, Webb pergunta:

— Você tinha conhecimento dos outros homens com quem ela estava saindo?

— Amanda? Ela não estava saindo com nenhum outro homem. Apenas comigo.

Webb não consegue acreditar na credulidade do homem, ou talvez seja apenas seu imenso ego.

— Você está falando sério? Realmente não sabia? Ela encontrava outro homem com frequência no hotel Paradise. Temos vídeos das câmeras de segurança.

O rosto de Newell desmorona, e ele desvia o olhar.

— Não... Quem?

— Larry Harris.

Webb sente certa satisfação ao ver a expressão no rosto de Newell.

— Como podemos saber que o ciumento não era *você*? — pergunta Webb. — Você esteve com Amanda no chalé naquela sexta. Voltou no sábado. Ela não foi vista desde aquela sexta. Até onde sabemos, você foi o último a vê-la com vida. E sabia que ela dissera ao marido que estava com Caroline, e que pareceria apenas que ela o havia abandonado. Você sabia que ela estava grávida? Isso arruinou os seus planos? Vocês brigaram por causa disso?

Newell olha para ele cada vez mais aterrorizado.

— Não. Quer dizer, sim, eu sabia que ela estava grávida. Mas não brigamos por isso. Ela ia abortar.

— Não sei se acredito em você — diz Webb.

— Quero um advogado — solta Newell, assustado.

Webb se levanta para sair da sala e sinaliza para que Moen o acompanhe. Um policial é instruído a providenciar o telefonema de Keith Newell para o advogado. Eles vão deixá-lo suando e tremendo enquanto espera o advogado chegar.

* * *

Glenda anda pela casa de um lado para outro, inquieta. Os técnicos foram embora faz um bom tempo, levando todos os computadores e dispositivos eletrônicos. Ela está apavorada. Keith lhe disse que apagou os e-mails, mas Glenda receia que isso não seja suficiente; ela tem certeza de que a polícia sabe como recuperar arquivos excluídos. É o que eles fazem.

Keith já está na delegacia há horas. Ela não sabe o que está acontecendo, e isso a deixa louca. Obviamente, os detetives suspeitam que Keith possa ser o assassino de Amanda. Ambos estavam tendo um caso; ele lhe admitiu isso, e provavelmente vai admitir à polícia também. Eles vão encontrar os e-mails, acusá-lo e Keith será julgado por homicídio. O que ela vai dizer ao filho?

Glenda pensa em Olivia com tristeza. Nunca precisou tanto de uma amiga, mas Olivia é a última pessoa com quem ela quer conversar agora.

* * *

Quando Adam chega da escola, Glenda já está à sua espera. Ele joga a mochila pesada no chão, junto à porta, com o familiar baque, e passa por ela a caminho da cozinha para comer alguma coisa. Não parece sequer se dar conta da presença da mãe.

— Adam — chama ela, seguindo-o até a cozinha. — Precisamos conversar. — Ele abre a porta da geladeira e olha para ela por cima do ombro, desconfiado. Glenda engole em seco. — Seu pai está na delegacia. — Ele então fica imóvel como uma pedra. — Está sendo interrogado sobre Amanda Pierce.

Um olhar de pavor surge no rosto de Adam. Segue-se um longo silêncio.

— Eles estão interrogando todo mundo, né? — pergunta ele.

— Estão.

— A polícia vai liberar ele — diz Adam. — Foi a mesma coisa com o pai do Raleigh. Eles liberaram o pai dele.

— Eu não sei — diz ela, tensa. — Não sei o que está acontecendo na delegacia. Mas a polícia levou o computador do seu pai.

Adam fica completamente imóvel por mais um tempo, o rosto pálido. Então se afasta dela abruptamente e sobe correndo as escadas.

— Espere, Adam, preciso falar com você.

Mas ele está subindo as escadas de dois em dois degraus.

* * *

Raleigh está arrasado. Foi ele quem viu os e-mails de Keith Newell. Por causa dele, seu pai foi à polícia. Por causa dele, Keith Newell está lá na delegacia, provavelmente é considerado suspeito de assassinato. Raleigh acabou de receber uma mensagem desesperada de Adam.

Ele finalmente conseguiu seu celular de volta, depois de contar a verdade aos pais sobre as invasões e jurar que nunca mais hackearia computadores. Mas agora Raleigh até gostaria que não tivessem devolvido seu celular. Ele lê a mensagem mais uma vez. Bem, o que esperava? Ele sabia que, assim que dissesse a verdade sobre Keith, seus pais poderiam ir à polícia. Mas sabia que não tinha escolha, uma vez que o próprio pai ainda era suspeito. Raleigh sabe que Keith Newell é um cuzão, mas poderia mesmo ser capaz de matar? Essa possibilidade é menos chocante que a do próprio pai assassinando alguém.

Ele lê novamente a mensagem de Adam e depois deixa o telefone de lado.

Agora não vai dar mais para esconder. Tudo virá à tona. O fato de ele ter invadido a casa e o computador dos Newell. Se o pai de Adam for a julgamento, Raleigh terá de testemunhar sobre os e-mails. Todo mundo vai ficar sabendo. Ele vai estar bem ferrado. Mas, se Keith Newell matou Amanda Pierce, pelo menos seu pai vai ficar livre.

* * *

Webb está mais uma vez na sala de interrogatório no final da tarde, acompanhado de Moen. Keith Newell conta agora com um advogado.

Eles retomam o interrogatório. Newell balança a cabeça teimosamente.

— Eu não a matei. Quando a deixei lá na sexta à noite, ela estava bem. Quando voltei no sábado, por volta das dez e meia da manhã, Amanda tinha desaparecido. Estava tudo limpo e arrumado. Pensei que ela tivesse mudado de ideia. Eu não tinha a menor noção do que havia acontecido. — Ele sufoca um soluço de choro, tenso e exausto. — Eu soube que havia algo errado assim que cheguei ao chalé e não vi o carro dela. Tentei abrir a porta do chalé, mas estava trancada. Peguei a...

Ele para de repente. Webb sente Moen ficar mais atenta ao seu lado.

— Estava trancada — repete Webb em meio ao silêncio.

— Não. — Newell se corrige depressa, balançando a cabeça. — Peço desculpas, estou cansado. A porta não estava trancada. Entrei e vi que o lugar estava vazio.

— Você disse que estava trancada. *Peguei a...* você ia dizer que pegou a chave, certo? — pergunta Webb.

— Não, não estava trancada, tenho certeza — repete Newell. — Entrei e a chave estava em cima da bancada.

Ele olha para o advogado, parece sinalizar alguma coisa para ele com os olhos.

— Sem mais perguntas por hoje — diz o advogado. — Meu cliente está cansado. Por enquanto é isso. — O advogado se levanta. — Vocês vão mantê-lo sob custódia?

— Vamos — responde Webb. — Sem sombra de dúvida.

* * *

Olivia chega à porta da casa de Glenda. Está tarde, já passa das dez. A rua está escura e faz frio. Ela aperta o casaco junto do corpo. Tentou ligar antes, mas Glenda não atende. Olivia sabe que a amiga está em casa; Raleigh disse que Adam não parava de mandar mensagens, dizendo que estava preocupado com a mãe e perguntando se Olivia não poderia ir até lá ajudar. Então ela não está exatamente forçando as coisas; foi convidada. Ao mesmo tempo, está nervosa, porque tem certeza de que Glenda não vai querer vê-la.

Glenda não atende à porta. Olivia toca a campainha de novo. Por fim, ouve o som de passos. A porta se abre, mas quem aparece não é Glenda; é Adam. Ele parece perturbado. E talvez não esteja totalmente sóbrio. Ela sente o cheiro de álcool no hálito do adolescente de dezesseis anos. Isso a deixa com o coração apertado. Ela entra, na escuridão.

— Onde está a sua mãe?

Adam acena com a cabeça em direção à sala. Olivia segue até lá sem parar para tirar o casaco. Vê Glenda sentada na sala escura e acende o interruptor. A luz inunda a sala, e Glenda fecha os olhos, já adaptados à escuridão. É possível que esteja há horas sentada ali.

— Glenda, você está bem? — pergunta Olivia, apreensiva.

Ela nunca viu a amiga daquele jeito, tão abatida. Glenda costuma ser bastante resiliente, mesmo em tempos de crise; é ela quem mantém a família unida. Olivia olha para Adam, que está encarando a mãe. Ele parece cambalear ligeiramente. Olivia sente o peso do mundo pressionando seu peito. Como foi que as coisas chegaram a esse ponto? Ela dá um passo à frente e se aproxima.

— Glenda — chama. — Estou aqui.

Sua voz falha. Glenda é sua melhor amiga. Como isso pode estar acontecendo com ela, com a sua família? Com todos eles?

— Eu sinto muito.

Glenda por fim olha para ela e diz:

— Não é culpa sua.

Adam apenas assiste à cena, cambaleante.

— Por que você não sobe, Adam? — pede Glenda.

Visivelmente aliviado, Adam desaparece escada acima.

— Vai ficar tudo bem — diz Olivia, sentando-se no sofá ao lado da amiga. Ela não acredita realmente nisso, mas não sabe mais o que dizer. Lembra-se de Glenda sentada ao seu lado na delegacia naquele dia, quando estavam em posições opostas. Deseja consolar a amiga. — Os detetives estão interrogando todo mundo, você sabe. Vão conversar com Keith e depois vão liberá-lo, como fizeram com Larry e com Paul. Ele não matou Amanda. Você sabe disso.

Mas ela está pensando: *Foi alguém que conhecemos*. E, sinceramente, ela acha que pode ter sido Keith.

Por um momento, Glenda não responde. Então, depois de alguns instantes, ela diz:

— Ele está lá há muito tempo.

— Paul também ficou muito tempo lá antes de ser liberado — diz Olivia.

— Estou muito preocupada com Adam — sussurra Glenda.

Olivia assente. Está quase com medo de fazer a pergunta, mas precisa fazê-la. Precisa saber.

— Você descobriu com quem Keith estava tendo um caso?

— É isso, não é? — questiona Glenda. — O que todos queremos saber é se Keith estava saindo com *ela*.

Olivia aguarda a resposta, mas, como Glenda não diz nada, pergunta, quase num sussurro:

— E era ela?

Glenda responde, também sussurrando.

— Antes da polícia chegar, Keith me contou, admitiu que estava tendo um caso com ela. Disse que excluiu tudo do computador, mas eles vão conseguir recuperar, não vão? E então vão saber. Na verdade, já devem saber; ele deve ter falado. Já faz horas que está lá.

Olivia sente o sangue latejando nos ouvidos, aterrorizada com o que pode ouvir em seguida.

Glenda se inclina na direção dela e continua:

— Keith diz que não a matou, mas não sei se acredito nele.

Olivia olha para a amiga, lembrando-se de suas dúvidas em relação ao marido, com o coração partido por Glenda.

TRINTA E SETE

Webb anda de um lado para o outro em sua sala enquanto Moen, exausta, permanece sentada na cadeira em frente à mesa dele e o observa. Já está tarde. Mas eles têm duas pessoas sob custódia — Robert Pierce, que está detido desde o dia anterior e precisa ser ou acusado ou liberado, e Keith Newell.

— Newell cometeu um deslize quando disse que a porta do chalé estava trancada — afirma Webb. — Antes, ele havia dito que a porta estava destrancada e que a chave tinha sido deixada em cima da bancada. — Webb para e olha para Moen. — É nisso que ele quer que a gente acredite. Mas por que mentiria sobre isso?

— Talvez ele estivesse mesmo apenas confuso, como ele alegou — contrapõe Moen.

Mas Webb sabe que ambos acreditam que Keith Newell tenha cometido um deslize — foi bem óbvio. Por que outra razão ele teria voltado atrás e pedido silenciosamente ao advogado que interrompesse o interrogatório?

— Você também não acredita nisso — diz Webb com um riso irônico.

— Não, não acredito — admite Moen. — Acho que ele cometeu um erro e sabe disso.

— Ele disse que chegou antes de Amanda na sexta — continua Webb. — Então deve ter pegado a chave debaixo da lata de óleo no barracão antes de ela chegar. Amanda provavelmente não sabia sobre o esconderijo. Ele nunca disse que ela sabia.

Moen assente.

— E ele deixou a chave com Amanda porque ela ia passar a noite lá, então voltou, e, se a porta estava trancada...

— E ele teve que pegar a chave, ela estaria no esconderijo de sempre. — Webb olha para suas anotações. — Ele disse: *Tentei abrir a porta do chalé, mas estava trancada. Peguei a...* e então parou. — Webb faz uma pausa e prossegue. — Se a chave estivesse escondida em outro lugar, Keith não saberia onde encontrá-la.

— Ele está protegendo alguém — conclui Moen.

— Quem quer que tenha assassinado Amanda Pierce devia saber que a chave reserva ficava escondida debaixo da lata no barracão e a colocou de volta no lugar. Keith voltou no dia seguinte, encontrou a porta trancada e automaticamente foi até o barracão buscar a chave. Mas depois ele deve ter percebido que as únicas pessoas que sabiam do esconderijo além dele eram os Sharpe. Robert Pierce não sabia.

— A menos que Pierce tenha visto Newell pegar a chave.

Webb considera a hipótese.

— Se Pierce estivesse lá, escondido, vigiando, poderia tê-lo visto entrar no barracão, mas não teria conseguido vê-lo pegar a chave que estava embaixo da lata de óleo. A lata fica bem no fundo do barracão, encostada numa parede. Ele poderia inferir que a chave estava guardada no barracão, mas não onde exatamente.

— Newell está tentando proteger Paul Sharpe.

Webb faz que sim com a cabeça.

— E se de alguma forma Sharpe soubesse que eles usariam o chalé naquele fim de semana? E se ele tiver ido até lá depois que Newell foi embora, sabendo que Amanda estaria lá? Ele a mata, limpa tudo, joga o carro com o corpo dela no lago e volta para casa no meio da noite. — Webb dá um longo suspiro. — Newell vai até o chalé no dia seguinte, encontra o lugar deserto e trancado, a chave embaixo da lata.

— Sharpe deve ter ficado abalado, com os pensamentos confusos — arrisca Moen. — Ele esquece que Newell vai voltar no dia seguinte e encontrar a chave no esconderijo habitual... um indício óbvio de que esteve ali.

Webb volta a assentir.

— Então Newell também ficou nervoso. Ele não sabia o que tinha acontecido, mas deve ter percebido que Sharpe havia estado lá. Quando o interrogamos, ele sabia que, se dissesse que a porta estava destrancada e que a chave estava em cima da bancada, isso abriria a possibilidade de qualquer um tê-la matado, desde o marido até um completo estranho.

— Exatamente.

— Pierce não saberia onde colocar a chave — diz Webb. — Vamos ter que soltá-lo.

— Eu gostaria de saber há quanto tempo Keith Newell sabe que seu melhor amigo é um assassino — reflete Moen.

* * *

Na sexta de manhã, eles decidem interrogar Keith Newell mais uma vez.

— Quero tentar mais uma vez com ele, depois chamamos Paul Sharpe de novo — diz Webb a Moen.

Keith Newell passou a noite em uma cela, e isso é perceptível.

— Vamos começar — diz Webb, lançando um olhar para o advogado de Newell. Então, vira-se para o próprio Newell. — Estou inclinado a acreditar em você. — Newell olha para ele com desconfiança. — Acho que no fim das contas você não matou Amanda Pierce. — Newell olha agora para o advogado. — Mas acho que está encobrindo o culpado.

— O quê? Não. Não estou encobrindo ninguém. Não sei quem a matou.

Ele está agitado, mas tenta não deixar transparecer.

— Eu acho que sabe.

Newell balança a cabeça com veemência, olha para o advogado em busca de apoio e depois torna a olhar para Webb.

— Eu não sei de nada. Já disse. Nunca pensei que nada de ruim tivesse acontecido a Amanda até vocês a encontrarem.

— E o que você pensou quando a encontramos, Newell?

Webb se aproxima dele e crava os olhos no homem.

— Eu... não sei.

— Deve ter sido bem desagradável para você depois que encontraram o corpo dela, pois estava na cara que *alguém* a havia assassinado. Quem você achou que tivesse sido? — Newell não responde, mas seus olhos parecem angustiados. — Quando você chegou ao chalé naquele sábado, a porta estava trancada.

— Não, não é verdade. Ela estava destrancada, e a chave estava na bancada da cozinha — insiste Newell.

Mas ele não ousa olhar para o detetive; está encarando a mesa.

— Aonde o senhor quer chegar? — pergunta o advogado. — Já falamos sobre isso, e meu cliente deixou bem claro que a porta estava destrancada.

Webb fulmina o advogado com os olhos.

— Ele também cometeu um deslize quando nos disse que ela estava trancada, e que teve que ir buscar a chave. E acreditamos que ele tenha pegado a chave no esconderijo de sempre. Amanda Pierce foi brutalmente assassinada nesse chalé, e, quem quer que o tenha *limpado*, colocou a chave de volta no esconderijo. Quem mais sabia sobre o esconderijo, Newell?

Ele percebe que o homem ficou pálido.

— Eu... não sei.

— Não sabe. Bem, vejamos. Foi Paul Sharpe quem lhe contou, então ele certamente sabia, não é?

Keith Newell olha para o advogado e de volta para Webb.
— Quem mais? — insiste o detetive.

* * *

Olivia se assusta quando vai atender à porta e vê os detetives Webb e Moen parados na soleira, com um aspecto sombrio. O que será que eles querem dessa vez? Quando isso vai acabar? Será que querem a ajuda deles para fechar o caixão de Keith Newell? Olivia quer virar a página; não vê a hora de isso tudo terminar.
— Bom dia — diz Webb, formal. — Seu marido está em casa?
— Está — responde Olivia, abrindo a porta.
Ela vira a cabeça ao ouvir o marido se aproximando.
— O que vocês querem? — pergunta Paul, cauteloso.
— Temos mais algumas perguntas — diz Webb.
— Já respondi a todas as suas perguntas — protesta Paul.
Mas Olivia percebe que ele parece preocupado. Também não quer falar com os policiais sobre Keith.
— Gostaríamos que o senhor viesse com a gente à delegacia — diz Webb.
— Para quê? Não podem fazer as perguntas aqui?
— Não. Precisamos registrar o interrogatório.
— E se eu me recusar?
— Então receio que tenhamos que prendê-lo — responde Webb, sem pestanejar.
Olivia de repente fica assustada. Por que vieram buscar seu marido de novo? Alguma coisa mudou?
Raleigh aparece na escada.
— O que está acontecendo?
Olivia olha consternada para o filho, sem saber o que dizer.
— Gostaríamos que a senhora viesse com a gente também, Sra. Sharpe — diz Webb. — Também temos algumas perguntas para a senhora.

* * *

Eles deixaram Paul Sharpe em uma sala de interrogatório, à espera do advogado. Enquanto isso, Webb também convocou Glenda Newell. Eles vão conversar com as duas esposas enquanto aguardam o advogado de Paul Sharpe. Começam com a Sra. Sharpe, que está visivelmente nervosa. Webb vai direto ao ponto.

— Sra. Sharpe, isso não vai demorar muito — diz ele. — Pelo que entendi, vocês guardavam uma chave reserva do chalé no barracão, debaixo de uma lata de óleo.

— Exato — confirma ela.

— Quem sabia sobre essa chave?

Ela pigarreia.

— Bem, nós dois, é claro. Meu marido e eu.

— Mais alguém?

— Meu filho. — Webb aguarda um momento. Olivia acrescenta, baixinho: — E Keith Newell. Meu marido contou a ele no verão passado que passamos a deixar uma chave escondida no barracão depois de uma vez que fomos até o chalé e percebemos que a tínhamos esquecido.

— Alguém mais?

Ela nega com a cabeça, desconsolada.

— Não, acho que não.

— Veja bem, o problema é o seguinte — explica Webb. Ele espera até que ela o olhe nos olhos. — Não achamos que Keith Newell seja o assassino. Mas, quem quer que seja, limpou o local e depois colocou a chave de volta no esconderijo.

Ela olha para o detetive horrorizada enquanto a ficha cai.

TRINTA E OITO

Glenda observa os detetives, sem saber como se comportar, o que fazer. A sala de interrogatório está vazia, exceto por uma mesa e um par de cadeiras. Um cenário intimidante. É aqui que seu marido vem passando a maior parte do tempo ultimamente. Todas aquelas horas em que ela não conseguia imaginar o que estava acontecendo na delegacia... ela agora começa a entender. Keith ainda está aqui, em algum lugar, em uma sala de interrogatório diferente, talvez igual a esta. O que ele contou aos detetives? O que eles acham? Será que vão lhe dizer? Ou será que vão apenas perguntar uma infinidade de coisas e tentar fazer com que ela o comprometa?

— Sra. Newell — começa Webb.

Ela olha para o detetive com antipatia. Tem raiva dele; raiva e medo. Vai solicitar um advogado se julgar necessário; por ora, acha que consegue lidar com a situação.

— A senhora sabia que seu marido estava tendo um caso com Amanda Pierce?

— Não.

— Ele admitiu que estava — afirma o detetive sem rodeios.

Ela olha para ele e diz:

— Eu não sabia.

— A senhora conhece o chalé dos Sharpe, não conhece? — pergunta Webb.

— Conheço. Os Sharpe são grandes amigos nossos. — Ela faz uma pausa. — Nós estivemos lá em junho deste ano e em julho também.

— A senhora sabe onde fica escondida a chave reserva? — pergunta o detetive.

Ela fica completamente imóvel.

— O quê?

Webb olha para ela mais intensamente, o que a deixa nervosa.

— A senhora sabe onde fica escondida a chave reserva do chalé? — repete.

— Chave reserva? Não sei de nenhuma chave reserva — diz ela.

Webb crava os olhos em Glenda.

— Seu marido nos disse que a senhora sabia onde ficava a chave reserva.

Glenda começa a sentir o suor nas axilas. A sala está quente. São muitos corpos próximos. Ela muda de posição.

— Ele está enganado. Não sei por que lhes diria isso.

— É um detalhe importante — afirma Webb.

Ela fica em silêncio. De repente, sente-se tonta. É um detalhe importante. Ela sabe disso. Obviamente, os detetives também. O que Keith lhes disse? Glenda percebe agora — tarde demais — que devia ter dito a verdade ao marido. Mas não fez isso, e agora eles estão em salas separadas, sendo interrogados pela polícia. Ambos deviam ter combinado uma única versão. Poderiam ter protegido um ao outro. Mas esta é a questão: ela nunca disse a verdade a Keith porque não tinha certeza de que ele a protegeria.

Webb prossegue:

— Seu marido afirma que, ao sair do chalé, por volta das oito da noite, Amanda estava viva, mas que, ao chegar na manhã seguinte, por volta das dez e meia, o carro dela havia sumido e a porta do chalé estava trancada. Ele admite que pegou a chave no esconderijo de sempre, debaixo da lata de óleo no barracão. — Ele se inclina para ela. — Quem quer que tenha matado Amanda na sexta à noite limpou tudo e colocou a chave de volta no esconderijo. Um erro fácil de cometer — diz Webb —, no calor do momento.

Glenda não consegue pensar em nada para dizer. Foi um erro realmente estúpido.

— Sra. Newell? — insiste o detetive.

Mas ela o ignora. Os pensamentos vão passando pela sua mente, um atrás do outro, à medida que se recorda daquela noite horrível. Esfregando o chão da cozinha, limpando as paredes, usando os produtos de limpeza trazidos de casa. Dirigindo o carro de Amanda no escuro até a curva da estrada e afundando-o deliberadamente. Verificando tudo, certificando-se de estar tudo impecável e arrumado. Ela estava tão exausta no fim que trancou o chalé ao sair e, sem pensar, colocou a chave de volta no esconderijo.

Foi apenas quando Keith chegou à casa deles na tarde seguinte, parecendo angustiado, que ela percebeu o erro. Ela se deu conta de que ele procuraria a chave e saberia que quem esteve lá foi alguém que sabia onde a chave ficava guardada.

Sua esperança era que o carro com o horripilante corpo no porta-malas jamais fosse encontrado; que todos — sobretudo Keith — pensassem que Amanda havia resolvido simplesmente desaparecer. Keith presumiria que Paul — ou, mais provavelmente, Glenda — havia ido até lá e confrontado Amanda, e ela decidira desaparecer e deixá-los em paz para sempre.

Keith nunca lhe disse uma palavra sobre o assunto; talvez tivesse medo demais do que realmente podia ter acontecido. Ainda que por fora parecesse confiante, por dentro sempre fora um covarde. Mas então o carro foi encontrado. O corpo também. E eles têm vivido com isso desde então. Com o que ela sabia e o medo dele.

Se ao menos o carro nunca tivesse sido encontrado, pensa Glenda. Se ao menos Becky não tivesse visto Paul no carro com

Amanda naquela noite, eles não teriam nenhum motivo para desconfiar dele, revistar o chalé, descobrir sobre o sangue. Jamais teriam relacionado o assassinato com o chalé, com Paul, com Keith, nem com ela.

— Sra. Newell? — repete Webb.

— Sim?

Glenda precisa se concentrar. O que ele estava dizendo? Ela não pode admitir nada. Talvez ainda consiga se salvar. Durante todo esse tempo, fez de tudo para proteger as pessoas que ama. Adam precisa dela. Não precisa do pai como precisa dela. Talvez Glenda ainda consiga, de alguma forma, pôr a culpa em Keith. Seria bem feito para ele, aquele traidor desgraçado. Ela pensou em *tudo*, exceto na chave.

— Não sei de nenhuma chave reserva — diz ela, com firmeza.

— Não sei por que meu marido disse isso a vocês — repete.

* * *

— Senhor.

— Sim, o que foi? — pergunta Webb, ríspido.

Ele está ocupado demais no momento.

— Recebemos uma denúncia de homicídio.

Webb levanta os olhos, surpreso.

— Onde?

— Na rua Finch, trinta e dois. Uma vizinha a encontrou e ligou para a polícia. A vítima é uma mulher — ele consulta suas anotações — chamada Carmine Torres. Policiais já estão no local, senhor.

— É melhor irmos para lá. Você pode chamar a detetive Moen para mim, por gentileza?

— Sim, senhor.

Webb pega o casaco para sair e encontra Moen no caminho.

— O que temos? — pergunta Moen.

— Saberemos quando chegarmos ao local — diz ele.

Eles estacionam diante de uma bela casa cinza com venezianas azuis e porta vermelha. Há uma fita amarela da polícia na entrada da casa e um policial fardado montando guarda.

— A equipe de homicídios está a caminho, senhor — informa o policial.

Webb nota uma mulher um pouco mais afastada, na entrada da garagem, sendo amparada por outro policial. Provavelmente foi ela quem encontrou o corpo.

Webb entra na casa. A vítima está esparramada no chão. Ela está vestida com um roupão felpudo cor-de-rosa e uma camisola por baixo. Fica evidente pelo ferimento em torno do pescoço que foi estrangulada com algum tipo de corda. Não algo fino o suficiente para cortar a pele.

— Temos o objeto com que ela foi estrangulada?

— Não, senhor.

— Algum sinal de arrombamento?

— Não, senhor. Verificamos a casa e o terreno. Parece que ela deixou o assassino entrar pela porta da frente, e ele a matou assim que a vítima deu as costas.

— Ela está com roupa de dormir — observa Webb. — Provavelmente conhecia o assassino.

Ele se inclina para observar mais de perto. Parece que a mulher está morta há algum tempo — pelo menos um dia, talvez mais.

— O legista está a caminho.

Webb faz que sim com a cabeça.

— Quem a encontrou? A pessoa que está lá fora?

O policial assente.

— Uma vizinha.

Webb lança um olhar para Moen e os dois saem da casa. Aproximam-se da mulher no quintal. Ela não está chorando, mas parece em choque.

— Sou o detetive Webb — diz ele. — Poderia me dizer seu nome, por favor?

— Zoe Putillo — diz a mulher.

— Foi a senhora que encontrou o corpo?

Ela faz que sim com a cabeça.

— Ela morava sozinha, e eu não a via fazia alguns dias. Notei que não tinha recolhido os jornais. Então bati na porta. Ninguém atendeu. Tentei abrir a porta e percebi que não estava trancada, então entrei... e a vi daquele jeito. — Ela estremece. — Não acredito nisso. Ela era nova no bairro, estava tentando fazer amigos.

— A senhora era íntima dela? — pergunta Webb.

— Não muito. Mas conversávamos de vez em quando — diz Zoe e acrescenta: — A casa dela foi arrombada recentemente, e ela estava louca para descobrir quem era o invasor.

Webb recorda então que Raleigh Sharpe confessou ter invadido a casa dela. Ele se lembra do endereço: rua Finch, trinta e dois. A mulher continua:

— Para ser franca, ela estava sendo um pouco inconveniente. Vivia dizendo às pessoas que suas casas podiam ter sido arrombadas sem que elas tivessem se dado conta. Estava deixando todo mundo preocupado. — Zoe balança a cabeça, claramente nervosa. — Mas isto é terrível. Essas coisas não costumavam acontecer por aqui.

— A senhora viu alguém entrar ou sair da casa dela nos últimos dias?

De repente, ela olha consternada para o detetive, como se tivesse acabado de se lembrar de alguma coisa. Pouco à vontade, ela diz:

— Na verdade, agora que o senhor falou, eu vi uma pessoa.

* * *

Glenda ergue o olhar quando os detetives Webb e Moen entram novamente na sala de interrogatório. Eles se ausentaram por um bom tempo, deixando-a sozinha com seu próprio medo e sua ansiedade.

Webb lê seus direitos.

— Não preciso de um advogado — diz ela, assustada.
— Tem certeza? — pergunta Webb.
— Eu não sabia de nenhuma chave.
— Tudo bem — diz Webb, com a voz estável. Então acrescenta: — Carmine Torres foi assassinada.

Ela sente todo o sangue se esvair da cabeça; receia que talvez desmaie. Agarra-se à borda da mesa.

Webb se aproxima.

— Achamos que você a matou.

Glenda sente-se empalidecer e balança a cabeça.

— Eu não matei ninguém.

— Viram você — diz Webb sem rodeios. — Carmine Torres descobriu o que você tinha feito... que você havia matado Amanda Pierce.

Ele encara Glenda nos olhos por vários segundos. Por fim, ela desvia o olhar.

Então, começa a ruir. Não há escapatória. Outro erro pelo qual pagará muito caro. Ela não devia ter matado Carmine, aquela filha da puta enxerida. Provavelmente estava fora de si, cega de medo. Agiu por instinto, sem pensar. Por fim, ela ergue a cabeça, olha para os detetives e consegue dizer:

— Sim, eu a matei. Temia que ela tivesse descoberto. — Em seguida, desvia os olhos, derrotada, e acrescenta: — Também matei Amanda Pierce. Ela estava tendo um caso com o meu marido.

* * *

Webb e Moen saem da sala de interrogatório para trocar impressões no corredor.

— O que você acha? — pergunta Webb.

— Você não acredita nela? — Moen responde com outra pergunta.

— Estou convencido de que ela matou Carmine Torres. Mas acho que mentiu ao dizer que matou Amanda Pierce. Ela desviou o olhar nesse momento. E notei uma mudança em sua linguagem corporal. Acho que ela está protegendo alguém.

— O marido?

— Ela não confessaria um assassinato para proteger o marido, não acha?

TRINTA E NOVE

Estou tremendo tanto que qualquer um consegue ver. Estou enjoado, mas não é só por causa da bebida.

Os detetives me levam para uma sala com uma câmera apontando para mim de um canto no teto. Sei que meus pais estão em algum lugar por aqui, em outras salas como esta. A detetive me traz uma latinha de refrigerante. Eles se apresentam como detetive Webb e detetive Moen; a outra mulher que está aqui é uma advogada.

O detetive Webb repassa o procedimento, mas não consigo entender; ele liga o gravador e diz:

— Adam, sua mãe confessou ter matado Amanda Pierce.

Olho para ele, incapaz de falar, balançando a cabeça. Luto contra a vontade de vomitar, engulo a bile de volta. Ela me disse para eu nunca admitir o que fiz. Mas nunca me falou que assumiria ela mesma a culpa. Eu gostaria que ela estivesse aqui ao meu lado, para me dizer o que fazer agora. Passo a língua pelos lábios secos.

— Ela nos contou que foi até o chalé, golpeou Amanda até a morte com um martelo e jogou o corpo no lago.

Eu começo a chorar. Depois de um tempo, consigo dizer, balançando a cabeça:

— Não. Eu matei Amanda Pierce.

É um alívio dizer isso em voz alta. O segredo tem sido como um monstro dentro da minha cabeça, gritando para sair. Sei que minha mãe tinha medo de que eu ficasse bêbado e acabasse deixando escapar alguma coisa. Eu também tinha. Bem, ela não precisa mais se preocupar.

Os detetives olham para mim, esperando. Tenho de contar tudo a eles.

— Meu pai estava dormindo com a Amanda Pierce.

— Como você sabia disso? — pergunta Webb.

— Ele tem uma lista com todos os nomes de usuário e senhas dele anotados em um caderno que fica na parte de trás da mesa. Entrei no computador dele e achei a conta secreta de e-mail que ele usava. Ele tomava cuidado para ninguém descobrir. Sempre apagava o histórico do navegador para que a conta nunca aparecesse. Eu vi os e-mails deles. Sabia que ele estava saindo com alguém, mas não sabia quem era, porque eles usavam nomes fake. Ela estava grávida. Achei que ele ia deixar a minha mãe e formar uma nova família com ela. Minha mãe não sabia de nada disso.

Engulo em seco e faço uma pausa. Fico me perguntando se as coisas poderiam ter sido diferentes se eu tivesse contado à minha mãe o que sabia, em vez de ir até o chalé.

— O que aconteceu, Adam? — pergunta a detetive Moen, com toda a calma.

Então eu conto a minha história.

— Eu sabia que ele se encontraria com a amante naquela noite no chalé dos Sharpe. Eu o ouvi conversando com ela pelo telefone. Eu só queria ver quem ela era. Não planejava matar ninguém.

É essa a verdade, e olho para os três para ver se acreditam em mim, mas não sei dizer o que eles estão pensando.

— Peguei o carro da minha mãe. Ainda não tenho carteira de motorista, mas estou aprendendo a dirigir no carro dela, e já tinha ido para o chalé muitas vezes com meus pais, então sabia o caminho. Meu pai disse pra gente que chegaria em casa naquela noite por volta das nove. Meu plano era chegar no chalé depois que ele saísse, descobrir quem era ela e mandar a mulher cair fora. Eu ia ameaçar contar pra minha mãe sobre ela.

Faço uma pausa por um momento, reunindo coragem para a próxima parte.

— A que horas foi isso, Adam? — pergunta Webb.

— Acho que por volta das oito e quarenta e cinco, talvez nove. Não tenho certeza. — Respiro fundo. — Deixei o carro na estrada, fui andando até o chalé e olhei pela janela da frente. Na mesma hora, eu a reconheci. Sabia quem ela era. Já a tinha visto pelo bairro. Então pensei em ir embora. Gostaria de ter feito isso. Mas... em vez disso, abri a porta. Ela estava de costas nos fundos da cozinha, olhando pela janela para o lago. Ela se virou...

Fecho os olhos por um momento, me lembrando de tudo. Estou tremendo de novo; meus olhos se abrem.

— Ela estava sorrindo, provavelmente achando que fosse meu pai. Mas então viu que era eu. Acho que ela nem sabia quem eu era. Havia um martelo em cima da bancada. Eu o vi e o peguei sem nem pensar. Eu estava com tanta raiva... dela, do meu pai. Não sei o que aconteceu comigo. Esse... ódio. Só fui pra cima e acertei a cabeça dela com o martelo.

Paro de falar e todos me olham, como se não conseguissem desviar o olhar. Sinto lágrimas escorrendo pelo rosto agora, e não me importo, estou chorando aos soluços enquanto falo.

— Eu só bati nela sem parar, nem liguei que ela estava morrendo...

— Quantas vezes você a golpeou? — pergunta o detetive Webb depois de um momento.

— Não me lembro. — Limpo o catarro com a manga da camisa. — Continuei batendo até ela morrer.

Volto a ficar em silêncio. Não tenho forças para contar o resto. Quero ir para casa e dormir. Mas sei que não vou poder ir para casa. O silêncio parece durar muito tempo.

— O que você fez depois, Adam? — pergunta a detetive Moen. Olho para ela com medo.

— Fiquei sentado no chão por um tempo. Depois que o choque passou, não consegui acreditar no que tinha feito. Estava coberto de sangue. Não sabia o que fazer. — Engulo em seco. — Então liguei pra minha mãe.

A detetive Moen olha para mim com empatia. Decido olhar só para ela. Ela parece ser uma pessoa legal e estou com muito medo, mas preciso continuar. Olho apenas para ela, e para mais ninguém, enquanto conto o resto da história.

— Eu contei pra minha mãe o que tinha feito. Pedi que ela me ajudasse. — Começo a soluçar de novo. — Ela foi até o chalé com o carro do meu pai. Quando chegou lá e me viu... pensei que fosse me abraçar, dizer que ia ficar tudo bem e ligar para a emergência. Mas ela não fez isso. — Estou chorando tanto agora que preciso fazer uma pausa. Depois de um tempo, continuo. — Ela não me abraçou, mas disse: "Eu te amo, Adam, aconteça o que acontecer. Vou ajudar, mas você precisa fazer exatamente o que eu mandar." Ela estava usando luvas e me entregou um par também. Em seguida, me deu um grande saco de lixo preto e me disse que fizesse um buraco para a cabeça nele e o vestisse que nem uma camiseta, para não deixar fibras no corpo, e então me mandou pegar Amanda e colocá-la no porta-malas do carro dela. Ela trouxe pra mim uma muda limpa de roupa e um monte de sacola plástica. Depois que coloquei Amanda no carro, ela me mandou ir até o lago, tirar toda a minha roupa, colocar nas sacolas e me lavar. A água estava um gelo. — Minha voz se tornou monótona. — Coloquei a roupa que ela tinha trazido. Ela esfregou o chão e as paredes até que ficassem como estavam antes. Enquanto ela limpava, saí no barco a remo. Estava muito escuro. Joguei o martelo no meio do lago, coloquei pedras pesadas na sacola com as minhas roupas, amarrei com força e joguei em uma parte diferente do lago, como ela havia me dito. Depois que estava tudo limpo, minha mãe entrou no carro da Amanda e dirigiu, e eu a segui com o carro dela. Ela parou em uma curva na estrada. Já estava muito tarde, passava da meia-noite. Deixei o carro dela a uma certa distância e depois me juntei a ela. Ela abaixou todos os vidros e nós dois empurramos o carro na água.

"Ele afundou na mesma hora. Ela me disse que ninguém o encontraria. Que, se eu conseguisse me controlar e ficar quieto, ninguém jamais saberia. Então voltamos ao chalé para conferir tudo e pegar o carro do meu pai. E depois fomos para casa. Eu dirigi o carro dela e ela me seguiu no carro do meu pai.

"Quando chegamos em casa, meu pai já estava dormindo. Minha mãe tinha falado pra ele que ia à casa de sua amiga Diane e que eu estava numa festa. Ele não pareceu ter estranhado, mas a verdade é que não tenho certeza disso. Não sei se ele percebeu que os dois carros tinham sumido, mas sei que voltou ao chalé no dia seguinte, como havia planejado. Eu fiquei no meu quarto o dia todo, me sentindo mal e apavorado. Quando ele voltou pra casa, agiu como se não tivesse nada errado, mas dava pra ver que estava tenso. Todos agimos como se não houvesse nada errado. Mas eu a tinha matado, e minha mãe sabia, e acho... acho que meu pai deve ter suspeitado.

Olho para Moen e digo:

— Minha mãe não matou aquela mulher. Ela só ajudou a limpar a merda que eu fiz. Foi minha culpa. E dela... da Amanda. Meus pais eram perfeitamente felizes até ela aparecer.

— Sua mãe é cúmplice de assassinato — diz o detetive Webb.

— Não — protesto. — Ela não teve nada a ver com isso. — Eu me largo na cadeira, exausto. Olho para a detetive Moen. Estou com muito medo de olhar para Webb, ou para a advogada. — O que vai acontecer comigo? — pergunto.

Ela olha para mim com o cenho franzido, mas há uma amabilidade sombria em seu gesto e uma tristeza em seus olhos.

— Eu não sei — responde e olha para a minha advogada. — Mas você tem apenas dezesseis anos. As coisas vão se resolver.

* * *

Webb se recosta na cadeira e observa silenciosamente enquanto Moen consola Adam, com a advogada ao lado.

— Você conhece Carmine Torres? — pergunta ele.

O rosto de Adam está inchado e vermelho. Ele parece surpreso com a pergunta. Webb tem certeza de que ele não faz ideia de que a mãe a matou.

Ele dá uma fungada.

— Sim, eu sei quem ela é.

— Como você a conhece? — pergunta Moen.

— Ela foi lá em casa pra falar sobre as invasões. E eu a vi andando por aí.

— Ela está morta — conta Webb sem rodeios.

Adam parece assustado.

— Vi a polícia na casa dela...

— Ela foi assassinada.

Adam olha para a advogada, obviamente confuso.

Webb tem de contar a ele.

— Sua mãe a matou. Para proteger você.

* * *

Glenda levanta os olhos quando a porta se abre e Webb e Moen voltam para a sala de interrogatório. Ela está sentada ali faz horas. Tem agora um advogado, que foi convocado e está sentado a seu lado.

Webb e Moen se sentam à sua frente, e Glenda nota pelo comportamento deles que alguma coisa aconteceu. Ela se prepara para o que está por vir. Webb faz uma pausa antes de contar.

— Adam confessou.

Ela tenta manter a calma, caso seja apenas uma tentativa de enganá-la, mas ele começa a contar todos os detalhes, coisas que apenas Adam poderia ter revelado. Ela então começa a chorar, em silêncio, com lágrimas escorrendo pelo rosto, encarando a mesa. Glenda finalmente havia entendido, ao chegar ao chalé naquela noite, o problema de Adam com a bebida, um problema que havia começado quando ele descobrira sobre o pai e Amanda.

— Ele é menor de idade — diz Webb. — O assassinato de Amanda foi impulsivo, não premeditado. É possível que ele seja solto ao completar dezoito anos. — Ela então olha para ele, com uma vaga esperança. — Mas você vai ficar presa por muito mais tempo.

O corpo de Glenda afunda na cadeira. Ela não sabe como aguentou aquilo, como suportou tudo sem desmoronar. *O que a fez pensar que Adam conseguiria lidar com isso?* Claro que ele confessou. Ela pensa no terrível fardo de ocultar a verdade de todos, de esconder do marido o que tinham feito, percebendo agora que ele provavelmente havia ligado os pontos. Ela pensa no medo que tinha de Adam ficar bêbado e acabar dando com a língua nos dentes. Compreende, por fim, que cometeu um erro terrível. Olha para Webb em desespero.

— Eu só queria proteger o meu filho.

— Teria sido melhor para todo mundo se você só tivesse ligado para a emergência — diz Webb.

EPÍLOGO

Olivia está diante da janela, com o olhar perdido. O pesadelo não acabou, apenas mudou de forma. Paul foi totalmente inocentado. Adam confessou. Olivia não consegue entender — o tempo todo, era Adam o assassino de Amanda, e Glenda o ajudara a encobrir o crime. E Olivia nem sequer havia suspeitado.

Só de pensar no que aconteceu no chalé, sente repulsa. Nunca mais vai pôr os pés ali. Eles terão de vendê-lo. Mais uma parte de sua antiga vida... se foi.

E Glenda confessou o assassinato de Carmine. Como isso é chocante. Olivia imagina Carmine morta no chão. Dizem que foi estrangulada com uma corda. Ela tenta não pensar em Glenda estrangulando Carmine por trás; chega a ficar tonta. Ao que tudo indica, Glenda a considerava uma ameaça — temia que os tivesse visto voltando para casa em carros separados na noite em que Amanda foi morta, que ela ligasse os pontos e contasse isso à polícia. Olivia imagina que, àquela altura, Glenda talvez estivesse completamente desequilibrada, pensando apenas em proteger o filho. Uma mãe é capaz de quase qualquer coisa para proteger um filho.

Olivia se pergunta se essa sensação de surrealismo vai desaparecer um dia, e como ela e Paul poderão seguir em frente. Por um tempo, Olivia cogitou que ele pudesse ser culpado, e Paul sabe disso. Isso agora paira entre os dois.

Seus olhos ficam cheios de lágrimas. Como vai fazer agora, sem Glenda por perto? Não suporta pensar em Glenda como uma assassina; sempre tentará pensar nela apenas como Glenda, sua melhor amiga. Já sente muita falta dela, de um jeito insuportável. De alguma forma, precisará aprender a viver sem ela.

Raleigh vai se declarar culpado de três acusações de invasão de propriedade privada e uso não autorizado de computador; como é menor de idade, seu advogado acha que pode pegar uma pena leve, de serviço comunitário. Raleigh lhes prometeu que seus dias de hacker terminaram. Ele já disse isso antes. Ela não tem certeza se acredita nele.

* * *

Robert Pierce está encantado. Tão encantado quanto permite seu coração frio e sombrio.

Ele não sabia sobre Keith Newell. Quando prenderam Paul Sharpe, imaginou que era ele o outro amante. Mas era com Keith Newell que Amanda estava tendo um caso, e tinha sido o filho dele que a matara. É bom saber, finalmente, o que aconteceu, e não se sentir mais ameaçado.

Robert reconhece que está melhor sem Amanda. As coisas entre os dois estavam ficando impossíveis. Ele próprio tinha cogitado matá-la.

Ele vê Becky sair em seu carro. Então, calça as luvas de jardinagem, pega a pazinha e vai até o fundo do jardim para desenterrar o celular da Amanda. Tudo terminou muito bem, mas é melhor se livrar daquele celular de uma vez por todas. Ele não se esqueceu daquele adolescente maldito, que poderia ter bisbilhotado o aparelho. Há coisas ali que ele não quer que ninguém veja. Amanda era mais inteligente do que Robert havia pensado.

Ele vai pegar o celular e dirigir algumas horas para o norte, ao longo do rio, até um lugar deserto. Então, vai limpar o aparelho e jogá-lo nas águas profundas do Hudson.

Robert se põe de joelhos na terra e começa a cavar, mas não encontra o telefone de primeira. Ele então cava mais fundo, mais rápido, em uma área cada vez maior, revirando a terra depressa, com raiva, a respiração cada vez mais intensa. Mas o aparelho não está ali.

Becky. Ela deve tê-lo visto no jardim. Vivia olhando para ele. Ela deve ter desenterrado o celular.

Ele se levanta, tentando controlar a fúria, e olha através da cerca para a casa vazia de Becky. Planejando o próximo passo.

AGRADECIMENTOS

Eu sei que não estaria onde estou hoje se não fosse pelas seguintes pessoas, a quem devo minha mais profunda gratidão: meus editores no Reino Unido — Larry Finlay, Bill Scott-Kerr, Frankie Gray, Tom Hill e a equipe fenomenal da Transworld UK; meus editores nos Estados Unidos — Brian Tart, Pamela Dorman, Jeramie Orton, Ben Petrone e toda a fantástica equipe da Viking Penguin; e meus editores no Canadá — Kristin Cochrane, Amy Black, Bhavna Chauhan, Emma Ingram e a fabulosa equipe da Doubleday Canada. Obrigada a todos, mais uma vez, por tudo. Sei que existe um elemento de sorte no mercado editorial, e me sinto incrivelmente sortuda por trabalhar com todos vocês, que estão entre os melhores profissionais do ramo e são as pessoas mais legais, trabalhadoras e divertidas que existem. Obrigada a todos.

Helen Heller... o que posso dizer? Você mudou a minha vida. Não sou capaz de expressar o tamanho do meu apreço e da minha gratidão por você. Agradeço também a todos da Marsh Agency por seguirem fazendo um excelente trabalho ao me representarem no mundo todo.

Um agradecimento especial, mais uma vez, a Jane Cavolina, por ser a melhor copidesque que uma autora excessivamente ocupada poderia ter.

Além disso, quero agradecer a Mike Illes, mestre do Programa de Ciência Forense da Universidade de Trent, pela inestimável ajuda ao responder com rapidez e bom humor às minhas perguntas sobre ciência forense. Obrigada, Mike!

Também gostaria de agradecer a Jeannette Bauroth, cuja doação para a Writers' Police Academy rendeu a seu nome um lugar neste livro!

Quero deixar registrado que quaisquer erros no livro são de minha inteira responsabilidade. Não creio que haja algum, mas nunca se sabe.

Por último, um agradecimento a Manuel e às crianças. Eu não conseguiria fazer isso sem vocês. E a Poppy... você é a melhor gata e a melhor companhia diária que qualquer escritor poderia desejar.

Este livro foi composto na tipografia Palatino LT Std,
em corpo 11,5/16, e impresso em
papel off-white no Sistema Cameron da
Divisão Gráfica da Distribuidora Record.